Impressum

Alle Rechte am Werk liegen beim Autor
J., Jaliah
Issa & Lara
Weil die Liebe nie erloschen ist

Berlin, Juni 2019
Erstauflage
Lektorat: Günter Bast, Theresa Wahl
Cover/Bildgestaltung: Wolkenart – Marie Katharina Wölk

©2019
Herstellung und Verlag: BoD – Books on Demand, Norderstedt.
ISBN 978-3-7357-8464-3

www.jaliahj.de

Issa & Lara

Weil die Liebe

nie erloschen ist

von

Jaliah J.

Berlin, ick liebe dir

Die Handlungen, Personen und einige Orte in diesem Buch sind
frei erfunden. Alle Ähnlichkeiten mit lebenden Personen oder
Geschehnissen wären rein zufällig.

»Also denkt an die Hausaufgaben. Lara, kann ich dich noch kurz sprechen?«

Alle springen von ihren Plätzen auf und beeilen sich, aus dem roten Backsteingebäude zu kommen, nur Lara lässt sich Zeit, ihre Sachen einzupacken. Erst als alle den Raum verlassen haben, bindet sie sich ihre Schultasche um und geht nach vorne zum Lehrerpult.

»Lara, du warst heute ungewöhnlich still, stimmt etwas nicht?« Die Lehrerin sieht sie neugierig an.

Eigentlich mag sie ihre Deutschlehrerin, sie haben sie seit der sechsten Klasse. Sie alle besuchen die siebente Klasse einer weiterführenden Grundschule, ein neues Schulsystem, das seit einigen Jahren bei ihnen in Berlin-Schöneberg ausprobiert wird.

Man wollte einen Schulwechsel und die damit verbundenen Unterscheidung in gute und schlechte Schüler unterbinden und alle bis zur zehnten Klasse zusammen unterrichten. Danach verlassen die Kinder dann die Schule oder wechseln auf ein Gymnasium.

Lara hört ihre Eltern oft darüber diskutieren, ob das nun erfolgreich sei oder nicht, sie selbst findet es schön, sie kennt ihre Mitschüler bereits seit ihrer gemeinsamen Einschulung mit sechs Jahren. Sie sind den Tag über immer mal wieder getrennt, weil sie alle unterschiedliche Leistungskurse in den jeweils gewählten Fächern besuchen, doch bei ihrer Klassen- und Deutschlehrerin haben sie jeden Tag die letzte Stunde zusammen.

»Nein, es ist alles in Ordnung, Frau Sprenkel.« Die Klassenlehrerin nickt und Lara sieht ihren Blick auf ihre Ohrringe huschen. Einige Mädchen in ihrer Klasse fangen an, sich zu schminken, auch Lara hat sich jetzt einige Tage hintereinander die Wimpern getuscht, doch niemand hat etwas gesagt. Heute hat sie ihre langen Haare offen gelassen, was eine große Umstellung ist, normalerweise trägt Lara immer einen Zopf und sie hat sich in jeder Pause Lipgloss aufgetragen, durchsichtigen, um zu testen, ob das gut ankommt, doch auch da hat niemand etwas gesagt, aber alle sehen zu ihren Ohrringen. Bisher hat sie immer nur feine Ohrstecker getragen, aber heute trägt sie das erste Mal etwas größere Creolen, die ihr ihre Tante geschenkt hat. Da sehen alle hin.

»Wo steckt dein zweiter Schatten eigentlich? Seit Tagen waren er und Basim nicht in der Schule. All ihre anderen Cousins und Cousinen sind da. Seine Mutter hat mir heute am Telefon gesagt, dass er sich verletzt hat.« Lara zuckt die Schultern. »Ich weiß nicht, warum er nicht in der Schule war. Er hatte vor einigen Tagen … Streit und dabei ist seine Augenbraue aufgeplatzt, er musste genäht werden, aber ich weiß nicht, ob er deswegen nicht zur Schule gekommen ist.«

Lara will nicht lügen, sie hasst es, andere Menschen anzuschwindeln und sie hasst es, wenn man sie anlügt. Er hatte ihr versprochen, dass er heute wieder zur Schule kommt. Die Lehrerin seufzt auf. »Na gut, kannst du das den beiden geben? Und dein Aufsatz gestern war wunderbar, ich habe ihn als Erstes gelesen und bin begeistert.« Lara lächelt. Wenn sie für diesen Aufsatz eine Eins bekommt, könnte sie es dieses Mal wirklich schaffen, eine Eins in Deutsch auf dem Zeugnis zu bekommen und dann muss ihr Vater sein Versprechen einhalten und ihr auch endlich ein Handy kaufen.

Sie ist fast die Letzte in der Klasse, die noch keines hat. Sie hasst es, dass alle sich untereinander Nachrichten schreiben können und sie als Einzige außen vor bleibt, doch ihr Vater ist der Meinung, dass sie schon noch früh genug von den Medien und der Social Media-Welt verdorben werden wird.

Sie nimmt die Blätter entgegen und verabschiedet sich von der Lehrerin.

Als sie die Schule verlässt, ist kaum noch jemand da. Sie alle leben hier in der Gegend. Hier gibt es eine kleine Reihenhaussiedlung, an die auch der große Park grenzt, in dem sich am Nachmittag fast immer alle aufhalten.

Doch nicht alle haben hier ein Haus. Lara schon, ihre Mutter arbeitet in einem großen Labor und stellt Medikamente her. Sie ist selten zu Hause. Ihr Vater schon eher, er ist Sozialarbeiter und leitet mehrere Projekte, gerade bauen sie auf Schulhöfen eigene Gemüsefelder, damit die Kinder gesundes Essen aus eigener Ernte bekommen. Lara ist froh, dass ihre Schule noch nicht dran ist. Heute ist er aber im Flüchtlingsheim und gibt Rechtsberatung, das ist er nämlich eigentlich: Anwalt. Einer mit sozialer Ader, zu der er sich hingezogen fühlt.

Als sie nach Hause kommt, findet sie eine Packung Maiswaffeln und Erdnussbutter im Schrank und fünf Euro auf dem Tisch. 'Habe es nicht geschafft zu kochen. Hole dir einen Döner und genieße die kleine Fast Food-Einheit, so schnell bekommst du keine mehr.'

Ihre Mutter. Sie hasst es, wenn Lara sich nicht ausgewogen ernährt, sie hatten früher die Regel, dass es nur einmal die Woche Süßigkeiten gibt. Die haben ihre Eltern allerdings selbst immer am häufigsten gebrochen. Lara nimmt sich eine Maiswaffel, trinkt ein Glas Wasser, legt ihren Rucksack in ihr Zimmer und sieht auf die Blätter, die ihre Lehrerin ihr mitgegeben hat. Was soll's? Sie kann eh nicht lange auf ihn sauer sein, konnte sie noch nie.

Lara schnappt sich ihren Schlüssel, die fünf Euro und die Blätter und verlässt das Haus wieder. Sie grüßt die Nachbarin, die ihnen gerade einen Korb voll mit Pflaumen in den Garten stellt. Lara nimmt sich gleich welche mit.

Hier in ihrer Straße stehen viele kleine Reihenhäuser nebeneinander. Alles ist grün, jeder kennt sich, es ist ruhig und friedlich, doch sie leben mitten in Berlin, deswegen geht Lara nur auf die andere Straßenseite, wo sich mehrere Geschäfte befinden und ein großer Platz mit einem Brunnen, überquert den Platz und geht direkt auf die riesige Gebäudeeinheit zu, die sich über sieben Etagen erstreckt und mehr als zehn Wohneinheiten umfasst.

Viele der Leute auf ihrer Straßenseite beschweren sich täglich über die Sozialsiedlung, wie sie die Häuser gegenüber nennen. Ihre Eltern hingegen lieben diesen Kontrast und sagen nur zufrieden, dass das Berlin ist. Sie alle gehen zusammen in die Schule, die Kinder aus der Siedlung und aus Laras Straße, bei ihnen macht es keinen Unterschied, ob man auf dieser Straßenseite wohnt oder der anderen.

Lara geht zu der großen Klingelanlage und klingelt bei der mittleren Nassar Familia. Es gibt allein drei in diesem Haus, die Familie von ihrem besten Freund ist riesig. Er hat ihr einmal erklärt, dass er über hundert Cousins und Cousinen hat, die auf der ganzen Welt verteilt leben. Das Problem ist nur, ihr bester Freund übertreibt auch gerne mal. Sie weiß, dass seine Familie groß ist, doch sie schätzt, dass er auch da mal wieder ein wenig übertrieben hat.

Lara fährt in den fünften Stock und wartet, bis die Mutter ihres besten Freundes ihr öffnet und sie freudig anlächelt. »Hallo Lara.«

Sie ist eine sehr hübsche Frau, ihr jüngster Sohn Ismael kommt hinter ihren Beinen zum Vorschein und grinst Lara frech an, wobei sie eine neue Zahnlücke entdeckt. »Hallo, wo ist er? Ich habe hier die Hausaufgaben für ihn und Basim.«

Seine Mutter nimmt ihr die Blätter ab. »Du bist so ein gutes Mädchen, Lara, ich wünschte, er würde sich mal ein Beispiel an dir nehmen und auch etwas für die Schule tun. Ich hoffe, ich werde noch mit einem fleißigen Mädchen belohnt, nach meinen drei Söhnen. Ich schätze, die Jungs sind im Park.«

Lara würde am liebsten genervt aufseufzen, doch sie verabschiedet sich höflich, fährt mit dem Fahrstuhl wieder nach unten und läuft zum Park. Sie hätte auch gleich im Park nachsehen können. Sobald sie in den grünen Bereich, der in unmittelbarer Nähe liegt, hineinläuft, kommt ihr der vertraute Duft von gegrilltem Fleisch in die Nase. Auf dem großen Rasenplatz wird ein Geburtstag gefeiert. Sie erkennt einige jüngere Kinder aus ihrer Schule.

Der Spielplatz ist voll, doch wie immer steuert sie den Fußballplatz an.

Auf den Bänken am Fußballkäfig sitzen und stehen um die zehn Jungen. Jeder andere würde einen großen Bogen um den Ort machen, es sind auch einige ältere Jungen dabei, sie erkennt zwei von den Cousins ihres besten Freundes, die beiden haben ihr schon immer Angst gemacht. Sie hat gehört, dass sie schon mal im Gefängnis waren und einmal hat Lara ein Messer bei einem der beiden gesehen, das er schnell weggesteckt hat, als er sie bemerkt hat.

»Hallo, wen haben wir denn da? So ein hübsches Mädchen hat sich zu uns verlaufen?«

Nur die Älteren haben sie bemerkt. Alle anderen sehen sich etwas auf dem Handy an. Lara geht nicht näher heran. »Issa!« Nun drehen sich auch Basim und Issa zu ihr um. Egal wie sauer Lara ist, wenn ihr bester Freund sie ansieht und so lächelt, wie er es in dem Moment tut, kann sie nicht lange sauer auf ihn sein.

Schon in der zweiten Klasse haben sie genau beobachtet, was alles anders bei den anderen ist.

Lara ist sehr viel heller als Issa. Wenn sie ihre Arme nebeneinander halten, sieht es aus, als würde man Milch- und Schokobrötchen nebeneinander halten. Selbst als Lara drei Wochen in Spanien war, hat das nicht viel geändert.

Sie hat lange blonde Haare. Ihre Mutter stammt aus Schweden und viele Mädchen aus ihrer Klasse sind neidisch auf ihre dicken blonden Haare, die sie eigentlich immer zum Zopf trägt. Er ist schon immer größer als sie gewesen, in den letzten Monaten ist er aber so schnell gewachsen, dass er jetzt fast einen Kopf größer ist. Lara hat sich wahnsinnig darüber geärgert, als er angefangen hat, sie Zwerg zu nennen, doch ihre Mutter hat ihr versprochen, dass sie noch viel wachsen wird.

Issa hat dunkelbraune Haare, die er an den Seiten kurz trägt und vorne ein wenig nach oben gegelt hat, das macht er aber erst seit einigen Tagen. In ihrer Klasse sind viele Mädchen in Issa verliebt, er ist ein sehr hübscher und beliebter Junge, doch die meiste Zeit verbringt Issa mit Lara, das war schon immer so und wird sich auch nicht ändern.

Lara hat große blaue Augen und ihre Mutter nennt sie immer liebevoll ihren süßen Schmollmund, wenn sie sauer ist. Sie vergleicht sich nicht viel mit anderen Mädchen, doch sie weiß, dass auch einige Jungen in sie verliebt sind, aber viel zu viel Angst vor Issa haben, als dass sie das jemals zugeben würden.

Von Issa sagen alle immer, dass er sehr grimmig guckt. Wenn er ernst ist, sehen seine dunklen Augen immer düster aus, als würde er wütend umhersehen, doch das wirkt meistens nur so. Er hat schöne Augen, genau wie auch Lara hat er sehr lange, dichte Wimpern.

Wenn Issa lacht, bildet sich auf seiner rechten Wange ein großes Grübchen, was Lara sehr mag. Er selbst hasst es, er hat ihr erzählt, dass seine Mutter ihn jedes Mal dort kneift, weil sie es so niedlich findet. Auf seinem Hals hat er ein rotes Muttermal, was ein wenig an eine Träne erinnert.

Wenn sie beide nebeneinander laufen, sind sie sehr unterschiedlich, doch sie beide haben das Gefühl, eins zu sein, sie gehören zusammen. Es ist selten, dass sie sich mal einen Tag nicht sehen. Sehr selten.

»Das ist kein Mädchen, das ist Issas Lara!« Lara sieht zu Issas Lieblingscousin, den sie schon genauso lange kennt wie Issa selbst. Er ist genauso groß wie Lara und trägt gerade eine Glatze, weil er eine Wette gegen seinen älteren Bruder verloren hat. Basim ist etwas pummeliger und hat grüne Augen und er ist genauso frech wie Issa. »Ich habe dir Hausaufgaben mitgebracht, Basim, damit du keine Langeweile bekommst.«

Issa lächelt und zieht den anderen Jungen sein Handy weg. »Bis später.«

Erst als er zu ihr kommt, bemerkt Lara, dass seine Wunde an den Augenbrauen wieder geblutet haben muss. Sobald Issa bei ihr ist, legt er seinen Arm um sie und sie verlassen den Park. »Ich war bei deiner Mutter und habe dich gesucht. Wieso hast du wieder angefangen zu bluten?« Issa fasst an seine Augenbraue und Lara kuschelt sich ein wenig enger an ihn. Sie mag seinen Geruch, er beruhigt sie immer.

»Ich habe gestern mit meinen Brüdern Playstation gespielt, dabei bin ich mit Ibrahim in Streit geraten und ja … die Ärztin sagt, dass ich eine Narbe zurückbehalten werde.« Er will in die Richtung ihres Hauses. »Wie lange sind deine Eltern heute weg? Ich könnte mich verstecken und bei dir schlafen und dann bin ich ja quasi gezwungen, morgen zur Schule zu gehen.«

Lara lacht leise. »Hast du vergessen, dass dein Vater dich das letzte Mal um zwölf Uhr nachts bei uns rausgeholt hat? Möchtest du noch eine Ansprache erleben, dass wir zu alt sind, um beieinander zu übernachten? Ich möchte das nicht noch einmal mitmachen, dein Vater hat dir die Ohren lang gezogen.«

Issa lacht und küsst ihren Hals. »Sie wissen ja nicht, dass wir wirklich mittlerweile mehr machen, als uns Gruselgeschichten zu erzählen.« Lara schubst ihn leicht weg, ohne aber aus seinen Armen zu entweichen. Sie mag es nicht, wenn er sie draußen küsst. Keiner soll wissen, dass sie sich seit einigen Wochen immer näher kommen.

Sie mag es, sie mag es sogar sehr, doch es ist komisch, wenn sie plötzlich als Paar wahrgenommen werden und nicht mehr als Lara und Issa, die besten Freunde, die jeder kennt.

»Ich habe wahnsinnig Hunger. Lass uns etwas zu essen besorgen.« Sie gehen zum Imbiss seines Onkels. »Du warst doch bei meiner Mama, wieso hast du nichts gegessen?« Issa nimmt den Arm von ihrer Schulter, als sie sehen, dass Issas Vater und zwei seiner Onkel wie so oft vor dem Imbiss sitzen und Karten spielen.

Issas Vater verbringt viel Zeit hier, Issa hat ihr erklärt, dass er nicht arbeiten darf. Im Libanon war er der Leiter einer großen Firma, doch dann ist er vor dem Krieg geflüchtet, um seine schwangere Frau zu schützen. Seitdem wird er hier nur geduldet, besitzt aber keine Arbeitserlaubnis. Issa hat ihr anvertraut, dass sein Vater darüber sehr traurig ist; das alles ist nun schon fünfzehn Jahre her und er darf bis heute nicht arbeiten. Er hat sich ständig Arbeit gesucht, doch jedes Mal wurde er abgelehnt, weil er nur eine Duldung besitzt. Issa meint, dass ihn das nach Meinung seiner Mutter gebrochen hat. Er ist ein sehr stolzer Mann und mag es nicht, kein eigenes Geld zu verdienen.

»Ihr beiden schon wieder, was treibt ihr hier?« Issas Vater und seine Onkel sehen sie an. »Lara hat Hunger. Mama hat dich vorhin gesucht wegen eines Briefes.«

Issas Onkel steht auf. »Na dann kommt mal mit.« Sie gehen zusammen in den Laden. Lara liebt es, hier zu essen. Der Onkel füllt ihr einen Teller mit leckerem Fleisch, einer Joghurtsoße und selbstgemachten Pommes. Issa isst ein wenig bei ihr mit, doch so wie sie ihn kennt, hat er bereits zu Hause eine Menge gegessen. Seine Mutter kocht sehr gut.

Lara erzählt ihm, was heute in der Schule war, und als sie den Laden wieder verlassen, ist Issas Vater weg. Wie fast immer fahren sie mit dem Fahrstuhl bei Issa im Haus in den letzten Stock und gehen von dort aufs Dach. Sie haben hier eine Decke versteckt und breiten sie aus.

Manchmal kommen Jugendliche hierher, aber meist erst abends, zu der Zeit, wenn sie hier oben sind, ist nie jemand da. Lara legt sich hin und sieht in den blauen Himmel. Langsam neigt sich der Sommer dem Ende zu und die Sonne hat nicht mehr die Kraft wie noch vor einigen Wochen, es riecht nach Herbst, Lara mag die Herbstzeit. »Was wird das eigentlich? Seit wann trägst du deine Haare offen und schminkst deine Wimpern jeden Tag?« Natürlich entgeht Issa nichts, er bemerkt jeden Kratzer an ihr.

»Wir werden älter, Issa, gewöhn dich daran.« Er legt sich neben sie und beugt sich über sie. »Ja, tue ich. Ich mag es, dass wir von den Kinderspielen zu den richtigen übergehen.« Seine Lippen treffen auf ihre.

Lara schließt die Augen, sie hat heute den ganzen Tag daran denken müssen, schon vor einigen Wochen hat Issa sie auf den Mund geküsst, immer mal wieder, dann immer länger und die letzten Tage ist er dann noch weiter gegangen. Als er auch jetzt den Kuss vertieft, legt Lara ihre Arme um seinen Hals.

Seine Hand fährt unter ihr T-Shirt und zu ihrem BH. Sie trägt noch nicht lange einen und bräuchte auch nicht unbedingt einen. Das ist es, was sie wirklich stört. Die meisten Mädchen aus ihrer Klasse haben schon einen richtigen Busen. Sie hat Issa schon oft mit den anderen Jungen darüber sprechen hören, doch bei ihr wächst kaum etwas. Ihre Mutter hat nur gelächelt, als sie einen BH wollte, doch dann hat sie sich überreden lassen, einen zu kaufen.

Als Issa jetzt das erste Mal ihre Brüste berührt, zuckt Lara zurück und beendet den Kuss. »Du weißt doch, dass ich nichts habe.« Sie sieht ihrem besten Freund in die vertrauten Augen und sein Grübchen erscheint auf seiner Wange. »Das ist mir völlig egal. Da wächst noch etwas und wenn nicht, auch gut.«

Lara zieht die Augenbrauen hoch. »Ich habe dich gehört, wie du mit Atef über Ebrus Brüste gesprochen hast.«

Issa guckt sie ernst an. »Ebru ist aber nicht meine Lara.« Da hat er recht. Sie weiß, dass sich niemals jemand zwischen sie stellen könnte. Lara schließt die Augen, als er sich wieder zu ihr beugt. Sie wünschte, sie hätten schon viel früher angefangen, sich zu küssen.

Als Issa sie zwei Stunden später zu Hause absetzt, verspricht er, morgen zur Schule zu kommen. Lara ist froh, dass er sie nur kurz auf den Mund küsst, denn als sie ins Haus geht, warten ihre Mutter und ihr Vater bereits im Wohnzimmer auf sie.

Ein seltenes Bild, sehr selten.

Beide haben ein Glas Wein vor sich und grinsen unsicher zu Lara. »Da bist du ja, wir haben auf dich gewartet.« Lara legt den Schlüssel weg. »Und wieso habt ihr das? Wieso seid ihr beide schon zu Hause?« Ihr Vater breitet die Arme aus. »Weil wir eine Überraschung für dich haben. Erinnerst du dich, worüber wir gesprochen haben? In London? Dieses Sozialprojekt, für das ich mich dort beworben habe und die Schule, die wir uns angesehen haben?«

Lara nickt. »Ja, das war doch erst vor einigen Wochen.« Ihr Vater nickt. »Sie haben sich heute gemeldet. Ich habe die Stelle.« Lara sieht von ihrem Vater zu ihrer Mutter, die beide glücklich strahlen.

»Was bedeutet das?« Sie lachen.

»Dass wir nach London ziehen, Schmollmündchen. Du warst doch auch so begeistert von London.« Langsam begreift Lara, was hier passiert. »Natürlich, ja, ich meine, es ist toll dort, doch ... wir können doch nicht einfach hier aus Berlin weg.«

Ihre Mutter deutet Lara, sich zu setzen. »Natürlich, wir haben doch alles durchgesprochen. Du gehst dort auf eine deutsche Schule mit den coolen Uniformen. Wir bekommen ein Haus vom Arbeitgeber deines Vaters gestellt und ich kann in der Zweigstelle meiner Firma in London als Geschäftsführerin anfangen. Es ist perfekt, du weißt doch, man muss seinen Horizont erweitern, Lara, das ist sehr wichtig, um erwachsen zu werden.«

Ja, das alles hat Lara schon so oft gehört und sie hat London wirklich gemocht und eigentlich hält sie hier auch nichts. Nichts außer ... »Was ist mit Issa?« Sie hört selbst, wie ihre Stimme bricht. Ihre Mutter nimmt sie in den Arm.

»Ach Schatz, heutzutage ist es doch kein Problem, Kontakt zu halten. Wir können in den Ferien herkommen oder er zu uns. Wir besprechen das mal mit seinen Eltern, das wird nicht bedeuten, dass ihr euch verliert.«

Auch ihr Vater drückt ihr die Hand. »Das, was Issa und du habt ... so etwas vergeht niemals!«

Kapitel 1

»Happy Birthday to you, Happy Birthday to you, Happy Birthday, kleiner Schmollmund, Happy Birthday toooo you. Alles Gute, mein Schatz, wie fühlt man sich mit 29?«

Lara gießt sich einen Kaffee ein, klemmt sich das Handy, mit dem sie gerade mit ihrer Mutter spricht, unters Ohr und sieht zur Uhr, die noch immer nicht aufgehängt ist, sondern nur an der Wand angelehnt ist. Sie hat es noch immer nicht geschafft, sich richtig einzurichten. Es klingelt, jemand möchte in den Hausflur. Lara öffnet ohne zu fragen, wer da ist.

»Alt, sehr alt. Gestern haben mich Tatjana, Amelia und Sara nach der Arbeit in eine Disco mit Stripclub am Gendarmenmarkt entführt. Wir haben dann bis heute früh meinen Geburtstag gefeiert und jetzt bin ich wach, wegen der verschiedenen Schichten kann ich nicht mehr schlafen. Ich fühle mich, als wäre ich einen Marathon gerannt.«

Es klingelt an ihrer Haustür.

Ein Bote mit einem riesigen Strauß Blumen steht vor der Haustür. Lara nimmt ihn entgegen, ohne das Gespräch mit ihrer Mutter zu beenden. Sie bedankt sich, schließt die Tür und holt eine Vase. Der Strauß ist wunderschön, sie sieht auf der Karte, dass er von ihrem Vater ist.

»Das ist doch richtig so. Du bist viel zu vernünftig, Lara. Mit achtzehn das Abi, sechs Jahre studiert und direkt danach als Assistenzärztin angefangen, zwei Jahre Allgemeinmedizin in der ambulanten hausärztlichen Versorgung hinter dir, ein Jahr im Gebiet der innere Medizin im Benjamin Franziskus-Krankenhaus abgeleistet und nun weitere zwei Jahre in unterschiedlichen Bereichen und weitere Weiterbildungen. In wenigen Monaten hast du die Facharztprüfung vor der Landesärztekammer vor dir ... du weißt, wie stolz wir auf dich sind, doch du hast es dir verdient, mal eine Auszeit vom Vernünftigsein zu nehmen.«

Lara lächelt. »Wann hast du eigentlich das letzte Mal mit Papa gesprochen? Du hast versprochen, dass du dich mehr bei ihm melden wirst.«

Sie hört, wie es lauter wird bei ihrer Mutter. Sie lebt zur Zeit in Australien und arbeitet dort für drei Monate für ihre Firma. Ihr Vater ist in England geblieben, er hat sich dort verwirklicht. Er liebt seine Arbeit. Er hat ein eigenes Zentrum aufgemacht und arbeitet in ganz verschiedenen Bereichen. Er hilft armen Familien, Flüchtlingen, Menschen, die in Not geraten sind. Er wird sicherlich niemals reich davon werden, aber er liebt seine Arbeit.

Auch ihre Mutter tut das und das ist auch der Grund, warum sie sich in den letzten Jahren aus den Augen verloren haben.

Die ersten Jahre in England waren alle zufrieden, doch sobald Lara selbstständiger wurde, haben sich ihre Eltern beruflich immer weiter entwickelt. Ihre Mutter arbeitet immer für mehrere Monate woanders, ihr Vater arbeitet oft vierzehn Stunden hintereinander. Sie haben kaum Kontakt zueinander, doch beide versichern Lara immer wieder, dass zwischen ihnen alles in Ordnung ist und sie sich lieben.

»Lara, du sollst dir nicht deinen hübschen Kopf wegen solcher Sachen zerbrechen. Wenn man sich wirklich liebt, kann man sich auch mal aus den Augen verlieren. Dafür ist das Wiedersehen umso schöner.«

Sie gibt es auf, es wird nichts bringen, mit ihrer Mutter darüber zu reden, sie hat es schon zu oft versucht. »Ich werde in zwei Wochen zu Papa fliegen, es wäre schön, wenn du auch vorbeikommst, vielleicht lässt sich das ja einrichten.«

Lara öffnet ihre Balkontür und setzt sich auf ihren bequemen Holzstuhl. Zumindest hat sie es geschafft, einen aufzubauen. Der andere liegt noch eingepackt herum.

»Ja, ich werde es versuchen, Schatz. Du genieß deinen Geburtstag und lass dich feiern.« Lara verabschiedet sich von ihrer Mutter, trinkt ihren Kaffee und streckt die Nase in den Himmel.

Langsam geht der Sommer zu Ende, es ist zwar noch warm, doch man spürt, dass der Herbst auf sie zukommt. Sie liebt ihre Wohnung, die sie erst vor einem Monat bezogen hat. Davor hat sie mit zwei anderen Assistenzärzten in einer WG gelebt, einfach weil es zur Zeit in Berlin kaum freie Wohnungen gibt.

Für Lara war sehr schnell klar, dass sie irgendwann wieder hier leben wird, sie hat ihr Studium zumTeil in London, in New York und auch in Freiburg gemacht, doch als sie mit allem fertig war, ist sie hergekommen.

Im Benjamin Franziskus-Krankenhaus, einem der größten Berlins, muss man, wenn man gerade erst das Studium abgeschlossen hat, noch weitere 4-6 Jahre als Assistenzärztin mitarbeiten, um eine gewisse Richtung einzuschlagen, das ist nicht überall so, doch Lara findet es gut und wichtig, und in dieser Klinik arbeiten die besten Ärzte, für alle möglichen Bereiche.

Lara ist in knapp einem Monat fertig, sie ist im allgemeinmedizinischen Bereich, sie hat keine bestimmte Fachrichtung gewählt, allerdings operiert sie hin und wieder auch, dafür musste sie extra Fortbildungen absolvieren, doch sie mag es, allerdings auch nicht dauerhaft. Sie möchte sich nicht spezialisieren, und schon jetzt arbeitet sie als richtige Ärztin mit.

Durch ihre Arbeit im Krankenhaus hat sie dann auch ihre Wohnung in Steglitz gefunden, eine Patientin hat ihr erzählt, dass sie Wohnungen vermittelt und zwei Wochen später hat sie das erste Mal dieses Schmuckstück betreten.

Es ist eine Altbauwohnung mit drei Zimmern, hohen Decken und schönem Stuck, sie liebt sie. Die Gegend ist ruhig und sie hat einen Balkon, ein bisschen Luxus in diesem wilden Berlin, was sie so sehr liebt. Sie hat ein Bett, eine Couch, einen Fernseher, der noch nicht angebracht ist und Kataloge über Kleiderschränke, zu mehr ist sie nicht gekommen. Entweder sie arbeitet oder sie genießt die Freizeit mit ihren neu erworbenen Freunden, die sie durch die Arbeit im Krankenhaus gefunden hat.

Besonders gut versteht sie sich mit Tatjana, Amelia und Sara. Tatjana ist Krankenschwester, Amelia und Sara haben gerade als Assistenzärztinnen angefangen und ziehen nach ihren Schichten ständig durch die Clubs in Berlin. Sie haben Lara gestern auch in diesen Club nur für Frauen geschleppt, wo sie viel getrunken und gefeiert haben.

Lara ist eher selten dabei, aber wenn, dann genießt sie diese Zeit auch sehr. Sie wünschte, sie könnte sich auch so fallen lassen wie die meisten Menschen, doch sie ist eher gehemmt, wägt ab, was alles passieren könnte und entscheidet sich dann doch eher für den vernünftigeren Weg. So war sie schon immer. Sie geht nicht gerne Risiken ein.

Ein Blick auf die Uhr verrät, dass sie noch etwas Zeit hat. Irgendwann wird sie anfangen müssen, etwas in der Wohnung zu machen, sonst wird das nie etwas, also baut sie den kleinen Tisch und den zweiten Holzstuhl auf, fegt den Balkon aus und holt die Holzpaneele, die sie gekauft hat. Nachdem sie diese ausgelegt hat, die Stühle und den Tisch darauf gestellt und die Pflanzen und Blumen in die passenden Behälter eingepflanzt hat, die schon seit zwei Wochen bereitstehen, ist es genauso geworden, wie Lara es sich vorgestellt hat: Ihr eigener kleiner grüner Bereich in ihrer Wohnung und der erste Bereich, der komplett fertig ist.

Langsam wird es ihr auf dem Balkon zu heiß, sie geht zurück in die Wohnung. Der Vormieter hatte sich gerade eine neue Küche einbauen lassen, als er wegen seiner Arbeit umziehen musste, und Lara hat ihm die Küche abgekauft. Sie ist weiß mit dunkelbrauner Arbeitsfläche und romantischen Akzenten und sieht sehr teuer und edel aus. Es fehlen nur eine Spülmaschine und eine Waschmaschine.

Ja, sie ist allein und hat nicht viel Geschirr, da sie kaum zu Hause isst, doch der Platz dafür ist vorhanden, und wenn dann mal Besuch da ist und sie doch etwas kocht, ist es praktisch, und weil sie noch Zeit hat, beschließt sie, auch das noch vor der Arbeit zu erledigen.

Sie zieht sich einen knielangen, weiß-schwarz gestreiften Rock an, ein weißes Top und die neuen schwarzen Sandalen, die sie erst vorgestern gekauft hat. Ihre langen blonden Haare trägt sie in ihrer Freizeit meistens offen, da sie sie auf der Arbeit zusammenbinden muss. Sie schminkt sich schon hin und wieder gerne, doch im Dienst muss es immer sehr dezent sein und bei dieser Hitze kann man auch nicht viel mehr machen.

Lara betont ihre blauen Augen. Für ihre Verhältnisse ist sie schon richtig braun und daher kommen sie besonders gut zur Geltung zur Zeit, da sie oft mit Amalia und den anderen auf dem Tempelhofer Feld oder im Britzer Garten war, es war ein schöner und heißer Sommer.

Lara verlässt die Wohnung mit den Maßen für die Spül- und Waschmaschine, die sie schon vor einigen Tagen genommen hat, um sich endlich darum zu kümmern. Gleich zwei Häuser weiter gibt es eine türkische Bäckerei, bei der es so gute Sachen gibt, dass Lara eigentlich nie zu Hause frühstückt.

Mit einem leckeren Croissant im Magen betritt Lara schließlich den großen Elektromarkt in dem Forum, das in der Nähe ihres Hauses ist. Sie geht direkt in die Abteilung für Großelektrogeräte und steht dann ratlos vor den vielen Waschmaschinen und Geschirrspülern.

Sie sieht sich alles genau an und entscheidet sich dann für die Marke, die sie kennt, sie hat sich noch niemals mit dem Kauf von solchen Geräten befasst. In der WG war alles vorhanden und auch bei ihren Eltern waren die Geräte da. Nun muss sie sich selbst für welche entscheiden und Lara hat keine Ahnung, worauf sie dabei achten muss.

Ihre Mutter braucht sie nicht zu fragen, sie bezweifelt, dass sie sich jemals mit so etwas auseinandergesetzt hat, wenn, dann hat das ihr Vater gemacht. Sollte sie sich jetzt aber bei ihm melden und sagen, dass sie hier vor einem Problem steht, würde er sich wahrscheinlich in einen Flieger setzen und überprüfen, ob auch wirklich alles mit der Waschmaschine stimmt.

Sie rettet Leben, da wird das hier ja wohl kein Problem für sie sein.

»Kann ich Ihnen helfen?« Ein junger Mann im roten Hemd und mit einem zufriedenen Grinsen im Gesicht stellt sich zu ihr. »Ähmm, ja. Ich denke, ich nehme den Geschirrspüler und die Waschmaschine hier vorne.« Der Mann nickt. »Eine gute Wahl, eine sehr gute Wahl, aber wissen Sie was? Wir haben hier gerade ein komplettes Elektrogeräte-Angebot: Wenn Sie eine Waschmaschine und einen Geschirrspüler von dieser Firma nehmen, bekommen sie einen Kühlschrank gratis dazu.«

Lara zieht die Augenbrauen hoch. »Ich brauche keinen Kühlschrank.« Der Verkäufer lacht und deutet zu einem riesigen Kühlschrank. »Aber er ist umsonst.« Lara muss lachen und sieht auf das Namensschild des Verkäufers. »Das ist ein tolles Angebot, aber ich würde mir gerne die anderen beiden Geräte liefern lassen, geht das, Toni?« Er nickt, doch ganz zufrieden scheint er nicht zu sein. Wahrscheinlich bekommt er bei dem anderen Angebot eine bessere Provision.

»Ich mache die Papiere fertig, kann ich Ihren Ausweis haben?« Er nimmt sie mit zu einem Schreibtisch. »Sie bekommen eine Null-Prozent-Finanzierung.«

Lara lehnt sich im Stuhl zurück. »Nein, danke. Das brauche ich nicht.« Er sieht hoch und ihr direkt in die Augen. »Es ist aber eine Null-Prozent-Finanzierung, also Sie zahlen keine Zinsen.« Lara gibt gedanklich endlich dem Online-Shoppen eine Chance. »Kein Bedarf, danke.« Er nickt wieder. »Eine Frau, die weiß, was sie will. Die Geräte werden in zwei Tagen an diese Adresse geliefert, stimmt alles?« Lara überfliegt die Papiere und nickt. »Okay, zahlen können Sie an der Kasse, und dürfte ich noch etwas Privates fragen?« Lara hält in der Bewegung aufzustehen ein.

»Hat so eine hübsche Frau auch einen Partner? Ehemann? Freund?« Lara lächelt, wie sehr sie Berlin vermisst hat. »Nein, danke für das Kompliment, aber auch daran habe ich momentan kein Interesse.«

Froh, endlich da heraus zu sein, trifft sie sich mit Sara in einem neu eröffneten Organic Food Restaurant. Beide haben heute zusammen Nachtschicht. Auch Lara achtet auf eine halbwegs gesunde Ernährung, doch Sara macht jeden Essenstrend mit. Erst hat sie auf Laktose und dann auf Gluten verzichtet und nun verzichtet sie auf alles, was nicht Organic Food heißt. Sie erinnert sie sehr an ihre Mutter in dieser Sache, auch sie macht ständig irgendwelche neuen Trends mit, sie hat ihr letztens mehrere Artikel über irgendeine besondere Art von Sprossen geschickt.

Sie erzählt Sara, was sie gerade erlebt hat und nach und nach kommen sie so wieder auf das Thema Paul Jonas.

Paul Jonas ist einer der Ärzte, der ein wenig die Assistenzärzte im Auge behält und genau er versucht seit Wochen, Lara zu einem Date zu überreden. Bisher hat sie sich immer herausreden können, doch langsam wird es unglaubwürdig. Lara hat mitbekommen, dass er oft etwas mit den Assistenzärztinnen anfängt, doch daran hat Lara kein Interesse, nur noch wenige Wochen und sie ist fertig mit der Assistenzzeit.

Sie denkt nicht, dass sie weiter am Benjamin Franziskus-Krankenhaus bleiben wird und sie möchte jetzt keinen Ärger oder Komplikationen heraufbeschwören, doch wie sagt man das jemandem, der sich um die Dienstpläne und alles andere kümmert, ohne sich damit Ärger einzuhandeln?

Lara geht ihm aus dem Weg und versucht es so, doch sehr erfolgreich ist es nicht. Sara hingegen versteht Laras Problem nicht, sie findet Paul Jonas mit den blonden Locken und den großen grünen

Augen traumhaft, Lara wünschte wirklich, er würde sie einfach ignorieren und dafür mehr auf Sara achten.

Bis zum frühen Abend sitzen die beiden im Restaurant zusammen. Sie sprechen über die Klinik, ihre Arbeit und die Geschichten, die sie dort täglich erleben. Man weiß nie, was einen erwartet. Lara liebt ihre Arbeit, alles daran, natürlich gibt es Bereiche, die sie besonders gern hat, doch im Grunde kann sie überall eingesetzt werden.

Sie mag die Nachtschicht. Manche Nächte sind sehr ruhig, in anderen kommt sie kaum zum Sitzen, sie sind hier in Berlin und besonders nachts bekommt man die ungewöhnlichsten Geschichten zu hören.

Sobald sie im Krankenhaus sind und sich umgezogen haben, kommt auch schon eine Schwester auf sie zu. »Lara, in der Geburtsstation wird eine Ärztin gebraucht, es ist komplizierter als erwartet, es ist auch schon ein Kinderarzt da. Ich bekomme gerade keinen Frauenarzt, könntest du mitkommen?« Lara nickt. Sie liebt es auf der Geburtsstation.

Gerade setzt Sara an zu fragen, wo sie eingeteilt wird, da kommt Paul Jonas zu ihnen. »Ah ihr zwei, ihr seid ja schon da. Lara, ich habe einen Fall von Lebensmittelvergiftung. Wir warten noch auf einige Ergebnisse, aber ich könnte deine Hilfe gebrauchen.« Lara deutet zu Sara. »Ich muss zu einer Geburt, aber Sara ist genau die Richtige dafür.« Ohne eine Antwort abzuwarten, eilt sie mit der Schwester in den Kreißsaal.

Lara ist gerne hier, hier beginnt der Kreislauf des Lebens.

Sie gehen in ein Zimmer, wo zwei Hebammen beruhigend auf eine Frau einreden. »Sie möchte keinen Kaiserschnitt, aber die Geburt hat gestoppt und sie hat auch zu bluten begonnen. Gerade geht es allerdings weiter. Die Medikamente schlagen an. Ich weiß trotzdem nicht, ob wir es schaffen, dass sie eine natürliche Geburt hat.«

Lara stellt sich zu der Hebamme, die ihr die Situation erklärt hat. »Ich muss pressen.« Die Frau unterbricht sie panisch. Die Hebamme hilft ihr. Lara sieht sich alle Ergebnisse an, überprüft die Werte der Frau und kontrolliert den Herzschlag des Babys, während sie die Hebammen arbeiten lässt.

Sie ist da, um notfalls einzugreifen, doch erst überlassen sie den Hebammen alles, und tatsächlich schaffen es die erfahrenen Frauen, dass keine fünf Minuten später das kleine Baby schreit.

Genau wie alle anderen sieht sie fasziniert auf das kleine Neugeborene. Lara war bei einigen Geburten anwesend, doch das ist immer etwas Einmaliges. Sie untersucht die Mutter und auch das Baby mit dem Kinderarzt zusammen, und erst, als sie wirklich sicher ist, dass alles in Ordnung ist, geht sie in den Erste Hilfe-Bereich und kümmert sich dort um die wartenden Patienten.

Sie ist so weit, dass sie allein die Patienten versorgen kann, wenn sie fertig ist, geht sie zu einem der anderen Ärzte und lässt ihn kurz über die Akte sehen, doch eigentlich ist das auch nicht mehr nötig. Mittlerweile ist sie sehr sicher in dem, was sie tut.

Erst kümmert sie sich um eine Frau mit einer Platzwunde, die mit zu hohen Absätzen umgeknickt ist. Dann wird ein betrunkener Mann von der Polizei gebracht, der sich ein Bein gebrochen hat, und dann hat sie etwas Luft, um kurz auf die Station zu gehen und dort nachzusehen, ob Patienten noch einen Arzt benötigen, aber dort ist so weit alles ruhig.

Sie will gerade zu einer Frau, die über Schmerzen im Unterleib klagt, als es auf einmal hektisch in der Ersten Hilfe wird. Paul Jonas und zwei weitere Ärzte kommen und ziehen sich Handschuhe über, einer davon ist der Chefarzt und hinter ihnen eilen Krankenschwestern dazu.

»Lara, gut, dass du hier bist. Wir bekommen mehrere Schwerverletzte. Es gibt einige Schusswunden, die Polizei trifft auch gerade ein. Es scheint ein Streit unter irgendwelchen Familienclans zu sein, stellt euch auf mehrere Verletzte ein.« Auch Lara zieht sich

Handschuhe über und deutet einer der Schwestern, zu der Patientin zu gehen, die sie jetzt übernommen hätte.

Lara hat schon sehr viele Schusswunden versorgt. Während ihres Studiums hat sie ein Jahr in New York verbracht und dort hatte sie fast täglich mit Schusswunden zu tun. In Berlin ist das eher seltener, deswegen zieht sie der Chefarzt immer gerne hinzu, wenn es darum geht. Seit sie hier in Berlin ist, hat sie erst dreimal Menschen mit Schusswunden behandelt. Einmal war es ein Polizist, ein anderes Mal ein Verbrecher, der so von der Polizei gestoppt wurde und einmal war es ein Streit unter Freunden, der eskaliert ist. An Silvester waren wohl zwei hier, da hatte sie aber keinen Dienst.

Lara räuspert sich, sie alle stehen vor den Türen der Ersten Hilfe. Man hört bereits die Sirenen der Krankenwagen. Das ist immer der Moment, in dem es komplett still in diesem Gang ist, alle sammeln sich noch einmal und bereiten sich für das vor, was kommt. Dann geht alles ganz schnell. Die Tür wird aufgestoßen und zwei Sanitäter schieben einen Mann herein, der vor Schmerzen aufstöhnt. »Zwei Kugeln im Bein, beides Durchschüsse, Blutungen langsam gestoppt, Patient stabil.« Paul Jonas und zwei Schwestern begleiten die Sanitäter und den Mann in einen der Erste Hilfe-Räume.

Wieder geht die Tür auf. »Mann, über fünfzig, Streifschuss Schulter, stabil.« Der andere Arzt nimmt sich dieses Mannes an. »Die schweren Fälle kommen gleich.« Die Sanitäter warnen sie schon vor, die Tür öffnet sich wieder, es wird eine Trage mit einem leblosen Körper hereingefahren. »Wir haben ihn verloren, die Verletzungen waren zu gravierend.« Lara und der Chefarzt überprüfen alles, versuchen mehrere Minuten, den Verletzten zu reanimieren, doch natürlich haben die Sanitäter recht, es ist zu spät. Der Mann ist sofort an seinen Verletzungen gestorben.

Vor ihnen liegt ein Mann, der gerade mal Mitte zwanzig ist, wie kann so etwas passieren? Was war da los? Doch viel Zeit bleibt ihnen nicht, denn die Tür wird wieder aufgestoßen und dieses Mal kommen mehrere Sanitäter herein. Sie halten Infusionsbeutel.

»Mann, Mitte zwanzig, zwei Schüsse in die Schulter, einmal durch, einmal ein Streifschuss und ein Schuss in den Magen. Wir hätten ihn schon fast verloren, schnell, er muss sofort in den OP.«

Der Chefarzt übernimmt. Sie rennen mit der Liege zum OP-Bereich und erst als sie davor halten, um in die Schleuse zu kommen, kann Lara einen Blick auf den Mann werfen und bleibt stehen. Sie sieht auf ein ihr sehr vertrautes Gesicht. Egal wie viele Jahre vergangen sind, sie erkennt sofort die feine Nase wieder, die dunklen Haare, die langen dunklen Wimpern, überall ist Blut und doch erkennt Lara die Narbe an der Augenbraue und das Muttermal an seinem Hals und atmet hektisch ein. Oh nein, nein, nein, nein.

»ISSA!«

Kapitel 2

Der Chefarzt scheint sie nicht verstanden zu haben, die Schleuse öffnet sich und sie schieben die Trage weiter, Lara aber bleibt stehen und atmet immer schneller. »Kommst du? Ich brauche dich für die Operation!« Der Chefarzt sieht sie ungeduldig an. Es geht um jede Sekunde, das weiß Lara. »Ich kenne ihn.« Er sieht ihr in die Augen. »Verdammt, dann geh schnell und hole ...« Lara tritt zu ihm. »Nein, ich schaffe das schon. Er darf nicht sterben!«

Ohne noch eine Antwort abzuwarten, geht sie mit in die Schleuse und macht sich so schnell wie noch nie für die OP fertig, sie will sofort zurück zu Issa. Als sie in den OP tritt, haben sie ihn bereits unter Narkose gelegt und die Schwestern und Ärzte kümmern sich um alles. Der Chefarzt wartet nicht ab, er beginnt, sich um die Schusswunde im Magenbereich zu kümmern, alles andere ist nicht lebensbedrohlich.

Issa verliert viel Blut, sie stillen die schlimmsten Blutungen, ein weiterer Arzt kommt dazu und kümmert sich um die Wunden an den Schultern. Lara atmet erst wieder richtig, als sie entdecken, dass die Kugel keine Organe lebensbedrohlich geschädigt hat. Sie entfernen sie, trotzdem müssen sie sehr aufpassen. Er hat sehr viel Blut verloren, sein Kreislauf bricht immer wieder zusammen, zweimal waren sie kurz davor zu reanimieren. Lara sieht Issa immer wieder ins Gesicht, er ist stark, sie kann nur beten, dass er es schafft.

Tausend Gedanken versuchen in Laras Kopf zu gelangen, doch sie weigert sich, auch nur einen davon hineinzulassen. Sie schaltet alles aus; auch wenn sie immer wieder in Issas Gesicht sieht, konzentriert sie sich komplett auf die Operation. Sie darf keinen Fehler machen und wie angespannt sie wirklich ist, merkt sie erst, als sie das Operationsbesteck weglegt, durchatmet und ihre Hand zu zittern beginnt.

Sie haben es geschafft, Issa ist stabil, er ist sehr geschwächt und hat viel Blut verloren, doch sie konnten ihn retten und alle Kugeln entfernen. Er wird wieder völlig in Ordnung kommen.

»Das war knapp, wirklich knapp. Gute Arbeit. Lasst ihn noch zwei Stunden zur Überwachung nebenan und solange darf auch niemand zu ihm. Er atmet wieder selbstständig, es dauert aber noch, bis er wieder völlig bei Bewusstsein ist.«

Die Schwestern fahren ihn aus dem OP und die Anästhesisten folgen ihnen. Lara geht zurück in die Schleuse, zieht sich um und wäscht sich gründlich. »Das war sehr gut. Kennen Sie den Patienten gut?« Lara sieht dem Oberarzt nicht in die Augen. »Ich kannte ihn mal sehr gut. Wir sind zusammen aufgewachsen und haben uns dann aus den Augen verloren bis ... heute.« Er nickt nur und fragt nicht weiter, Lara ist dankbar dafür, sie weiß gerade selbst nicht, wohin mit ihren Gefühlen.

Sie atmet tief ein und lässt sich Zeit, sie kennt sich so nicht, das gerade hat sie tief berührt, einen wunden Punkt getroffen, den sie immer zu ignorieren versucht hat. Sie geht direkt in den Raum, in dem Issa allein in einem Krankenbett liegt, angeschlossen an Monitore. Die Schwestern haben das gröbste Blut entfernt und nun erkennt Lara ihn noch besser. Ein Anästhesist ist noch bei ihm. »Es sieht alles gut aus, die Monitore überwachen ihn noch, wenn etwas ist, geben sie uns Bescheid.«

Dankbar, dass er sie allein lässt, nickt sie nur, sie kann ihren Blick nicht von Issa nehmen. Langsam nähert sie sich seinem Bett und setzt sich neben ihn, was schwer ist, mittlerweile ist er ein erwachsener Mann geworden, der seinen Körper hart zu trainieren scheint, doch auch wenn er äußerlich ein Mann geworden ist, erkennt Lara den Jungen wieder, mit dem sie so viel Zeit verbracht hat.

Sie nimmt seine Hand in ihre und kann nicht verhindern, dass ihr zwei Tränen aus den Augen entweichen. Sie weiß nicht, was passiert ist, dass er hier jetzt liegt, sie hat sich immer gewünscht, ihn eines Tages wiederzusehen, doch nicht so. Es ist beängstigend, wie vertraut es sich anfühlt, seine Hand zu halten.

An ihrem letzten Morgen zusammen hat er ihre Hand gehalten, die ganze Zeit, er wollte sie nicht loslassen.

Als Issa erfahren hat, dass sie wegziehen wird, hat er zwei Wochen nicht mit ihr gesprochen und kam nur selten zur Schule. Das war die längste Zeit, die sie nicht miteinander gesprochen hatten, und für Lara war das ganz schlimm. Wirklich schlimm, es ging alles so schnell, sie haben in einem Monat alles hinter sich gelassen und sind nach England gezogen, und sie hatte nicht einmal Issa an ihrer Seite, der ihr sonst bei allem geholfen hat.

Nach zwei Wochen stand er dann einfach vor ihrer Tür, er hat sie in den Arm genommen und Lara hat angefangen zu weinen. Es war das erste Mal, dass sie alles herausgelassen hat. Sie sind in ihr Zimmer gegangen, sie haben kaum gesprochen, es gab nichts zu sagen, beide wussten, wie sehr es dem anderen wehtut; sie wussten, dass sie daran nichts ändern können und sie nicht mehr viel Zeit haben.

Issa hat in den letzten zwei Wochen jeden Tag bei Lara geschlafen und auch wenn ihre Eltern es eigentlich nicht wollten, haben sie sie gelassen, weil sie gemerkt haben, wie schwer es ihnen beiden fällt. Die letzten beiden Wochen waren Issa und sie nicht mehr zu trennen, sie waren die ganze Zeit zusammen. Sie haben sich geschworen, Kontakt zu halten, zu telefonieren, Lara hat ein Handy bekommen und sie haben von ihren Eltern die Erlaubnis erhalten, sich in den Ferien zu besuchen, aber trotzdem war der Tag des Abschieds sehr schwer.

Lara hat geweint und auch Issa hatte Tränen in den Augen. Das letzte Mal, dass Lara ihn hat weinen sehen, war in der dritten Klasse, weil sein älterer Bruder ihn geschlagen hat, nachdem er eine Autoscheibe mit einem Ball kaputt geschossen hatte. Doch an diesem Tag hat er einige Tränen verloren, als er Lara hat gehen lassen müssen.

Jetzt, wo sie an seinem Bett sitzt und all die Erinnerungen wieder hochkommen, kann sie ihre Tränen auch nicht mehr zurückhalten. Sie streicht über seine Wange, seine Narbe an der Augenbraue und fragt sich, wieso sie sich verloren haben.

Lara wollte den Kontakt nicht verlieren, Issa auch nicht, sie wollten den Kontakt halten und am Anfang hat es auch ganz gut geklappt. Sie haben täglich telefoniert und sich Nachrichten geschrieben, dann aber fing für Lara die Schule an und sie hat neue Menschen kennengelernt. Wenn sie Issa angerufen hat, ging er nicht immer ans Telefon und auch sie hat es nicht jedes Mal geschafft, zurückzurufen. So wurde aus täglich wöchentlich und irgendwann nur noch ab und zu.

In ihren ersten Ferien wollte Lara nach Berlin, doch es war so viel zu tun in England, sie mussten sich erst einleben und es hat nie funktioniert. Dann irgendwann hat Lara ihr Handy verloren, sie hatte es bei einem Schulausflug liegen gelassen. Bis ihr Vater ihr ein neues gekauft hat, dauerte es und sie konnte Issas Handynummer nicht auswendig, so kam es, dass sie gar keinen Kontakt mehr hatten.

Lara ist erst nach drei Jahren wieder nach Berlin geflogen.

Inzwischen lebt Issas Familie nicht mehr dort, nicht einmal den Imbiss des Onkels gab es mehr und von da an hat sie das Thema weit von sich geschoben, bis jetzt.

»Entschuldigen Sie, der Chefarzt hat gesagt, dass Sie den Patienten kennen, es gibt Probleme mit den Angehörigen und vielleicht könnten Sie da ...« Eine Schwester kommt in den Raum. Lara blickt noch einmal zu Issa, er ist ein wunderschöner Mann geworden, er sah schon immer gut aus. Sie sieht zufrieden, wie sich seine breite Brust mit dem weißen Verband hebt und senkt und nickt. »Ich kümmere mich darum.«

Daran hat sie gar nicht gedacht, und erst, als sie aus dem Raum auf den Krankenhausflur tritt und zwei Polizisten davor sieht, wird ihr wieder bewusst, dass auf Issa geschossen wurde. Geschossen, jemand wollte ihn offenbar töten.

Krieg der Arabischen Clans. Sie hat natürlich schon von den sogenannten arabischen Großfamilien gehört, doch sich niemals etwas dabei gedacht oder sich damit befasst, doch jetzt bleibt sie vor den Polizisten stehen. »Warum sind Sie hier?«

Sie sehen sie etwas verwundert an. »Wir bewachen den Patienten.« Lara sieht zur Tür zurück, hinter der Issa noch liegt. »Sie bewachen oder schützen ihn? Ich meine, er wurde doch angeschossen, oder wird ihm etwas vorgeworfen?«

Sie weiß, dass sie keine Ahnung hat, was hier vor sich geht, doch ganz so verwunderte Blicke hat sie nun auch nicht verdient. »Das ist nicht ganz klar, erst einmal wird ihm nichts vorgeworfen, doch wir wissen auch nicht, ob es bei diesem Mordversuch bleibt, draußen warten über 50 Leute auf Nachrichten, wie es dem Patienten geht, sie alle sind seinetwegen hier, und sollte sich sein Gesundheitszustand verschlechtern, könnte das da draußen noch unruhiger werden. Wir sind auch hier, um das hier unter Kontrolle zu halten. Außerdem ist das da drinnen ein Mitglied des Nassar-Clans und kein Unschuldslamm.«

Über 50 Leute, das kann nicht sein. »Sind sie alle seinetwegen hier?« Die Polizisten nicken. »Ja, es sind fast alles Mitglieder seiner Familie.« Lara sagt nichts weiter und geht vor das Krankenhaus, wo sie noch einmal gestoppt wird.

»Wohin wollen Sie?« Ein weiterer Polizeibeamter hält sie auf und jetzt sieht Lara, dass sich wirklich eine Menge vorwiegend männlicher Personen auf dem Parkplatz des Krankenhauses aufhalten. »Wieso sind die alle hier?« Er seufzt auf. »Einer von ihnen ist hier eingeliefert worden. Sie sollten lieber drinnen bleiben oder den Seiteneingang benutzen.«

Lara beginnt, in der Menge nach Basim Ausschau zu halten. »Ich suche jemanden.« Der Polizist will noch etwas sagen, doch Lara geht einfach zu den Männern und sucht Basim. »Hey, Sie. Sie sind doch Ärztin. Wissen Sie, was mit Issa Nassar ist? Wie geht es ihm?« Lara sieht die Männer an, die alle ungefähr in ihrem Alter sind. »Wo ist Basim?« Nun sind es die Männer, die verdutzt zu ihr sehen, doch einer dreht sich um. »Basim, hier sucht dich jemand.«

Lara sieht hinter den Mann zu einem großen, breiten Mann, der sich umwendet und auf sie zukommt. Es dauert einen Augenblick, bis Lara ihn erkennt, genau wie Issa ist er ein großer durchtrainierter Mann, der so kaum noch an den kleinen pummeligen Cousin von Issa erinnert, doch die grünen Augen und das gleiche Gesicht fahren sie einmal von oben bis unten ab.

»Wollt ihr mich … Lara? Bist du das … Lara?« Lara lächelt matt und im nächsten Moment hat Basim sie auf den Arm gehoben und drückt sie an sich. »Das ist doch unglaublich. Lara, was tust du denn hier?« Lara lacht auf, so war Basim schon immer, völlig ungestüm und herzlich.

Er lässt sie wieder herunter, und in diesem Moment erkennt Lara Issas älteren Bruder Ibo und weitere Cousins, die sie alle noch von früher kennt. Sie alle sind älter geworden, doch Lara erkennt sie. Auch Ibo kommt und umarmt Lara.

»Ich arbeite hier. Wir haben gerade Issa operiert, er hat es geschafft. Es war sehr knapp, aber er hat überlebt.« Nun wird sie nochmal gedrückt und Basim lacht laut auf. »Habt ihr gehört, er kommt durch. Wir dachten wirklich, wir würden ihn verlieren.« Ibo ruft etwas auf arabisch in die Menge, man hört ihm an, wie erleichtert er ist. Lara weiß, dass er immer sehr streng zu Issa war, doch dass er ihm auch sehr viel bedeutet.

Basim lacht erleichtert auf und legt den Arm um Lara. »Das ist doch … sieh an, wie groß Gott ist, da kommst Issas Engel wieder in sein Leben und rettet ihn.«

Lara lacht leise. »Na ja, wir alle haben ihn gerettet. Er wird gleich in den normalen Bereich verlegt und wird langsam wach. Es kann aber noch etwas dauern, bis er wirklich ansprechbar ist. Vor seiner Tür stehen zwei Polizisten, ich weiß nicht, was passiert ist, wieso hat jemand auf Issa geschossen?« Basim hat noch immer seinen Arm um sie gelegt. »Wann hast du Issa das letzte Mal gesehen?« Lara sieht ihm in die Augen. »Ich denke, wir waren ungefähr dreizehn.« Basim atmet tief ein. »Das ist kompliziert, Issa führt jetzt ein anderes Leben, ich denke, er wird dir alles erklären, wenn er wach ist. Ich kann es nicht erwarten, sein Gesicht zu sehen, wenn er erfährt, dass du ihm das Leben gerettet hast.«

Lara würde Basim gern widersprechen, doch er ist so erleichtert und glücklich, dass es jetzt nichts bringen würde. Ihr Telefon klingelt, sie muss wieder auf die Station, ihre Schicht ist zu Ende. »Ich muss wieder rein. Es können zwei oder drei mitkommen auf sein Zimmer, mehr nicht. Er braucht noch viel Ruhe. Wo ist seine Mutter?«

Ibo zieht schon sein Handy aus der Hosentasche. »Sie ist zusammengebrochen und zu Hause. Ich sage ihr, dass sie kommen soll, so lange bleiben wir bei ihm.« Lara nickt und sieht zu Basim. »Es wäre gut, wenn hier ein wenig Ruhe einkehrt, ihr wisst ja jetzt, wie es ihm geht, oder wartet ihr noch wegen der anderen Verletzten?«

Basim schüttelt den Kopf. »Nein, der Angriff galt dem Café meines Onkels. Es war eher Zufall, dass Issa da gerade saß, sie wollten dem Café und somit unserer Familie schaden. Alle anderen, die noch verletzt wurden, sind einfach nur welche, die vor dem Café auf der Terrasse gestanden und geraucht haben. Keiner von uns hat es kommen sehen, ich war gerade drinnen und noch einmal auf Toilette. Wir wollten gerade los, da ist das Auto angerast gekommen und sie haben auf alles geschossen. Sie waren so feige, dass sie komplett maskiert waren. Aber glaub mir, früher oder später finden wir heraus, wer das war.«

Lara versteht noch immer nicht genau, was da passiert ist, doch sie wird das schon noch herausbekommen. »Okay, folgt mir.« Basim, Ibo und ein weiterer Mann folgen Lara, sie sagen einigen Männern Bescheid, und als sich Lara noch einmal umdreht und auf den Parkplatz zurücksieht, leert sich dieser bereits.

Sie fahren in den ersten Stock, wo das Zimmer ist, in das Issa gebracht wurde, eine Schwester hat ihr Bescheid gegeben.

Es ist ganz still, als Lara die Männer in das Zimmer führt, das Licht ist aus, nur eine kleine Nachttischlampe brennt. Issa liegt genauso regungslos wie die ganze Zeit schon da, doch Lara weiß, dass er bald wacher werden wird. Die Männer verteilen sich auf Sofas und Sessel. Einen Augenblick bleibt Lara noch stehen und sieht auf Issas Gesicht, dann klingelt ihr Handy. »Ich muss los, sobald ich morgen wieder da bin, komme ich nach Issa sehen ….«

Die Männer sehen sie nur an. Basim nickt. Das hat sich komisch angehört, es fühlt sich auch merkwürdig an, zu gehen, doch diese Situation ist auch nicht normal und Lara weiß nicht, wie sie anders handeln sollte. Sie möchte seiner Familie und seinen Freunden nicht diese Zeit nehmen und sie weiß auch noch gar nicht genau, wie sie Issa dann gegenübertreten soll.

Sie ist völlig fertig von der Operation und als sie das Krankenhaus verlässt, hat sie das Gefühl, mitten in einem Traum zu stecken. Das kann doch alles nicht wahr sein.

Kapitel 3

Als Lara nach Hause kommt, fühlt sie sich völlig ausgelaugt.

Sie geht duschen und versucht, all das von sich zu waschen. Die Erinnerungen und Gefühle wegen Issa prasseln auf sie ein. Sie hat das Bedürfnis, zu ihm zu fahren, bei ihm zu sein und ihn zu fragen, was passiert ist, was er macht, wie er lebt, doch sie weiß, dass er jetzt Ruhe braucht und auch, dass diese Zeit jetzt seiner Familie gehört, die mit dem Schlimmsten gerechnet hat. Lara hat gesehen, wie diesen stolzen Männern Felsbrocken vom Herzen gefallen sind, als sie ihnen gesagt hat, dass Issa lebt und es geschafft hat.

Lara hat kaum etwas gegessen, doch auch jetzt hat sie keinen Appetit. Normalerweise legt sie sich nach solch einer Schicht immer sofort schlafen, doch als sie sich jetzt ins Bett legt, hört ihr Kopf nicht auf zu arbeiten. Familienclans, arabische Großfamilien, Issa, sie findet einfach keine Ruhe und holt ihren Laptop ins Bett und beginnt zu recherchieren.

Zuerst gibt sie 'Berlin arabische Großfamilien' ein und tatsächlich, in fast jedem Artikel wird neben einigen anderen Familiennamen auch immer die Familie Nassar erwähnt. In einem Artikel steht geschrieben, dass sie zu einer der größten Familien gehört. Sie stammen aus Beirut und zu ihnen zählen sehr viele Familienangehörige. Die erste Generation, die nach Berlin gezogen ist, hatte neun Geschwister, die alle verheiratet sind und auch mehrere Kinder haben.

Lara findet einen Stammbaum ohne Bilder, und tatsächlich, da ist Issas Familie. Der Name seiner Mutter, sein Vater und dahinter das Datum, dass er vor fünf Jahren gestorben ist. Lara erinnert sich noch gut an den strengen, aber doch auch liebevollen Vater. Am Anfang, als sie wussten, dass Lara gehen wird, hat er das nicht ernst genommen, nachdem er dann aber gemerkt hat, wie nah das seinem Sohn geht, hat er nachgegeben und sie die letzten Tage und Nächte zusammen verbringen lassen.

Für einen Moment hat sie ein richtig schlechtes Gewissen, nicht für Issa dagewesen zu sein, auch wenn er oft sauer war, weil sein Vater so streng war, hat er ihn doch immer sehr geliebt. Aber natürlich ist Lara auch bewusst, dass sie sich da bereits einige Jahre nicht mehr gesehen haben und Issa sicher an alles andere aber nicht an sie gedacht hat oder sie an seiner Seite gebraucht hätte.

In einem weiteren Artikel wird beschrieben, dass einige der Familienangehörigen nicht arbeiten dürfen oder keine Arbeit haben und trotzdem alle gut leben. Es werden Luxusautos gezeigt und auf einem Bild ist auch Issa mit Basim zu sehen, sie lehnen an einem Mercedes und grinsen in die Kamera.

Das Bild sieht älter aus, vielleicht war Issa da achtzehn, Anfang zwanzig und doch erkennt sie ihn sofort wieder. Automatisch bildet sich auch auf ihren Lippen ein Lächeln, sie wusste, dass er mal solch ein hübscher Mann wird. Er war als Junge schon der Schwarm jedes Mädchens; auf dem Bild sieht man einen jungen braungebrannten Mann mit durchtrainiertem Körper, dunklen Haaren, schönen dunklen Augen und einem unwiderstehlichen Lächeln.

Issa hat sicherlich einigen Frauen das Herz gebrochen. Irgendwie hat er auch ihres gebrochen, als sie gehen musste, es ist ihr sehr schwergefallen, doch Issa und sie konnten auch nichts dagegen tun, sie waren noch Kinder.

Die Zeitungen schreiben von Immobiliengeschäften, Schutzgeldern, Autohandel und Prostitution. Lara überfliegt das Ganze nur, auch wenn sie Issa lange nicht gesehen hat und im Grunde nicht weiß, wie sein Leben weiter verlaufen ist, kann sie sich das nicht vorstellen. Es wird auch berichtet, dass nicht alle Familienangehörige kriminellen Machenschaften nachgehen, und Lara denkt auch, es könnte gut sein, dass Issas Familie zwar dazugehört, sich aber aus all den Dingen heraushält, und vielleicht war er nur zufällig im Café seines Onkels und ist nur zufällig angeschossen worden.

Als sie sich das einredet, geht es ihr ein wenig besser. Sie schließt den Laptop und auch endlich die Augen. Sie wird Issa in einigen Stunden wiedersehen und vielleicht bekommt sie dann einige Antworten auf die Fragen, die ihr durch den Kopf schwirren.

Natürlich ist Lara alles andere als richtig ausgeschlafen, als sie wieder wach wird. Sie schreibt mit ihrem Vater und telefoniert mit Amelia, die sie leider wegen komplett unterschiedlicher Schichten schon fast eine Woche nicht mehr gesehen hat. Sie fragt auch nach, ob sie weiß, wie es dem jungen Mann mit der Schussverletzung geht, der gestern eingeliefert wurde, doch Amelia war nicht in dieser Abteilung und weiß nichts davon.

Während sie telefoniert, isst sie einen Toast, macht sich einen Kaffee und schlüpft wieder ins Bett, sie beendet das Telefonat und sieht sich noch eine Folge einer Serie an, die sie gerade begonnen hat, wobei sie allerdings wieder einschläft. Als sie durch die Abspannmusik wieder wach wird, muss sie sich richtig beeilen. Lara springt unter die Dusche, cremt sich ein, benutzt ein leichtes Bodyspray, bindet sich einen Zopf, steckt sich weiße Perlenohrringe an, zieht eine schwarze engere Hose und ein weißes Top an und schminkt sich wie immer leicht und dezent für die Arbeit.

Sie fährt zu ihrer Schicht, geht sich ihren weißen Kittel überziehen und dann direkt in die Erste Hilfe, wo es gerade noch sehr ruhig ist. »Ist etwas los, oder kann ich auf Station gehen?« Die Schwester sieht in die Akten. »Nur ein Mann, der geröntgt werden muss, das übernehmen wir. Gehen Sie ruhig erst einmal auf Station. «

Lara fährt in den ersten Stock und geht zuerst in das Schwesternzimmer der Station. »Ist etwas vorgefallen?« Lara begrüßt alle. »Nein, nichts weiter, es ist heute sehr ruhig. Der Herr im Zimmer 103 hatte heute Mittag etwas Herzrasen, aber das ist schon wieder weg, sonst ist alles ruhig. Der Oberarzt hat vor einer halben Stunde einen Rundgang gemacht.«

Lara zieht Issas Akte heraus. »Und der Mann mit der Schusswunde?« Die Schwestern zeigen zu dem Raum, in dem Issa alleine liegt. Die Familie hat wohl für ein Einzelzimmer bezahlt. »Die Polizei ist seit heute Morgen nicht mehr da, die Lage hat sich wohl entspannt. Es gehen von morgens bis abends Menschen ein und aus, sie hören nicht darauf, dass der Mann Ruhe braucht.«

Lara legt bis auf zwei Akten die anderen wieder weg und lächelt. »Ich sehe noch einmal nach dem Mann in 103 und dann nach den anderen Patienten.« Sie geht zum Raum 103. Der Patient schläft schon halb. Lara überprüft noch einmal seine Werte, doch statt gleich den Raum zu verlassen und ihm die benötigte Ruhe zu geben, zieht sie alles ein wenig in die Länge. Der Gedanke, zu Issa ins Zimmer zu gehen, lässt sie richtig nervös werden, was absolut absurd ist, doch ihr Magen zieht sich aufgeregt zusammen.

Irgendwann fragt der Patient sie sehr genervt, ob er jetzt endlich schlafen kann und Lara entschuldigt sich und geht langsam aus dem Raum und den Gang hinunter. Wieso stellt sie sich so an? Da drin liegt ein alter Kinderfreund von ihr. Sie hat sich auch gefreut, Basim wiederzusehen. Mit Issa wird das sicherlich ähnlich sein. Trotzdem stockt sie noch einmal, als sie vor der Tür steht. Schon vor der Tür hört sie laute arabische Stimmen und tiefes Lachen. Lara atmet ein und klopft leise an, bevor sie eintritt.

Das laute Stimmenwirrwarr schlägt plötzlich in absolute Stille um.

Um das schmale Krankenhausbett sitzen mehrere Männer herum, Lara blickt auf viele breite Rücken, doch auch Issas Mutter ist da und lächelt, als sie sie erkennt. »Lara!« Lara sieht genauer hin, Basim ist da, sie erkennt Ismael und Ibo und auch einen Cousin, den sie früher öfter gesehen hat, außerdem hat sie sein Bild gestern bei ihren Internet-Nachforschungen über die Familie immer wieder gesehen.

»Hallo. Ich wollte nur mal nach ...« In dem Moment gehen die Männer zur Seite und Lara kann auf das Krankenbett sehen. Issa sitzt halb, halb liegt er darin. Das Kopfteil des Bettes ist hochgestellt, er sieht zu ihr und in dem Augenblick, als sich ihre Augen treffen, kann Lara nicht verhindern, dass ihr Tränen in die Augen steigen.

Sie will es nicht, fühlt sich komisch dabei, sie haben sich so lange nicht gesehen, doch als sie ihm jetzt in die Augen sieht, ist es fast, als würde der junge Issa da vor ihr liegen und es berührt sie einfach, ihn nach all der Zeit wiederzusehen, ihn nach gestern und seinen Verletzungen so lebendig vor sich zu sehen.

Man kann in seinem Gesicht keine Regung erkennen, er sieht an ihr hoch und herunter und scheint es … nicht fassen zu können. »Ich sage doch, dein Engel ist wieder da und sie hat dich gerettet. Lasst uns den beiden mal ein paar Minuten geben.«

Lara atmet tief ein, als Basim und die anderen den Raum verlassen und sie zum Bett geht. Issas Mutter umarmt sie lange und flüstert ein Danke, doch dann geht auch sie hinaus. So schafft sie es, dafür zu sorgen, dass die Tränen, die sich in ihren Augen angesammelt haben, nicht die Wangen herunterlaufen. Sie weiß nicht genau, ob es angebracht ist, doch sie setzt sich an sein Bett, während er nicht eine Sekunde den Blick von ihr nimmt.

»Lara? Wie kann das sein?« Issas Stimme ist rau, als er dann endlich das Schweigen bricht, sie lächelt und er setzt sich noch weiter auf. »Komm schon her!« Als er seine Arme öffnet, macht ihr Herz einen kleinen Hüpfer, und sie umarmt ihn, sehr vorsichtig darauf bedacht, ihn nicht an seinen Verletzungen zu treffen.

Issa riecht leicht nach Aftershave, obwohl er eigentlich noch nicht viel aufstehen darf. Lara schließt die Augen, als sie auch einen vertrauten Duft aus ihrer Kindheit vernimmt. »Ich habe gestern auch gedacht, ich sehe nicht richtig, doch ich habe dich sofort erkannt und ja … habe gehandelt, ich wünschte auch, wir hätten uns unter anderen Umständen wiedergesehen.« Ihre Stimme ist ungewohnt leise und brüchig.

Sie spürt seine Lippen an ihrer Schlafe, dann weicht sie so zurück, dass sie ihm wieder in seine schönen Augen sehen kann. »Ich habe gehört, du hast mich gerettet?« Lara schüttelt den Kopf. »Nein, wir alle hier haben das. Es war knapp, du hast viel Blut verloren.« Issa lehnt sich wieder zurück, das gleiche freche Grinsen, was er früher schon immer im Gesicht hatte, bildet sich auch jetzt auf seinem Gesicht.

»Ich habe so oft an dich gedacht und mir vorgestellt, was du machst, wie du aussiehst, aber ich muss zugeben, du übertriffst all meine Vorstellungen. Du siehst gut aus, Lara, und du bist Ärztin. Wolltest du nicht mal Tierärztin werden?«

Lara muss lachen. »Ja, das stimmt allerdings, ich habe dann aber ein Schulpraktikum beim Tierarzt gemacht und wurde zweimal gebissen und so habe ich mich umentschieden.« Issa sieht ihr in die Augen, und auch Lara kommt es unwirklich vor, hier vor ihm zu sitzen. Sie öffnet seine Akte. »Na, das kann dir hier nicht passieren.« Lara hebt die Augenbrauen. »Ich habe schon drei Bisse und so einige andere Sachen abbekommen, Menschen sind manchmal schlimmer als Tiere.« Issa lacht und Lara sieht ihn zufrieden an. »Deine Werte sind recht gut, du brauchst aber noch viel Ruhe, Issa. Eigentlich solltest du noch nicht so viel Besuch bekommen, hast du Schmerzen?«

Auch wenn er schon sehr fit wirkt, sieht Lara an seinen Werten, dass er es noch nicht ist. Dunkle Schatten liegen unter seinen Augen, er ist ein wenig blass, was sie daran erkennt, dass sein Hals und seine Brust viel dunkler sind. Sein Oberkörper ist dick verbunden und man erkennt, dass er beim Ein- und Ausatmen Schmerzen hat und deswegen sehr flach atmet. Lara bemerkt so etwas sofort.

Er schüttelt den Kopf. »Nein, es ist alles gut, es tut mir leid, dass du das so ... erleben musstest, ich wünschte auch, wir hätten uns zu einem anderen Zeitpunkt wiedergesehen. Ich kann einfach nicht glauben, dass du wirklich hier an meinem Bett sitzt, so als wären die letzten Jahre nicht gewesen. Wie geht es deinen Eltern? Seit wann bist du zurück?« Lara will etwas sagen, doch ihr Diensttelefon klingelt. Es ist die Notaufnahme, gleich kommt ein Kind mit Verdacht auf Blinddarmentzündung herein. »Ich muss arbeiten, ich habe heute bis Mitternacht Schicht, es gibt meistens so gegen 21 Uhr, wenn die Besuchszeit vorbei ist, eine Ruhephase, dann kann ich noch einmal vorbeikommen, aber nur, wenn du dich bis dahin ein wenig ausruhst.«

Er grinst wieder und nickt. »Ich verspreche es. Dann bis später.« Lara steht auf und wendet sich noch einmal um. »Bis später, soll ich dir noch irgendetwas besorgen? Brauchst du etwas?« Sein Grinsen wird milder. »Nein, dass ich dich wiedergefunden habe, ist mehr, als ich mir je hätte erhoffen können.«

Lara lächelt zurück und würde am liebsten den Kopf schütteln, wie irreal ist das alles bitte? Sie geht vor die Tür, vor der sogar noch mehr Leute als vorher warten und lässt sie in das Zimmer zurück, nur Basim hält sie zurück. »Basim, Issas Werte sind noch nicht optimal. Er wäre gestern fast gestorben, ich weiß, dass ihr eine große Familie habt, aber er braucht Ruhe, um wieder richtig gesund zu werden.«

Basim stimmt ihr zu. »Das habe ich auch gemerkt, in einer halben Stunde schmeiße ich alle raus und sorge dafür, dass er Ruhe hat ...« Als Lara allerdings zum Fahrstuhl geht, kommen zwei weitere Frauen und zwei Kinder heraus und steuern Issas Zimmer an; Lara weiß nicht, ob Basim das wirklich gelingen wird.

Während der nächsten Stunden hat Lara zum Glück viel zu tun, trotzdem muss sie immer wieder an die Begegnung denken, wie sehr sie sich beide doch verändert haben, und trotzdem gab es etwas zwischen ihnen, was sie nicht definieren kann, etwas, was nicht gewichen ist, egal wie viele Jahre vergangen sind.

Sie freut sich, als endlich nichts mehr los ist, nimmt sich zwei Desserts und fährt auf die Station; als die Schwestern ihr auch dort sagen, dass alles ruhig ist und wirklich schon seit einigen Stunden kein Besuch mehr bei Issa war, geht Lara zu seinem Zimmer. Dieses Mal sagt sie aber Bescheid, dass es ein alter Schulfreund von ihr ist, damit erst gar keine falschen Gerüchte aufkommen können.

In Issas Zimmer brennt nur die kleine Lampe an seinem Bett und der Fernseher ist an. Issa sieht sich einen Boxkampf an, aber als Lara ins Zimmer tritt, schaltet er ihn ab. »Ich dachte schon, du schläfst.« Er richtet sich noch weiter auf. »Ich habe schon einige Stunden geschlafen und es hat mir wirklich gutgetan. Dann wollte mich eine Schwester waschen und ich konnte sie gerade noch davon überzeugen, mich das alleine machen zu lassen, ihr solltet wirklich mal überprüfen, wer hier arbeitet.«

Lara lacht leise und setzt sich wieder an sein Bett.

Tatsächlich sieht er etwas erholter aus. Der Arzt war vorhin bei ihm und seine Wunden heilen gut, die Werte bessern sich langsam, sie hat all das gerade in seiner Akte überprüft. »Sie müssen das machen, so kurz nach einer so schweren Operation wäre es noch sehr riskant, dich alleine ins Bad zu lassen, du solltest dich nur langsam und vorsichtig bewegen.«

Er lächelt mild. »Okay, Ärztin. Ich wette, alle Patienten sind dankbar, wenn du sie behandelst. Alle anderen, die hier arbeiten, sind eher ... « Lara gibt ihm das Dessert und einen Löffel. »Die sind alle sehr nett und wenn du dir schon über solche Sachen Gedanken machen kannst, geht es dir wirklich besser, als ich vermutet hätte.« Issa isst das Dessert. »Ich habe vorhin schon nach mehr gefragt, doch die haben gesagt, für jeden Patienten nur eins. Zum Glück habe ich selbst hier die besten Kontakte. Und dafür, Lara, braucht ein Mann nicht fit zu sein, solche Beobachtungen macht er selbst noch auf dem Sterbebett.«

Lara muss lachen und schlägt leicht gegen seine Hand, wie sie es früher immer getan hat, wenn er sie mit solchen Sachen zum Lachen gebracht hat, die sie eigentlich schockieren müssten. Lara hat seinen Humor schon immer geliebt. »Du bist noch genauso unmöglich wie früher, ich wette, nachdem ich weg war, warst du nur noch der Klassenclown und hast alle Mädchen verrückt gemacht.«

Issa ist viel schneller als sie und stellt zufrieden die Schüssel weg. »Das würde ich jetzt nicht unbedingt abstreiten, aber zuerst möchte ich erfahren, was du gemacht hast und was passiert ist. Weißt du noch, Lara, wir wollten uns niemals verlieren?«

Sie blickt hoch und ihre blauen Augen treffen auf seine dunklen. Auch wenn noch so viele Jahre vergangen sind und ihre Leben sich in solch unterschiedliche Richtungen verlaufen haben, fühlt es sich an, als würde sie dem jungen Issa in die Augen sehen und sie säßen wieder auf dem Dach.

»Du hast recht, wir wollten uns nie verlieren, doch wir haben es getan.«

Issa lächelt matt. »Und dann treffen wir uns so wieder. Erzähl mal, wie war es in England? Irgendwann ging deine Nummer nicht mehr und du hast dich auch nie wieder gemeldet.«

Lara macht es sich bequemer und er rückt noch ein wenig, um ihr mehr Platz zu verschaffen, doch sie deutet ihm an, dass er das sein lassen soll und genau im selben Moment stöhnt er auf, weil ihm diese Bewegung wehgetan haben muss.

»Es war natürlich eine große Umstellung, ein neues Haus, eine neue Schule, neue Freunde. Mir hat es zwar sofort in England gefallen, doch ich habe Berlin irgendwie immer vermisst. Ich war auch enttäuscht, dass wir beide so schnell den Kontakt haben schleifen lassen, doch ich denke jetzt, dass es sicherlich daran lag, wie jung wir noch waren. Ich habe mein Handy verloren und damit alle Nummern, und als ich dann in Berlin war, wart ihr weggezogen. Auch das Geschäft deines Onkels … alles war weg.«

Issa nickt. »Wir sind alle nach Lichterfelde gezogen, du weißt doch, meine Mutter wollte immer ein eigenes Haus und dort leben viele aus meiner Familie und sie fühlt sich dort viel wohler als in der alten Wohnung.« Lara zieht die Augenbrauen hoch. »Hat dein Vater dann doch arbeiten können oder wie …?« Issa schüttelt den Kopf. »Die alte Generation darf noch immer nicht arbeiten, wir allerdings schon und na ja … unserer Familie geht es jetzt besser, viel besser als damals noch.«

Sofort arbeitet es in Laras Kopf, sie denkt an die vielen Artikel über die Geschäfte der Clans, doch sie ist nicht in der Position, ihm jetzt solche Fragen zu stellen, deswegen nickt sie nur leicht. »Das … ist schön. Na ja, wie gesagt, ich habe dann in England gelebt und bin dort zur Schule gegangen. Je älter und selbstständiger ich wurde, umso mehr haben sich auch meine Eltern verwirklicht, du kennst sie ja … sie waren schon immer Träumer und lieben ihre Arbeit. Beide. Papa und ich waren den größten Teil in England, meine Mutter ist sehr viel in der Welt unterwegs.« Sie sieht einen Augenblick auf die Decke.

»Ja, ich kann mich sehr gut an die beiden erinnern, besonders an das Gespräch mit deinem Vater darüber, was passiert, wenn man einer Frau das Herz bricht und wie man genau verhütet.« Lara schließt die Augen. Ihr Vater. Sie kann sich noch sehr gut an diesen Tag erinnern.

»Jaaaa, ich kann mich daran auch noch erinnern. Das war mir so peinlich und besonders, als er dir Kondome mitgegeben hat, obwohl wir noch gar nicht so weit waren.« Issa lacht. »Dein Vater wusste aber genau, dass es nur eine Frage der Zeit ist und wie viel wir uns bedeutet haben und er wollte auf Nummer sicher gehen. Klar war das damals peinlich, aber wenn ich heute daran zurückdenke, hat er das alles richtig gemacht. Überhaupt, sieh doch, was aus dir geworden ist. Ich habe deine Eltern zwar als die Öko-Spießer bezeichnet, doch sie immer sehr gemocht und jetzt kann ich nur sagen, sie haben alles richtig gemacht.«

Lara zuckt leicht die Schultern. »Es war auf jeden Fall immer sehr viel los mit diesen Eltern. In den Ferien habe ich meist meine Mutter besucht. Ich war viel in Afrika und Asien und sonst habe ich mich sehr viel um die Schule gekümmert, sodass ich dann mein Studium beginnen konnte. Ich habe in England, in den USA und auch in Deutschland studiert und seit ich fertig bin, arbeite und wohne ich wieder hier.

Ich habe eine Wohnung in Steglitz, allerdings noch nicht sehr lange. Ich richte sie gerade ein, wohnst du auch in Lichterfelde? Dann sind wir ja fast Nachbarn.« Issa hebt seine Hand und streicht ihr eine Strähne hinter ihr Ohr, die sich aus ihrem Zopf gelöst hat. »Nein, meine Mutter und meine Tanten leben da, ich habe eine Wohnung in Zehlendorf.«

Lara legt den Kopf ein wenig schief. Zehlendorf ist einer der teuersten Bezirke Berlins. Sie weiß gar nicht, ob sie fragen soll, doch sie möchte natürlich auch wissen, wie Issas Leben verlaufen ist. Sie weiß allerdings nicht, ob er ihr das ehrlich beantworten kann, immerhin liegt er hier angeschossen vor ihr.

»So, nun bist du dran: Wie war es ohne mich in der Klasse und was hast du noch so getan, dass du jetzt in Zehlendorf lebst?«

Issa lacht auf und hält sich gleich die Brust, weil es ihm offenbar wehtut. »Also, ich war die erste Zeit als du weg warst kaum in der Schule, dann hat unsere Klassenlehrerin meine Mutter besucht und dann musste ich jeden Tag gehen. Ich habe mich dann mit anderen Mädchen abgelenkt und so versucht, meinen hübschen Engel zu vergessen.«

Nun muss auch Lara lachen. »Du warst schon immer ein Übertreiber, doch das mit den Mädchen habe ich mir fast gedacht, die haben nur darauf gewartet, dass ich Platz für sie mache, sag mir nur, dass du nichts mit Ebru hattest.«

Issa bekommt das breite Grinsen im Gesicht, was sie früher so geliebt hat und auch jetzt verfehlt es seine Wirkung nicht. »Ich war sauer auf dich.« Lara zieht die Augenbrauen zusammen und Issa streicht mit seinem Finger über ihre Stirn. »Du bekommst ja immer noch diese kleine Falte, wenn du sauer wirst. Es tut mir leid, es war auch nichts Ernstes.«

Lara nickt. »Das hatte ich auch nicht gedacht. Nicht bei Ebru.« Issa lehnt sich noch weiter in sein Kissen zurück, um sich wieder etwas bequemer hinzulegen. »Ich habe sie vor ungefähr einem halben Jahr wiedergetroffen, vor der Moschee, mittlerweile verhüllt sie sich komplett und hat drei Kinder.« Damit hätte Lara nun auch wieder nicht gerechnet.

»Wahnsinn, wie sich die Menschen alle verändern. Also, wie ging es bei dir weiter, nachdem du alle Mädchen der Schule verführt hast?«

Issa zuckt die Schultern. »Ich bin nach der zehnten Klasse abgegangen, ich habe das auch nur wegen meiner Mutter durchgezogen, du kennst sie ja. Danach habe ich eine Lehre in einer Firma angefangen und auch eine Weile gearbeitet. Mir hat das wirklich Spaß gemacht, wir haben Häuser restauriert, Fassaden erneuert, Räume umgestaltet, alles, was so anfällt. Doch irgendwann … war es Zeit, mich mit um die Geschäfte meiner Familie zu kümmern, ich arbeite viel mit Immobilien und verdiene so mein Geld, zumindest zum größten Teil …«

Lara würde am liebsten in seinen Arm kneifen, wie sie es früher immer getan hat, doch diese Zeiten sind vorbei. »Ich habe gestern mal nachgesehen, wovon alle reden, wenn sie von eurer Familie sprechen. Du weißt sicherlich, was über euch geschrieben wird.«

Dunkle Augen, die ihr so vertraut sind und doch auch wieder nicht, sehen sie abschätzig an. »Lara, früher habe ich dir alles anvertraut, alles. Du kanntest jeden meiner Gedanken und ich hätte dir nie etwas verheimlicht, und auch wenn ich dir jetzt in die Augen sehe und mir es fast so vorkommt, als wären wir wieder bei dir zu Hause in dieser komischen Hängematte, haben wir uns einige Jahre nicht gesehen und sind erwachsen geworden. Mir ist klar, dass ich das eigentlich nicht mehr von dir verlangen kann, doch ich würde dich bitten, mir einfach zu vertrauen, dass nicht alles so ist, wie die Zeitungen es darstellen und dir ein eigenes Bild zu machen. Ich meine, bis heute früh habe ich gedacht, ich sehe dich nie wieder …«

Lara sieht ihm weiter in die Augen: Natürlich, er hat recht, sie weiß, dass sie nicht alles glauben kann, was in den Zeitungen oder im Internet steht und dass sie auch nicht von ihm erwarten kann, sein ganzes Leben vor ihr auszubreiten. »Ja, natürlich.« Genau in dem Moment wird sie zu einem neuen Patienten gerufen und stellt überrascht fest, dass sie fast eine Stunde hier verbracht hat, die Zeit ist an ihr vorbeigeflogen.

»Ich muss runter, ruh dich aus. Ich komme morgen wieder vorbei.« Brauchst du noch etwas?« Lara steht auf. »Nein, ich habe alles, was ich brauche.« Lara sieht ihm noch einmal in die Augen. »Ebru ... also ich hätte dir echt mehr Geschmack zugetraut.« Er lacht und sie ist froh, nach dem gestrigen Schrecken dieses Geräusch hören zu dürfen. »Ich hatte meinen Engel verloren, was hattest du erwartet?«

Bevor sie aus dem Raum geht, räuspert er sich noch einmal. »Wir hatten uns verloren ... doch nun haben wir uns wiedergefunden.«

Lara lächelt und nickt. »Bis morgen, Issa.«

Kapitel 4

Während der restlichen Schicht versucht Lara, das alles auszublenden, sie kann das sehr gut, sie muss es als Ärztin gut können, alles, was passiert und was sie beschäftigt, von sich zu schieben und sich komplett auf ihre Schicht und die Patienten zu konzentrieren. Normalerweise fällt ihr das sehr leicht, doch ihr ist auch noch nie etwas Vergleichbares wie das passiert, was sie in den letzten Tagen erlebt hat.

Ja, sie hat Issa wiedergefunden. Ihren Issa, den sie so lange vermisst hat, und doch ist das nicht mehr der kleine Junge, der sich für sie auf dem Schulhof geprügelt hat, er ist ein erwachsener Mann geworden, der offenbar nicht den Weg eingeschlagen hat, den Lara sich für ihn gewünscht hätte.

Normalerweise neigt sie nicht zu Vorurteilen, sie weigert sich, Menschen in Schubladen zu stecken, doch ihre Recherchen zeigen deutlich, dass seine Familie mehr ist, als nur ihre alten Nachbarn, die sie von früher kennt.

Lara hat noch einige Fälle mit Patienten, die sie sehr beanspruchen, und so kommt sie erst am späten Morgen aus dem Krankenhaus und will eigentlich sofort schlafen, doch nachdem sie etwas gegessen hat, durchsucht sie das Internet noch einmal nach Issa.

Sie findet Bilder von ihm vor Gerichtsgebäuden, in Diskos, sie entdeckt seine Accounts auf diversen sozialen Netzwerken. Sie selbst hat nur einen Account, dort lädt sie hin und wieder Bilder hoch und bleibt mit ihrer Mutter, ihrem Vater und vor allem ihren Freunden in London, New York und Freiburg im Kontakt. Sie folgt Issa mit ihrem Account und sieht sich seine Bilder an.

Es ist immer noch ihr Issa. Sein Lächeln, seine Augen, er ist ein bildschöner Mann geworden und auf vielen Bildern sind wunderschöne Frauen neben ihm zu sehen. Die Bilder zeigen ihn mit teuren Autos und überall auf der Welt. Er hat Geld, daran besteht kein Zweifel, die Frage ist nur, wie er da herankommt.

Lara klappt den Laptop zu und lehnt sich zurück. Sie ist nicht besser als irgendwelche Reporter, sie sollte ihn einfach selbst fragen statt das Internet.

Die Müdigkeit holt sie dann doch ein. Sie schläft bis zum frühen Abend, geht duschen und macht sich fertig. Nachdem sie eine Sommerhose und ein weißes Shirt angezogen hat, schminkt sie sich und lässt ihre Haare offen. Sie trifft Sara in ihrem Lieblingsrestaurant, Sara hat frei. Da sie alle im selben Krankenhaus arbeiten, ist es leider oft so, dass ihre Schichten voneinander abweichen, doch sie schaffen es wie jetzt, trotzdem oft zusammen zu essen.

Sara hat erst morgen früh wieder ihre erste Schicht und weiß noch nichts von Issa. Lara erzählt ihr davon, nicht alles, sie erwähnt nicht, wie nah sie sich damals standen, nur, dass sie alte Freunde sind und er mit Schussverletzungen eingeliefert wurde.

Sie muss ihre Bedenken nicht einmal aussprechen, Sara kann sie sich denken und erzählt Lara, dass sie zusammen mit einem Mädchen studiert hat, das auch aus einer dieser sogenannten arabischen Großfamilien stammt. Sie ist bis heute mit ihr befreundet und sie wird sicherlich bald, genau wie sie, eine gute Ärztin sein. Sie will damit nicht sagen, dass Issa ein Unschuldslamm ist, aber es bedeutet auch nicht, dass jeder, der diesen Familiennamen trägt, kriminell ist.

Mit dieser Geschichte im Ohr und dem Willen, sich in dieser Sache ein wenig mehr zu entspannen, fährt sie mit dem Fahrrad in die Klinik. Es ist ein schöner Abend, die Luft ist lau und es liegt der Duft des Sommers in der Luft. Lara ist eine halbe Stunde zu früh dran und fährt erst einmal in die Station, in der Issa liegt. Sie hat bei einem Kiosk angehalten und ihm eine Kleinigkeit besorgt.

Die Schwestern sehen sie verwundert an, als sie in privater Kleidung auf die Station kommt, sagen aber nichts weiter. Es war heute wieder viel Besuch da, doch alle halten sich an die Besuchszeiten und seit zwei Stunden ist Ruhe im Zimmer von Issa. Seine Werte steigen wieder und heute war wohl schon eine Physiotherapeutin da, die mit ihm Übungen machen wollte, doch er hat abgelehnt.

Lara überfliegt das alles und geht dann zu seinem Raum. Sie klopft an seine Tür und tritt ein. Issa ist wach, es brennen zwei Lampen, sonst ist der Raum abgedunkelt und er sieht sich einen Film an. Als Lara hereinkommt, lächelt er und schaltet den Fernseher ab. »Bist du zu einem Vampir mutiert? Arbeitest du nur nachts?«

Sie zieht die Kaugummis, die sie früher immer gekauft haben, aus ihrer Tasche und schüttelt den Kopf. »Nein, ich habe nach der Schicht heute zwei Tage frei und dann Frühschicht.« Issa lacht auf, als sie ihm die Kaugummipackungen reicht; als er seinen Arm hebt, sieht sie sofort, dass ihn das schmerzt. »Ich habe die ewig nicht gegessen. Danke.«

Issa hat sich diese Kaugummis als Kind jeden Tag gekauft. Auch jetzt nimmt er sich gleich einen und lehnt sich entspannt zurück. »Ich weiß gar nicht, was mir mehr gefällt, die sexy Ärztin Lara oder so privat. Du warst schon immer sehr hübsch, doch ich habe nicht geahnt, dass du mal solch eine schöne Frau wirst, sonst hätte ich vielleicht noch mehr versucht zu verhindern, dass du Berlin verlässt.«

Er sagt das mit einem Schmunzeln im Gesicht, doch sie beide wissen, dass sie wirklich alles versucht haben, um zu verhindern, dass sie sich trennen müssen.

»Issa, du musst mit der Physiotherapeutin arbeiten, damit du deinen Körper wieder schneller bewegen kannst.« Issa winkt ab. »Ich brauche so etwas nicht. Ich gehe alleine ins Bad. Morgen werde ich frische Luft schnappen gehen.« Er deutet zu einer Tüte auf seinem Tisch. »Meine Mutter hat dir etwas mitgebracht als Dankeschön, und da ist auch noch etwas von mir.«

Sie legt ihre Tasche auf den Tisch und öffnet die Tüte. »Oh nein, das Brot von deiner Mutter.« Sie zieht die Teigfladen heraus und auch noch eine Schüssel Tabbouleh.

»Das hast du doch am meisten geliebt. Meine Mutter hat für mich gekocht und gleich alles zubereitet, was du immer so gemocht hast.«

Lara hat zwar schon gegessen, doch sie nimmt sich trotzdem einen der Teigfladen und beißt ab. Genüsslich schließt sie die Augen und zieht ein längliches Paket aus der Tüte. »Sag deiner Mutter danke von mir. Als ich zurück nach Berlin gekommen bin, bin ich am Kottbusser Damm zu einem libanesischem Restaurant gegangen und habe alles bestellt, was ich von deiner Mutter kannte, doch nichts hat so gut geschmeckt wie bei ihr.«

Issa lacht und sieht sie zufrieden an. Er wirkt sehr entspannt. Lara nimmt das kleine Päckchen und setzt sich an sein Bett. Es ist komisch, auch wenn sie sich so lange nicht gesehen haben und so viel in der Zwischenzeit passiert ist, fühlt es sich sehr vertraut an, bei ihm zu sein.

»Wieso bekomme ich ein Geschenk?« Sie sieht Issa in die dunklen Augen, die ruhig auf ihr liegen. »Ich habe mir heute Morgen dein Profil angesehen und gemerkt, dass du Geburtstag hattest, als ich eingeliefert worden bin. Ich habe das im Internet gesucht und Basim hat es abgeholt.«

Lara öffnet die Verpackung, der Name darauf verrät schon, dass, was auch immer sich darin befindet, es teuer sein muss. Doch als sie dann die Schachtel öffnet, stockt sie. »Ist das …?« Sie fasst behutsam über das zarte goldene Armband mit dem Kreuzanhänger.

»Das, finde ich, kam dem alten am nächsten.« Er setzt sich auf und nimmt das Armband aus der Schachtel. Lara sieht verwundert dabei zu, wie er es ihr geschickt um ihr Handgelenk bindet. Sie sieht hoch und in seine Augen.

»Es ist perfekt, es ist genau das Armband. Ich kann nicht glauben, dass du dich daran noch erinnerst.« Diese Geste berührt Lara wirklich. Sie hatte genau das Armband zu ihrer Kommunion bekommen und es immer getragen. Issa war dabei, obwohl er eigentlich nicht in die Kirche sollte, doch er war kurz drinnen und später bei der Feier dabei.

Einige Monate später hatten sie beide einen Streit, weil Issa sie zweimal versetzt hatte. Issa wollte sie am Arm festhalten, doch Lara hat sich losgerissen. Kurz danach hat sie gemerkt, dass das Armband weg war. Es muss dabei abgefallen sein.

Sie haben drei Tage lang immer wieder diese Stellen abgesucht, doch das Armband war weg. Lara war noch immer sauer und hat Issa die Schuld gegeben, auch wenn er keine Schuld hatte. Das ist schon so lange her, doch er hat es nicht vergessen. Das Armband sieht genauso aus wie das, was sie damals verloren hat.

Sie lächelt und betrachtet es noch einmal. »Ich habe nichts von damals vergessen.« Lara sieht ihm erneut in die Augen und kann nicht anders. Sie umarmt ihn, auch wenn sie weiß, dass ihm das wehtut, doch Issa schließt sie sofort in seine Arme.

Für einen Moment kommt es ihr so vor, als wäre sie wieder zwölf. Lara schließt die Augen, ihre Nase liegt an seinem Hals und sie atmet seinen Duft ein. »Du hast mir gefehlt.« Sie ist einfach nur ehrlich, das hat er.

Sie spürt, wie er sie enger umfasst und seine Lippen auf ihren Haaren liegen. »Ich habe immer daran geglaubt, dass wir uns wiedersehen, Engel. Nur nicht, dass es so sein wird.«

Lara lächelt, als sie die Augen öffnet und auf das Muttermal an seinem Hals sieht. Sie will etwas sagen, doch sein Handy klingelt, dabei sieht sie auf die Uhr. »Ich muss los, ich versuche, später noch einmal vorbeizukommen.«

Er nickt und geht ans Handy, während Lara ihre Tasche nimmt und den Raum verlässt. Sie hört dabei, wie Issa mit jemandem auf Arabisch spricht und auch wenn sie kein Wort versteht, fühlt sich selbst das vertraut an. Er hat früher viel auf Arabisch mit seinen Cousins oder seinem Vater vor ihr gesprochen.

Mit einem Lächeln im Gesicht geht Lara sich für ihre Schicht fertig machen. Sobald sie in die Erste Hilfe kommt, vergeht ihr das Lachen. Es ist voll und mit jeder Stunde füllt sich das Wartezimmer mehr. Sie muss sofort bei der Sache sein, es gibt zwei Notoperationen und einige andere komplizierte Fälle. Lara schafft es nicht, Pause zu machen. Sie arbeitet bis kurz vor Sonnenaufgang durch und als sie dann für einige Minuten etwas essen kann, fährt sie hoch zu Issa.

Er schläft tief und fest, als sie vorsichtig das Zimmer betritt. Sie muss leise lachen, besonders wenn er schläft, erinnert er sie an den jungen Issa. Lara nimmt sich das Brot und den Tabbouleh und genießt dieses kurze Eintauchen in alte Zeiten. Sie bewegt sich ganz leise, malt ein Herz auf ein Blatt und schreibt 'danke' dazu und legt alles zurück auf den Tisch, bevor sie wieder zurück zur Ersten Hilfe geht.

Auch heute macht sie wieder zwei Überstunden, aber als sie dieses Mal nach Hause kommt, fällt sie direkt ins Bett, ohne noch einmal irgendetwas nachzusehen. Als sie am späten Nachmittag wieder wach wird, breitet sich das erleichterte Gefühl aus, dass sie frei hat. Lara liebt das. Sie bleibt im Bett liegen und geht ihre Mails durch, dann sieht sie auf ihrem Account, dass Issa ihre Anfrage angenommen und jedes ihrer Bilder geliked hat, außerdem hat er ihr eine Nachricht geschickt, dass sie ihm ihre Handynummer schicken soll, was sie auch gleich tut.

Lara steht auf und geht duschen, sie weiß noch nicht einmal, was sie jetzt machen wird, ein Abend auf der Couch klingt verlockend, sie hat den Umzugskarton mit den Büchern bereits geöffnet, der Fernseher hängt aber noch nicht. Sie muss die zwei Tage nutzen und etwas in ihrer Wohnung vorankommen.

Als sie aus dem Bad kommt, hat sie bereits eine Nachricht von Issa auf ihrem Handy, in der er sie fragt, was sie gerade macht.

Lara speichert seine Nummer und schreibt zurück, dass sie es nicht weiß und gerade erst aufgestanden ist. Dann klingelt ihr Handy und ihr Vater ruft sie an.

Er hatte ihr zum Geburtstag geschrieben, doch sie haben es nicht geschafft zu telefonieren. Normalerweise hat Lara nicht viel zu erzählen, es passiert nicht allzu viel, außer dass sie arbeiten geht und mit ihren Freundinnen etwas unternimmt und die Sachen von der Arbeit erzählt sie ihren Eltern nur sehr sehr selten. Doch heute hat sie ihm etwas zu erzählen. Auch er kann nicht glauben, dass sie Issa wiedergetroffen hat. Sie sagt ihm nur, dass er mit Verletzungen eingeliefert wurde und dass sie auch seine Mutter und Basim gesehen hat.

Während sie darüber sprechen, wie schwer es auch ihren Eltern damals gefallen ist, mit anzusehen, wie sehr es Lara und Issa wehgetan hat, sich zu trennen, fällt Lara etwas ein. Sie sucht aus den Kisten eine heraus, in der sich alte Fotoalben befinden. Sie hat durch die vielen Umzüge nicht mehr alles, doch sie hatte immer eine kleine Kiste mit mehreren Bildern von Issa und ihr. Die findet sie auch sofort wieder und sieht sich die Bilder an.

Ihr Vater verspricht, bald nach Berlin zu kommen, sie soll Issa grüßen und ihm sagen, dass er ihn unbedingt sehen möchte. Als sie auflegen, entdeckt sie die nächste Nachricht von Issa. Er will, dass sie zu ihm kommt, außerdem hat er das Gefühl, zwei der Krankenschwestern stehen auf ihn, worüber sie den Kopf schüttelt, und er erzählt ihr, dass sie ständig kommen und fragen, ob sie ihm dabei helfen sollen, ins Bad zu kommen oder sich zu waschen. Lara lacht laut auf. Sie weiß, dass die Schwestern ihm helfen sollen und deswegen fragen, doch es würde sie auch nicht verwundern, wenn die Schwestern tatsächlich ein Auge auf ihn geworfen haben, er ist ein sehr hübscher Mann.

Sie hat ein Bild von ihnen in der Hand, auf dem sie sechs sind, es war auf der Weihnachtsfeier in ihrer Schule und Lara hat Issa von Kopf bis Fuß mit Lametta geschmückt. Sie beide strahlen mit Zahnlücken in die Kamera.

Sie fotografiert es ab, schickt es Issa und schreibt dazu, dass ihr Vater bald kommen wird und ihn sehen möchte und dass er ihn und seine Familie schön grüßen lässt. Gerade als sie sich eine Jogginghose und ein weites Shirt überziehen will, klingelt es an der Haustür: Tatjana steht vor der Tür und wedelt mit Karten.

»Ich habe freien Eintritt ins Spa und danach sehen wir uns den neuen Liebesfilm an, über den wir letzte Woche gesprochen haben.«

Lara tritt zur Seite und lässt ihre Freundin herein. »Zum Glück muss ich mir keine Sorgen machen, dass ich mal Langeweile haben könnte. Gib mir zwei Minuten.«

Sie zieht sich doch wieder um und packt sich eine Tasche für das Spa, als sie zurück ins Wohnzimmer kommt, sieht sich Tatjana gerade die Bilder von Issa und ihr an.

»Wie süß, wer ist das und wer schreibt dir die ganze Zeit?«

Sie steckt ihr Handy in die Tasche und lächelt, als ihr Blick dabei auf das Armband fällt. »Ich hatte die letzten Tage eine kleine Reise zurück in die Vergangenheit, doch jetzt lass uns erst einmal das Hier und Jetzt genießen.«

Kapitel 5

Natürlich erfährt auch Tatjana nun von Issa.

Sie findet die Geschichte sehr niedlich, auch wenn sie sagt, dass Lara aufpassen muss, dass sie jetzt nicht zu sehr in diese Kreise gezogen wird und sie auch gleich fragt, was sie sich vorstellt, wie dieser Kontakt nun in Zukunft aussehen soll.

Das weiß Lara ehrlich gesagt gar nicht. Sie haben sich wiedergefunden, ja, aber werden sie den Kontakt jetzt behalten, wie tief wird diese Bindung, die sie früher hatten, sich auf ihr heutiges Leben übertragen? Sind sie zu verschieden geworden? Sie weiß es nicht. Sie hat sich immer gewünscht, Issa wiederzufinden, wirklich damit gerechnet hat sie nicht.

Sie hat keine Antwort darauf, weder für sich noch für Tatjana.

Eigentlich ist Lara immer jemand, der sein Handy weglegt. Sie hat es eher selten in der Hand, doch heute guckt sie immer wieder mal nach. Sie hat Issa geschrieben, dass sie sich einen schönen Abend mit einer Freundin macht. Als sie auf seinem Profil nachschaut, sieht sie, dass er das Bild von ihnen beiden, was sie ihm geschickt hat, gepostet hat. Es hat schon jetzt mehrere hundert Likes und viele Frauen schreiben darunter, wie süß Issa als kleiner Junge war und fragen, wer das Mädchen neben ihm ist. Er antwortet nicht.

Lara stellt selten Bilder ein, doch Tatjana ist von ihnen allen am fleißigsten dabei. Auch jetzt macht sie ein Foto von ihren Beinen im Whirlpool und der Flasche Champagner am Rand und schreibt 'Mädelsabend' dazu. Lara macht es ihr nach und ist erstaunt, wie sexy ihr Bild wird. Als sie es dann postet, spürt sie aber sofort, dass das nicht zu ihr passt und es sicherlich die Ausnahme bleiben wird.

Doch diese kleine Auszeit tut ihr wirklich gut und sie genießt auch den Liebesfilm danach und die Pizza, die sie anschließend noch essen gehen. Somit kommt Lara auch erst am frühen Morgen nach Hause. Da sie ihren Rhythmus aber ändern muss, weil sie als

Nächstes für die normale Schicht eingeteilt ist, zwingt sie sich, schon am Mittag wieder aufzustehen, weil sie mit Sara verabredet ist. Lara holt sie vom Krankenhaus ab, dann wollen sie zusammen ins Möbelgeschäft fahren, um endlich mehr Sachen für ihre Wohnung zu besorgen.

Sie trägt eine kurze, beige Shorts, ein weißes Top und darüber einen weißen gehäkelten Oversize-Pullover, der ihr über die Schulter fällt. Lara bindet sich eine braune Umhängetasche um und zieht braune Flip-Flops an. Etwas mehr als sonst geschminkt und mit offenen Haaren, ist es ein merkwürdiges Gefühl, ins Krankenhaus zu gehen, wo sie sonst immer nur mit festem Schuhwerk und gebundenen Haaren sein darf.

Sara wartet schon auf sie, doch Lara will, wenn sie schon da ist, kurz nach Issa sehen, also fahren sie gemeinsam nach oben. Mittlerweile fragen die Schwestern gar nicht mehr, was sie hier macht. Sie klopfen und treten in Issas Zimmer.

Er sitzt auf seinem Bett, hat eine schwarze Jogginghose und ein schwarzes Shirt an. Auch wenn er noch blass um die Nase ist, sieht man, dass es ihm besser geht. Seine Mutter ist bei ihm, und auch Basim, seine beiden Brüder und außerdem noch eine Frau und zwei Männer, die sie nicht kennt, sind da.

Als Lara hereinkommt, freuen sich alle. Besonders Issas Mutter strahlt und stellt Lara der Tante von Issa vor, die sich sogar noch an Lara erinnern kann. Sie begrüßt auch die Brüder und Basim mit einem Kuss auf die Wange, genau wie Issa, den anderen Männern nickt sie nur zu und stellt Sara allen vor.

Auch wenn sie alle so lange nicht gesehen hat, ist es nicht eine Sekunde merkwürdig und auch Sara scheint sich nicht komisch zu fühlen. Lara setzt sich zu Issa, der gerade mit Basim an der frischen Luft war. Sie erzählen von den Diskussionen, die sie mit den Schwestern hatten, weil Issa sich geweigert hat, einen Rollstuhl zu benutzen. Sara kriegt sich nicht mehr ein vor Lachen und Basim zieht einmal die Augenbrauen hoch, als Lara ihn ansieht, um ihr zu zeigen, dass Sara ihm gefällt.

Sie erzählen, dass sie gleich ins Möbelhaus fahren werden und somit auch, dass Laras Wohnung noch eingerichtet werden muss. Doch das hätten sie lieber nicht tun sollen: Nun schlägt Ibo vor, sie dorthin zu fahren, Basim will Maler beauftragen, die für ihre Immobilienfirma arbeiten und Issa sagt, dass sie sofort Bescheid sagen sollen, falls sie Hilfe brauchen. Lara beruhigt alle lächelnd und sagt, dass sie nur ein paar Kissen und Handtücher kaufen will. Issas Mutter nennt ihr ein Geschäft in Charlottenburg, wo es tolle Dekorationsartikel geben soll, da öffnet sich die Tür und Paul Jonas kommt mit zwei neuen Assistenzärztinnen herein. Er scheint gerade einen Rundgang zu machen und sieht verwundert zu ihnen.

»Lara, Sara, was macht ihr hier?« Lara steht auf, sie hat es so gut geschafft, ihm in den letzten Tagen aus dem Weg zu gehen. Jeder im Raum sieht, wie sein Blick einmal an Lara hoch und runter wandert. »Ich besuche einen alten Freund, wir sind privat hier.« Paul Jonas lächelt und klappt die Krankenakte auf.

»Ich habe dich die letzten Tage zu erreichen versucht, irgendwie musst du deine Schichten gewechselt haben, ich würde gerne, dass du an einem Projekt mit mir zusammen teilnimmst und dir die Unterlagen dazu ansiehst. Vielleicht hast du ja Lust dazu?«

Er geht zum Waschbecken, um sich die Hände zu desinfizieren und Lara deutet Sara zu verschwinden, Basim grinst übers ganze Gesicht. »Da steht jemand ein klein wenig auf unseren kleinen Engel.« Lara lacht und Sara hebt die Augenbrauen. »Ein klein wenig ist gut.«

Bevor das noch ausartet, gibt Lara Issa einen Kuss auf die Wange und verabschiedet schnell die anderen. »Wir müssen los. Ich sehe mir die Unterlagen an. Bis übermorgen.« Schneller als Paul Jonas reagieren kann, verlässt sie das Zimmer wieder und sie verlassen das Krankenhaus schnell. Man sollte an seinem freien Tagen nicht zur Arbeit gehen.

Während sie dann durch die vielen Hallen des Möbelgeschäftes schlendern und Lara immer mehr in den Einkaufswagen legt, fragt Sara sie aus, ob die Gefühle von früher für Issa immer noch vorhanden sind. Für Lara ist das abwegig. Sie waren Kinder.

»Ich habe da drinnen gerade einen sehr sexy Mann gesehen. Ich kenne dich jetzt schon eine Weile und ich habe dich schon mit einigen Flirts erlebt, doch noch nie habe ich so etwas Vertrautes gesehen wie in diesen paar Minuten mit Issa. Es ist ja nicht so, als hättet ihr euch im Streit getrennt, vielleicht kommen diese Gefühle wieder hoch, wieso nicht?«

Lara packt auch noch drei Pflanzen ein und übergibt ihren Einkaufswagen Sara. Er ist voll, sie braucht einen zweiten. »Weil wir dreizehn waren und jetzt bin ich 29. Da liegt viel Zeit dazwischen.« Sara deutet zu einer Decke mit ähnlichem Muster wie die Kissen, die sie bereits für ihre Couch besorgt hat.

»Und jetzt gefällt er dir nicht mehr? Ich meine, hast du dir den mal angesehen? Es ist kein Wunder, dass alle Schwestern versuchen, seine Aufmerksamkeit zu bekommen. Das ist ein sehr hübscher Mann.« Lara nickt. »Ich weiß.« Sara zuckt die Schultern. »Und weil du ihm so vertraut bist und ihr mal beste Freunde wart, denkst du nicht daran, ihn auch mal im Bett auszutesten?« Lara lacht und wirft mit einem der neuen Kissen nach ihr. »Wenn, dann werde ich dir das nicht sagen. Wir können ja gerne mal zu viert ausgehen. Basim konnte kaum seine Augen von dir lassen.«

Sara hebt die Hände. »Eigentlich stehe ich auf blonde Paul Jonase, doch ich werde solch einen sexy breitgebauten Mann mit unfassbaren grünen Augen sicher nicht ablehnen, ich bin nicht so verrückt wie du.«

Lara hebt die Kissen wieder auf und legt sie zurück in den Wagen. »Ich habe nicht gesagt, dass ich Issa ablehne, ich mache mir nur keine Gedanken darüber. Das alles ist doch erst einige Tage her, ich weiß kaum etwas davon, was er jetzt macht oder wie er lebt und überhaupt ...« Sie kommen zu der Abteilung, wo sie die aufgeschriebenen Möbel abholen.

»Dann tu das. Du hast einen ans Bett gefesselten Mann, der nichts anderes zu tun hat als zu reden. Das Glück wirst du so schnell nicht wieder haben, nutze die Chance.«

Lara nickt nur und holt das erste Möbelteil. Sie ist froh, dass damit das Thema vorbei ist, doch sie merken schnell, dass sie sich verschätzt haben.

Sie hat richtig zugeschlagen. Neue Spiegel, zwei neue Kommoden, vieles für die Küche, Kissen, Decken, Möbel fürs Bad, zwei große Bilder, Pflanzen, es ist zu viel. Sara spricht zwei Männer an, die ihre Transporter draußen zur Verfügung stellen. Sie helfen ihnen, alles zu transportieren und gegen einen Aufpreis bauen sie auch die Kommoden auf und bringen die Spiegel und Bilder an und die Wohnung sieht gleich ganz anders aus.

Sara musste los und Lara dekoriert noch weiter, sie merkt, dass im Wohnzimmer noch etwas Farbe fehlt. Die Wand hinter der Couch sollte in einem anderen Farbton gestrichen werden. Da sie keine Zeit mehr hat, in den Baumarkt zu fahren, läuft sie schnell in den Handwerkerladen um die Ecke, besorgt einen kleinen Eimer Farbe, Pinsel, Abdeckzeug und Klebestreifen.

Sie ist richtig motiviert, macht die Musik an und beginnt, die Wand sofort zu streichen. Je mehr Form die Wohnung annimmt, umso mehr Lust bekommt Lara.

Die Farbe reicht nicht für die komplette Wand, doch auch da fällt Lara etwas ein, und als sie den Pinsel weglegt, sieht sie sich ihr Kunstwerk stolz an. Ihr Handy piept und Issa fragt, was sie macht. Lara macht ein Bild von der Wand und schickt es ihm stolz. Zurück kommt nur eine ganze Reihe lachender Smileys und dann bekommt sie einen Videoanruf von ihm und nimmt an.

Ein müder Issa sieht sie aus dem Krankenhausbett an, doch er lacht. »Was tust du da, Lara?« Lara dreht das Handy so, dass er die

Wand sehen kann. »Es ist doch richtig gut geworden, guck, die Farbe passt zu den Gardinen und ...«

Seine raue Stimme unterbricht sie. »Lara, da ist ein Riesenloch unten.« Sie sieht zu der Stelle, für die die Farbe nicht mehr gereicht hat. »Warte.« Lara stellt das Handy so auf das neue Sideboard, dass Issa mit ansehen kann, wie sie die Couch zurückschiebt.

»Das ist zu schwer, wieso hast du vorhin nicht die Hilfe angenommen? Meine Cousins und Brüder hätten ...« Lara hat es geschafft und nimmt das Handy wieder und zeigt Issa die Wand erneut. »Siehst du, das Loch sieht man nicht. Es ist perfekt.« Issa lacht noch immer. »Ich weiß aber davon, so streicht man nicht.« Lara legt sich auf die Couch und hält das Handy hoch, sodass sie Issa ansehen kann. »Wie war früher unsere Regel: Geheimnisse zwischen uns sind heilig, also das bleibt unser Geheimnis und niemand erfährt davon. Ich bin sehr stolz darauf, ich habe das alles alleine gemacht.« Issa nickt.

»Einverstanden, wenn ich raus bin, helfe ich dir mit dem Rest der Wohnung.« Sie sieht ihm über das Display in die Augen, sie spürt in dem Moment erst richtig, was sie die letzten Stunden alles getan hat. Sie wird müde und alles tut ihr weh.

»Basim findet deine Freundin gut.« Lara muss lachen. »Das habe ich ihr auch schon gesagt. Wir können ja mal zu viert essen gehen.« Er lächelt. »Machen wir.« Lara will schlafen, doch sie mag es, Issa anzusehen und sie will das Gespräch nicht beenden.

Wenn jemand sie gefragt hätte, ob sie sich vorstellen kann, dass das Gefühl, was sie früher immer bei Issa hatte, nach all den Jahren noch da sein würde, hätte sie auf jeden Fall gesagt, dass sie das nicht glaubt.

Sie hätte sich das nicht vorstellen können, doch es ist so. Das Gefühl ist da; wenn sie ihn ansieht, hat sie das Gefühl, wieder zu Hause zu sein, auch wenn ihr im Hinterkopf bewusst ist, dass sie all die Jahre, in denen sie keinen Kontakt hatten, nicht vergessen darf. Sie muss aufpassen, dass die Freude, ihn wieder in ihrem

Leben zu haben und ihn wiedergefunden zu haben, nicht zu sehr ihr Urteilsvermögen trübt.

Issa merkt, wie müde sie ist. »Wann arbeitest du morgen?« Sie sieht auf die Uhr. Es ist wirklich schon spät. »Ich habe morgen die mittlere Schicht, bis 21 Uhr. Da ist immer viel los, ich werde dann nach der Schicht zu dir kommen. Soll ich dir etwas mitbringen?« Auch seine Augen sind nur noch leicht geöffnet. »Nein, bis morgen.«

Bevor sie am nächsten Tag zur Arbeit geht, dekoriert Lara noch zu Ende, langsam nimmt ihre Wohnung immer mehr Form an und sie freut sich schon, nachher wieder zurückzukommen. Doch erst steht ihr ein anstrengender Arbeitstag bevor, und das wird er wirklich. Sie bekommen eine ganze Schulklasse herein. Die Kinder klagen alle über Bauschmerzen, nachdem sie auf einem Ausflug Pommes mit Mayonnaise gegessen haben.

Durch diese Menge an Patienten stauen sich die anderen Fälle und Lara schafft es zwischendurch nur, eine Banane zu essen. Sobald sie Schluss hat, kauft sie zwei Sandwiches sowie Limonade aus der Kantine und fährt in das Stockwerk, auf dem Issa liegt.

Lara trägt kaum Schmuck, wenn, dann meistens Ohrringe, doch das Armband hat sie nun immer um und sie sieht ständig darauf. Auch als sie jetzt in sein Zimmer tritt und die Tür öffnet, hat sie es im Blick. Issa sieht sich gerade etwas im Fernsehen an, doch schaltet es aus, als Lara zu ihm kommt.

»Hey, hast du Hunger? Ich habe dir etwas mitgebracht.« Issa deutet zum vollgestellten Tisch. »Ich hatte heute viel Besuch, du solltest lieber davon essen, statt das pappige Zeug.« Lara gibt ihm einen Kuss auf die Wange und geht zum Tisch. Sie legt die Sandwiches ab und öffnet die Dosen und eingepackten Teller. Das ist ein kleines Festmahl.

»Ich will dir nichts wegessen, du ...« Sie hört, wie Issa sich aufsetzt. »Ich habe schon mehr als genug und ich bekomme morgen Neues. Also greif zu.« Lara nimmt sich ein mit Thunfisch gefülltes

Brötchen, Bouletten und einiges vom Salat. Hier steht sogar Suppe. »Du wirst ja immer noch so verwöhnt.«

Issa trägt nur eine Shorts und ein Shirt, er liegt auf der Decke und Lara setzt sich ans Ende des Bettes, so kann sie ihn besser ansehen. Natürlich sind ihr seine durchtrainierten Beine aufgefallen, doch sie versucht, das nicht zu beachten und sieht ihn an, während sie endlich etwas isst.

»Na ja, du kennst doch meine Mutter, und normalerweise habe ich viel zu tun und bin nicht mehr ganz so oft zu Hause, deswegen kostet sie es jetzt völlig aus, mich hier verwöhnen zu können.« Lara lächelt beim Gedanken daran, wie seine Mutter immer den Tisch vollgestellt hat, besonders zur Fastenzeit, in der Zeit hat Issa Lara ständig mit zum Essen nach Hause mitgenommen. Issas Vater hat immer aus Spaß gesagt, dass sie die Tochter ist, die er nie gehabt hat.

»Das mit deinem Vater tut mir leid. Ich habe ihn immer sehr gemocht.« Issa weicht ihrem Blick nicht aus. »Ja, das war sehr schwer für uns alle.« Sie legt den Teller zurück und nimmt noch eine gefüllte Teigrolle.

»Weißt du, ich bin, muss ich ganz ehrlich sagen, ein wenig verwirrt, was uns betrifft. Ich habe dich hier vor mir und fühle mich wieder wie dreizehn. Damit habe ich niemals gerechnet. Ich habe mir immer gewünscht, dich wiederzufinden, aber nie wirklich damit gerechnet. Am liebsten würde ich die ganze Zeit bei dir sein, doch wir sind keine Kinder mehr, im Grunde sind wir zwei Erwachsene, die sich eigentlich nicht kennen. Zumindest unser jetziges Leben nicht kennen und dann denke ich mir: Wieso bist du hier und sitzt auf dem Bett dieses Mannes? Es ist schwer zu erklären, ich bin verwirrt.«

Er grinst sie frech an. »Du darfst da einfach nicht so viel drüber nachdenken, natürlich ist das keine normale Situation, doch wir sind uns nicht fremd. Wir haben doch alle Zeit der Welt, zu erfahren, was der andere so getan hat in den letzten Jahren, doch wenn du bei mir bist, fühlt sich das doch für dich nicht fremd an, oder?«

Sie schüttelt den Kopf. »Nein, gar nicht, aber vielleicht denke ich, es sollte sich so anfühlen.« Er lacht leise auf. »Auch wenn es dir schwerfällt, solltest du vielleicht einfach versuchen, nicht darüber nachzudenken. Hör auf dein Bauchgefühl, alles andere wird sich schon von selbst finden.«

Im Schneidersitz setzt sich Lara nun ganz aufs Bett und legt den Kopf ein wenig schief.

»Okay gut, also ich weiß, dass du eine Wohnung in Zehlendorf hast, mit Immobilien und deiner Familie arbeitest, teure Autos fährst und viel feierst und viele schöne Frauen um dich herum hast. Was ist mit einer festen Freundin?«

Er zuckt die Schultern. »Ich bin immer wieder mit Frauen ausgegangen, einige habe ich auch manchmal über einen längeren Zeitraum getroffen, aber eine richtig feste Beziehung, dass man zusammen lebt und Pläne für die Zukunft macht, hatte ich noch nie. Was ist mit dir? Ärztin? Eigene Wohnung? Berlin, New York, Freiburg, London … gibt es bei dir einen Mann außer dem Arzt, der dich mit seinen Blicken fast ausgezogen hat?«

Lara lacht auf. »Nein, um ehrlich zu sein, hatte ich nie die Zeit dafür. Ich hatte Freunde, aber nie etwas richtig Festes. Ich arbeite viel und habe mich erst einmal völlig auf das konzentriert, was ich erreichen möchte. Und Paul Jonas ist gar nicht mein Typ. Er flirtet mit allen Frauen hier und ich würde auch niemals etwas mit jemandem anfangen, mit dem ich arbeite.«

Er hebt die Augenbrauen. »Immer noch die brave, vernünftige Lara.« Sie lacht leise. »Na ja, ich kann auch feiern und meinen Spaß haben, aber alles in normalen Ausmaßen.« Er setzt sich weiter auf und zieht schmerzvoll das Gesicht zusammen. Lara sieht, dass seine Pillenbox noch voll ist.

»Wieso nimmst du die Schmerzmittel nicht? Wie sehen die Wunden aus?« Issa lehnt sich wieder mehr zurück. »Ich will hier bald raus und muss lernen, die Schmerzen auszuhalten. Der Arzt sagt, die Wunden heilen gut.« Lara hält ihm die Packung mit den Pillen hin. »Nimm schon eine, du musst diese Schmerzen nicht aushalten. Du brauchst Ruhe.«

Sie steht auf und hilft ihm, sich hinzulegen, dann gibt sie ihm eine Tablette und Wasser. »Du wirst bestimmt mal eine strenge Mama.« Lara muss lachen, sie setzt sich noch einen Augenblick neben ihn, doch sie weiß, dass sie ihn in Ruhe lassen muss. Er braucht Schlaf und sie weiß auch, dass er diesen tagsüber wegen all der Besucher nicht bekommt.

»Mit solchen Schussverletzungen wirst du noch etwas hierbleiben müssen und danach zur Reha fahren. Du hast fast dein Leben verloren, sorg dafür, dass du wieder richtig gesund wirst und schlaf jetzt. Ich bin die nächsten drei Tage in einer Klinik in Brandenburg, alle paar Monate findet ein Ärzteaustausch statt. Danach komme ich wieder und hoffe, dass du ein wenig auf mich gehört hast und dich schonst.«

Er grinst noch einmal, auch wenn seine Augen bereits zufallen, die Tabletten sind sehr stark. »Okay, Mama.« Sie lacht und sieht ihn dann noch einmal ernst an. »Stell dir vor, ich hätte dich wiedergefunden und du hättest das nicht überlebt. Du hättest gar nicht gewusst, dass ich wieder da bin ...« Er hebt müde die Hand und streicht eine ihrer Strähnen hinter ihr Ohr. »Niemals, Engel, ich wäre nicht gegangen, ohne dich noch einmal gesehen zu haben!«

Lara weiß nicht, ob es die Tabletten sind oder er das ernst gemeint hat, doch sie beugt sich vor, küsst seine Wange und sagt ihm leise, dass er auf sich aufpassen soll, doch da ist er bereits eingeschlafen.

Als sie die Klinik verlässt, denkt sie selbst über ihre Worte nach, was wäre, wenn Issa das nicht überlebt hätte und vor ihren Augen gestorben wäre. Sie haben eine zweite Chance bekommen und die sollten sie nutzen; auch wenn sie vielleicht weiter getrennte Wege gehen und ihre Leben so wie bisher weiterführen, sollten sie sich nicht mehr aus den Augen verlieren.

Kapitel 6

Lara mag es, in Brandenburg eingesetzt zu werden.

Seit einigen Jahren werden die Assistenzärzte immer für einige Tage dorthin geschickt und die Ärzte aus der Klinik dort kommen in ihr Krankenhaus, da sich das Arbeitsumfeld, die Patienten und die Einsätze schon sehr unterscheiden.

Sie mag das Land, sie findet, dass hier außerhalb von Berlin das Leben ganz anders ist, ruhiger, persönlicher. Sie ist dieses Mal mit Sara zusammen hier, sie wohnen in einer kleinen Pension neben der Klinik, sie hätten auch auf dem Klinikgelände bleiben können, doch sie wollten lieber in der Pension schlafen.

Alles hier ist entspannter, die Kollegen, die Patienten, die Notaufnahme ist nachts nicht so voll und die Schichten sind nicht so lang. Vor einem halben Jahr hat Lara beim Erkunden der Umgebung ein Goldstück gefunden. Ihr kleines Traumhaus. Sie fährt jedes Mal, wenn sie hier ist, dorthin, und auch dieses Mal verbringt sie zusammen mit Sara mehrere Stunden dort, überlegt hin und her und fährt erneut schweren Herzens davon. Seit Wochen kann sie keine Entscheidung treffen, das konnte sie noch nie gut, doch dieses Mal hilft nicht einmal ihre altbewährte Liste.

Da sie nach ihren drei Tagen zwei Tage frei haben, entschließen Sara und sie sich, in ein nahe gelegenes Wellnesshotel zu fahren. Lara hat länger keinen Urlaub mehr gemacht und wenn sie es schafft, gönnt sie sich wenigstens hier und da einige Tage eine Auszeit.

In der ganzen Zeit telefoniert sie hin und wieder mit ihren Eltern oder schreibt ihnen und hält Kontakt zu Issa. Er schreibt ihr jeden Tag, fragt, wie es ihr geht oder was sie macht. Sie schickt ihm Bilder und schreibt, was bei ihr los war und fragt ihn, ob es ihm besser geht. Manchmal telefonieren sie auch und Lara hört klar heraus, dass er sich langweilt im Krankenhaus.

Als sie ihm sagt, dass sie noch zwei Tage länger bleiben wird, hört sie sogar seine Enttäuschung heraus. Aber auch sie muss zugeben, dass sie sich nach diesen fünf Tagen richtig freut, ihn wiederzusehen.

Da sie erst spät abends in Berlin ankommt, packt sie ihre Tasche aus und geht direkt schlafen. Sie hat die letzten zwei Tage nichts weiter getan, als Massagen zu bekommen, zu schwimmen, zu relaxen, ein Moorbad zu nehmen, sich im Hamam peelen zu lassen und ihre Haut mit Feuchtigkeit zu versorgen. Sie fühlt sich wunderbar, als sie am Morgen aus der Dusche steigt.

Sie schminkt sich ein wenig, bindet ihre langen Haare zu einem Dutt nach oben, zieht sich einen roten Rock an, der ihr bis zu den Knien geht und ein weißes enges Shirt, was sie in den Rock steckt, auch wenn sie weiß, dass sie sich auf der Arbeit eine Hose anziehen müssen wird. Sie geht früher los, um gleich bei Issa vorbeizuschauen.

Als sie auf die Station kommt, sind die Schwestern alle in den Zimmern und sie geht direkt in das von Issa. Ein anderer Mann sieht ihr entgegen, neben ihm seine Frau, die ihm die Hand hält. »Entschuldigung.« Sie schließt die Tür wieder und geht ins Schwesternzimmer, wo sie dann doch jemanden trifft. »Wo ist Issa Nassar?« Die Schwester sieht von einigen Akten hoch. »Ach du bist es. Der hat sich gestern selbst entlassen.«

Lara muss sich verhört haben, sie sieht auf dem Haufen der aktuellen Patientenakten nach, doch seine Akte ist wirklich schon bei den erledigten. Sie findet sie und sieht nach. Seine Werte sind besser geworden, er konnte herumlaufen und war viel im Garten, ist selbstständiger geworden, doch noch lange nicht so weit, nach einer Schusswunde entlassen zu werden.

Sie schließt die Akte wieder, er hat ihr nichts gesagt. Sie sieht in ihrem Chatverlauf nach. Sie haben das letzte Mal gestern früh geschrieben, er hatte dann nicht mehr geantwortet. Lara hat sich aber nichts dabei gedacht, sie hatten ewig keinen Kontakt, wenn sie jetzt mal einige Stunden nichts voneinander hören, macht sie sich deswegen nicht gleich Gedanken.

Sie verlässt die Station und bleibt bei den Fahrstühlen stehen. Lara ruft Issa an, doch sein Handy ist aus. Sie schreib ihm, was los ist und dass er sich melden soll, geht dann in den Ärztebereich und zieht sich um.

»Wie war es in Brandenburg?« Lara hat noch Zeit und konnte sich einige Patientenakten der Station ansehen, für die sie heute zuständig ist. Sie schreckt auf und dreht sich zu Paul Jonas um. »Danke … es war schön. Du weißt ja, ich mag das Leben dort.« Er nickt und lehnt sich an den Tisch, auf dem sie die Akten durchgeht.

»Hör mal, die letzten Wochen waren hier sehr stressig, ich weiß, dass es über mich einige Gerüchte im Krankenhaus gibt, doch ich möchte, dass du weißt, dass nicht alle davon stimmen. Du weißt doch, wie das ist, wo viele Menschen zusammenarbeiten, entsteht Getratsche und Gerede. Ich mag dich und meine Einladung zum Essen steht immer noch. Ich hatte in letzter Zeit das Gefühl, du gehst mir aus dem Weg.«

Nicht das jetzt auch noch. »Um ehrlich zu sein, gehe ich dir nicht direkt aus dem Weg, doch wie du es schon sagst, immer wenn viele Menschen zusammenarbeiten, entstehen Gerüchte, und ich möchte das nicht. Ich trenne die Arbeit gerne vom Privatleben und bin der Meinung, so fährt man besser, das hat nichts persönlich mit dir zu tun.«

Er nickt. »Das habe ich mir schon gedacht, aber trotzdem, ein Essen wird doch sicherlich drin sein. Ich muss zu einem interessanten Fall. Der Mann hat bereits die dritte Operation hinter sich und niemand findet so richtig etwas. Kommst du mit?«

Lara hatte gerade die Akte in der Hand und sie muss zugeben, dass sie neugierig ist. Vielleicht versteht Paul Jonas jetzt wirklich, dass er das mit ihr aufgeben sollte, und Lara hat noch Zeit, deswegen nickt sie, nimmt die Akte mit und startet viel zu früh ihren Arbeitstag.

Sie spürt schnell, dass sie wieder in Berlin ist, es ist hektisch und stressig. Die Patienten sind lauter und unruhiger, auch wenn viel zu tun ist, zieht sich der Tag lange hin. Sie arbeitet bis 21 Uhr und ist sehr müde, als sie dann aus der Klinik tritt und ihr Handy wieder anschaltet. Noch immer keine Nachricht von Issa. Sie steckt das Handy wieder weg und sieht, als sie aufblickt, in die besorgten Augen ihres Vaters.

»War dein Flieger zu früh? Ich dachte, wir treffen uns auf halber Strecke. Es ist schön, dass du da bist.«

Lara umarmt ihn lange. Ihr Vater ist für drei Tage in Berlin. Er muss einiges an Papierkram erledigen und den Arzt seines Vertrauens aufsuchen. Eigentlich sollten sie sich auf halbem Weg zum Flughafen treffen, doch er sagt ihr, dass sein Flug früher gelandet ist. Er fragt nach Issa, er ist davon ausgegangen, dass er noch im Krankenhaus ist, doch Lara muss ihm leider sagen, dass er weg ist und sie nicht weiß, wo er ist.

Es ist schade, auch ihr Vater hatte sich gefreut, Issa mal wieder zu sehen. Sie gehen in seine Lieblingspizzeria und essen zusammen. Man sieht, wie sehr er es genießt, wieder in Berlin zu sein, auch wenn Lara weiß, dass er London und seine Arbeit niemals verlassen würde.

Sie sprechen von der Arbeit, von neuen Projekten und erst dann von ihrer Mutter. Sobald sie auf das Thema kommen, verändert sich seine ganze Haltung. »Papa, du weißt, dass ich kein kleines Kind mehr bin. Seit Wochen seht ihr euch nicht, jeder macht sein Ding, was ich auch nicht schlimm finde, doch ihr braucht nicht meinetwegen so zu tun, als wärt ihr noch verheiratet. Ich bin nicht mehr zehn Jahre alt, ich verkrafte das.«

Ihr Vater lacht. Sie liebt es, ihn so zu sehen. Er ist grau geworden, doch seine Falten um die Augen und das Wissen darin lassen ihn nur noch attraktiver wirken. Ihr Vater wirkt glücklich und das sollte alles sein was zählt, doch sie mag es nicht, wenn ihre Eltern denken, sie könnte mit der Realität nicht umgehen.

»Du kannst damit vielleicht umgehen, aber wir nicht. Weißt du, Lara, wenn man sich so lange kennt wie wir, gibt es einfach Phasen, da versteht man sich nicht. Du warst weg und wir sind oft aneinandergeraten und jeder hat begonnen, sein eigenes Leben zu leben. Doch ich weiß, dass wir beide uns nicht aufgegeben haben. Wir haben uns voneinander entfernt, um vielleicht eines Tages wieder zueinanderzufinden. Manchmal hilft das. Ich werde ihr zu Weihnachten eine Kreuzfahrt in die Tropen schenken, das wollte sie schon immer. Ich habe das nie nachvollzogen, doch jetzt denke ich, dass das vielleicht genau das Richtige für uns beide ist. Wir sprechen uns aus und gucken, ob da noch etwas ist, worum es sich zu kämpfen lohnt und wenn es nicht so ist, bist du die Erste, die es erfährt.«

Lara hebt das Glas. »Das ist doch mal ein neues Projekt, wo ihr beide viel Liebe und Geduld reinstecken könnt.«

Sie essen zusammen und fahren dann zu Lara. Ihr Vater schläft auf ihrer ausziehbaren Couch und sie frühstücken noch zusammen, bevor er aufbricht, um sich um seine Sachen zu kümmern und Lara ihre nächste Schicht antritt.

Issa hat ihre Nachricht gelesen, aber nicht geantwortet und so langsam macht sich Enttäuschung in ihr breit. Sie hatte gehofft, dass sie den Kontakt halten, dass es ihnen beiden wichtig ist, sich nicht sofort wieder zu verlieren, doch offenbar ist ihm das nicht so wichtig wie ihr. Es ist verständlich, sie beide haben eigenen Leben, haben sich entwickelt, aber das bedeutet doch nicht, dass man nicht befreundet bleiben kann.

Zum Glück ist genug zu tun, es wird doch wieder wärmer, obwohl bald der Herbst anfängt, und die Leute genießen die letzten warmen Tage in vollen Zügen. Sie hat einige Schnittverletzungen, eine starke Verbrennung von einem Grill und einige andere Sachen zu behandeln und dann sogar eine Notoperation. Nach der

Schicht macht sie sich frisch. Sie zieht sich ihr türkisfarbenes Sommerkleid über und legt die Krankenhauskleidung ab, öffnet sich die Haare und schlüpft in ihre Flip-Flops.

Auch wenn es voll ist, hat sie darauf geachtet, pünktlich herauszukommen. Sie würde gerne ins Kino oder etwas anders mit ihrem Vater machen, doch als sie ihr Handy einschaltet, hat sie schon eine Nachricht von ihm, dass er einige alte Freunde trifft und später kommt.

Lara steckt das Handy wieder weg und verlässt das Krankenhaus. Dann wird sie sich etwas zu essen holen und sich eine Serie ansehen, doch sie stockt, als sie herauskommt und direkt vor ihr aus einem schwarzen Mercedes Issa aussteigt und sie anstrahlt. »Du bist ja richtig pünktlich, ich hatte damit gerechnet, einige Stunden hier warten zu müssen, weil du gerade noch Leben rettest ...«

Er kommt auf sie zu. Lara traut ihren Augen nicht. Issa läuft langsamer, er trägt eine Jeans und ein weißes Shirt und weiße Sneakers. Seine braune Haut glänzt im Licht der Laternen vor dem Krankenhaus, genau wie seine dunklen Augen sie anstrahlen. Er wirkt ganz normal, doch sie weiß ja, dass er noch verletzt ist und er hat nicht auf ihre Nachrichten reagiert.

»Du solltest hinter mir im Gebäude liegen.« Issa bleibt genau vor ihr stehen und gibt ihr einen Kuss auf die Wange. So ist er knapp einen Kopf größer als sie. »Ich habe es nicht mehr ausgehalten. Aber keine Sorge, mein Arzt sieht sich täglich meine Werte und Nähte an.« Lara weicht weder zur Seite noch geht sie näher zu ihm.

»Und du denkst, das reicht? Du brauchst Ruhe, Issa, und wieso antwortest du mir nicht?« Er lächelt, sie kennt dieses Lächeln, er belächelt sie und ihre Art. Sie hat das früher geliebt, jetzt macht es sie sogar ein wenig sauer.

»Ich war in Hamburg und habe geahnt, dass du meine Idee nicht so gut findest, deswegen habe ich eine Wiedergutmachung für dich, steig ein. Ich zeige es dir.«

Sie legt den Kopf schräg.

»Eine Wiedergutmachung? Du spielst mit deiner Gesundheit, das tust du doch nicht für mich.« Issa tritt zwei Schritte nach hinten und hält die Tür auf.

»Okay, also ist es mein Risiko. Komm schon, Lara, ich will dir etwas zeigen. Deine Schicht ist vorbei, lass die Ärztin im Krankenhaus und lass dich überraschen.«

Auch wenn sie sauer ist, steigt sie ein, ohne noch etwas zu sagen. Sie ist froh, dass er da ist und den Kontakt nicht einfach abgebrochen hat. Er ist alt genug, um zu wissen, was er mit seiner Gesundheit tut, doch es ist eine Eigenschaft, die man sich nicht so einfach abgewöhnen kann. Sie hat schon oft von ihrem Vater zu hören bekommen, dass sie ihn als Tochter ansehen soll und nicht als Ärztin. Er würde sie nie als Ärztin aufsuchen, weil er das merkwürdig findet.

Lara setzt sich in das Auto. Von außen ist es schon beeindruckend, von innen hat Lara das Gefühl, in den Sitzen zu versinken. Es muss ein sehr teures Auto sein, sobald Issa Gas gibt, leuchten überall LED-Lichter auf. »Ist das dein Auto?« Er nickt und muss lachen.

»Weißt du, wie oft ich mit diesen Sachen bei Frauen Eindruck geschunden habe? Ich habe immer stolz meine Autos und meine Wohnung präsentiert, doch als ich dich abholen wollte, habe ich ernsthaft darüber nachgedacht, das Auto zu parken und dich zu Fuß abzuholen, weil ich genau weiß, dass ich bei dir damit nur das Gegenteil bewirke.«

Lara lächelt. »Na ja, nein. Ich freue mich, dass es dir gut geht, doch beeindrucken tun mich andere Sachen.« Er sieht zu ihr hinüber und seine dunklen Augen sehen in ihre. »Ich weiß, aber der Weg ist zu weit und ich wollte nicht mit dem Bus fahren.« Sie muss lachen und sieht sich im Auto um, dabei bemerkt sie zwei Tüten. Der Name auf den Tüten sagt ihr etwas, aber sie weiß nicht mehr genau, woher sie ihn kennt.

Es dauert nicht lange und Lara erkennt, wohin sie fahren.

Er fährt in ihre alte Wohngegend. An ihrer Schule vorbei, an ihrem alten Haus, was mittlerweile völlig erneuert wurde, und halten vor dem Haus, in dem Issa damals mit seiner Familie gelebt hat. Vieles hat sich hier verändert, doch der Wohnkomplex und die Schule sind gleich geblieben, auch den Park gibt es noch. »Ich komme mir vor, als wären wir wieder zwölf.« Issa steigt aus und hält ihr die Beifahrertür auf. Dann nimmt er die Tüten von der Rückbank und greift nach ihrer Hand.

»Na dann warte mal ab, wie du dich gleich fühlen wirst.«

Lara findet es nicht komisch, dass Issa ihre Hand hält, es ist Issa und sie kommt sich in diesem Moment wirklich so vor, als wäre sie wieder einige Jahre zurückgereist.

Sie betreten das Gebäude, da ein Mann es gerade verlässt und sie hineinkommen. Sie fahren mit dem Fahrstuhl wie früher auf das Dach und dort sieht sich Lara fasziniert um. »Es ist alles wie früher.«

Sie gehen zu ihrem Platz und schon von Weitem sieht Lara die Decke, die Issa auf dem Boden ausgebreitet hat. Wie früher brennt eine Laterne auf dem Dach, doch sie spendet nicht sehr viel Licht. Issa lässt ihre Hand erst los, als sie an der Decke angekommen sind und legt die Tüten ab.

»Als du ein oder zwei Jahre weg warst, hatte ich schon einige Mädchen nach dir.« Lara wendet sich zu ihm um. »Issa, romantisch wie immer.« Er lacht und hebt die Hand.

»Doch es gab eine Phase, da habe ich gemerkt, dass egal wer an meiner Seite war, niemand wie du ist. Ich habe dich damals wahnsinnig vermisst. Basim und ich haben da angefangen, viel ... Blödsinn zu machen. Wir haben ein paar Einbrüche gemacht, mit Sprühen angefangen ...« Lara hebt die Augenbrauen, doch er ist noch immer nicht fertig.

»Und immer wenn ich dich vermisst habe, kam ich hierher und habe dafür gesorgt, dass wir beide für immer hier oben vereint sind.«

Lara hat sich so fasziniert das Dach angesehen, dass sie gar nicht genau auf alles andere geachtet hat; als er sie jetzt zur Wand dreht, sieht sie überrascht auf ein riesiges gesprühtes Bild. Es zeigt Issa und sie von hinten, wie sie vom Dach sehen und Issa den Arm um sie gelegt hat. Es ist riesig, doppelt so groß wie Lara, er muss Tage oder Wochen daran gearbeitet haben. Es ist wunderschön.

»Wow, Issa, ich ... du ... das ist wunderschön.«

Man sieht, dass das Bild schon einige Jahre alt ist, doch es ist immer noch wunderschön. »Was ist das?« Lara zeigt auf einen Schriftzug: 'Issa du Schlappschwanz'. Issa lacht und deutet ihr an, dass sie sich auf die Decke setzen soll.

»Das war Basim. Ein paar Wochen nachdem das Bild fertig war, hat er eine Wette verloren und musste in Boxershorts über den Fußballplatz rennen, danach hat er das gemacht. Er hatte versprochen, das wegzumachen, doch hat er offenbar nicht. Ich war danach nicht mehr hier. Als ich aus dem Krankenhaus raus bin, bin ich hergekommen, um zu sehen, ob das Bild noch da ist.«

Lara zieht ihr Handy heraus. Ihre Handykamera hat einen Selbstauslöser und jetzt stellt sie ihr Handy so ab, dass es das Bild erfasst und stellt sich zu Issa vor das Bild. Er legt automatisch den Arm um sie und sie wendet sich zu ihm. Beide lächeln, als das Handy blitzt.

»Das bedeutet mir viel, damit kannst du mich beeindrucken.« Lara setzt sich auf die Decke und sieht sich das Bild an, was sie gerade gemacht hat. Es ist so schön, sie beide passen noch immer gut zusammen und wirken so vertraut, als wären die Jahre, in denen sie keinen Kontakt hatten, niemals gewesen.

Issa sieht auch auf das Bild und bittet Lara, ihm das Foto zu schicken, dabei holt er aus den Tüten viele Boxen und Behälter. Darin findet sie Reis, verschiedene leckere Soßen, Brot, sogar zwei Suppen.

»Woher ist das?« Als Letztes zieht er eine Schale mit Keksen heraus und Laras Augen werden größer.

»Weißt du noch, das Restaurant an der Ecke, wo die Preise so hoch waren, dass sich das keiner leisten konnte und wo wir im Sommer immer diese leckeren Kekse bekommen haben? Die Zeiten haben sich geändert, jetzt können wir uns das leisten, wie ich es dir damals versprochen habe.«

Lara atmet tief aus, ihr Herz hüpft zufrieden in ihrer Brust herum und sie legt ihren Kopf auf Issas Schulter, vorsichtig, sie weiß ja, dass er da verletzt ist. »Du bist der Beste.« Er küsst ihre Stirn und breitet das Essen aus. Dann nimmt er sein Handy in die Hand und als Lara auf ihres sieht, hat er ihr Bild auf seinem Social Media Account gepostet. 'We're back'.

Lara muss lachen und postet genau das Gleiche. Dann nimmt sie sich eine Suppe in die Hand und genießt sie, während Issa den Arm um sie legt.

So sitzen sie genau wie auf dem Bild hinter ihnen, nur viele Jahre später, und blicken vom Dach.

»Ich bin froh, dass wir zurück sind.«

Kapitel 7

»Papa, bist du fertig? Issa ist gleich da.«

Lara steckt sich weiße Perlenohrringe an und sieht in den Spiegel.

Sie trägt heute eine hellblaue enge Jeans und ein weißes schulterfreies Shirt. Ihre Haare lässt sie offen, die Ohrringe, ein wenig Make-up und fertig. Ihr Vater hingegen braucht doppelt so lange wie sie.

Sie war heute Morgen erst sehr spät zu Hause. Issa und sie waren lange auf dem Dach. Sie haben viel über früher gesprochen, sehr viel. Es war lustig, sie hat diese Einfachheit genossen, dort zu sitzen, zu essen, zu reden, sich wohlzufühlen, keinen Druck zu haben, nichts beweisen zu müssen. Lara hätte noch viel länger dort bleiben können, doch Issa hat sie nach Hause gefahren, weil sie irgendwann zu müde von der Arbeit war.

Ihr Vater fliegt am Nachmittag zurück und Issa will sie gleich abholen und mit ihnen zum Brunch fahren. Auch er möchte unbedingt ihren Vater wiedersehen. Zwar hat Lara erst die Nachtschicht; da sie danach ihren Vater zum Flughafen fahren werden, nimmt sie sich aber sicherheitshalber ihre Arbeitssachen schon mit.

Endlich kommt ihr Vater aus dem Bad. Er hat schon geschlafen, als sie nach Hause gekommen ist, doch er sieht blass aus. »Ist alles in Ordnung, Papa? Was hat eigentlich dein Arzt gestern gesagt?« Er gibt Lara einen Kuss auf die Wange. »Es ist alles bestens, du weißt doch, nur meine Tochter, nicht meine Ärztin, mein Schatz. Bist du fertig? Können wir los?« In dem Moment klingelt es auch schon unten und sie verlassen die Wohnung.

Für ihren Vater war Issa immer wie ein Sohn. Er hat oft mit ihm gesprochen, Issa war ständig bei ihnen und hat auch immer wieder bei ihnen geschlafen. Auch mit Issas Vater hat er viele lange Gespräche über sie und Issa geführt und so ist es nicht verwunderlich, dass ihr Vater und Issa sich lange umarmen, als sie zu seinem Auto kommen.

»Du bist ja ein richtiger Mann geworden. Es ist schön, dich zu sehen, wie geht es deiner Mutter?«

Lara gibt Issa einen Kuss auf die Wange, wie auch gestern die ganze Zeit über. Genau wie gestern fühlt sie sich einfach nur wohl, als sie zusammen durch Berlin zu einem türkischen Restaurant fahren. Lara kannte es bisher nicht, doch es gibt ein leckeres Frühstück mit Blätterteigrollen, Knoblauchwurst, selbstgemachtem Brot, Chai, danach werden ihnen noch Pancakes und Baklava, eine leckere, sehr süße Nachspeise, gebracht. Sie sitzen viel zu lange dort.

Issa erzählt ein wenig davon, wie es war, als sein Vater gestorben ist und dass er jetzt mit Immobilien handelt. Ihr Vater erzählt, was er so tut und die Zeit verfliegt. Kurz bevor sie gehen, sieht ihr Vater lächelnd zu ihnen. Erst da wird Lara richtig bewusst, dass Issa, der neben ihr sitzt, den Arm um ihren Stuhl gelegt hat. »Es ist so schön, euch beide wieder zusammen zu sehen. Damals haben dein Vater und ich uns lange unterhalten. Wir haben uns große Sorgen um euch gemacht und es war nicht leicht für uns, euch zu trennen. Es ist schön, dass das Leben euch wieder zusammengebracht hat.«

Issa sieht zu ihr und lächelt. »Ja, ich bin auch sehr dankbar dafür.« Sie müssen los, da sie so lange hier gesessen haben, sind sie spät dran. Issa geht noch einmal auf die Toilette und zahlt. Die Leute hier scheinen ihn zu kennen, er unterhält sich noch einige Zeit mit einem Mann hinter der Theke und ihr Vater sieht ihr in die Augen.

»Es freut mich wirklich, dass ihr beide euch gefunden habt, aber als was sitzt ihr jetzt hier? Alte Freunde, oder ist das zwischen euch wieder etwas Ernstes?« Lara nimmt noch einen Schluck und spürt, dass sie die Frage ein wenig verlegen macht, was eher selten vorkommt.

»Wir sind Freunde, Papa, und gerade froh, uns wiedergefunden zu haben.« Ihr Vater sieht sie mit diesem allwissenden Blick an, der sie früher schon immer verrückt gemacht hat. »Ich habe dich ewig nicht mehr so strahlen gesehen und Issa sieht dich mit so viel Liebe an ... ich weiß nicht, ob da nicht doch mehr ist als nur die Wiedersehensfreude.«

Lara will etwas erwidern, doch Issa kommt zurück und sie verlassen das Restaurant. Lara sitzt hinten im Auto, und während Issa und ihr Vater sich darüber unterhalten, wie sehr sich Berlin verändert hat, denkt Lara über die Worte ihres Vaters nach.

Natürlich ist auch ihr bewusst, dass das zwischen ihnen immer etwas Besonderes war und bleiben wird, doch sie hat nicht darüber nachgedacht, ob das genug ist, um eine Beziehung einzugehen. Ist sie dazu bereit? Generell jetzt an diesem Punkt in ihrem Leben? Mit Issa? Sie weiß es nicht, doch die Gedanken bleiben in ihrem Hinterkopf, selbst dann noch, als sie ihren Vater am Flughafen verabschieden und zusehen, wie er durch die Sicherheitskontrolle zu seinem Flug geht.

Sie wendet sich zu Issa um. Er trägt heute eine dunkle Shorts und ein weißes Poloshirt, dazu wieder weiße Sneakers. Er sieht sportlich elegant aus, doch die breite glänzende Uhr an seinem Handgelenk und das unfassbar teure Auto, in das sie gleich einsteigen werden, zeigen, dass er eine Menge Geld hat.

»Was ist los, Lara? Du siehst mich so an, als hättest du schon Pläne im Kopf.« Sie räuspert sich, sie sollte daran denken, wie gut Issa sie kennt und einschätzen kann. »Nein, nur ich frage mich ... du weißt jetzt so viel von mir und wir haben so viel über die Vergangenheit gesprochen, vielleicht wird es Zeit, dass ich erfahre, wie dein Leben jetzt aussieht.«

Issa steckt sein Handy weg, worauf er gerade eine Nachricht bekommen hat und, zuckt die Schultern, wobei er wieder schmerzhaft das Gesicht verzieht, er sollte sich mehr schonen, aber das hat sie ihm heute schon zweimal gesagt. »Kein Problem. Komm mit, ich zeige dir mein jetziges Leben.«

Und das muss er endlich, sie muss sehen, wie Issas Leben heute aussieht, unbeeinflusst von den Zeitungsartikeln und den Reportagen.

Sie fahren eine ganze Weile durch verschiedene Bezirke und immer wieder zeigt er ihr mehrere Häuser und auch ganze Häuserblocks, die er zusammen mit seinem ältesten Bruder, zwei Cousins und Basim vermietet.

Sie fahren in Richtung Zehlendorf. »Und warum sagt die Presse, dass das alles nicht legal ist und wird all das über euch geschrieben?« Issa sieht einen Moment zu ihr. »Lara, ich werde dich niemals anlügen. Wenn du mich fragst, musst du auch damit rechnen, dass ich die Wahrheit sage.«

Auch sie blickt zu ihm. »Ich möchte die Wahrheit hören.«

Issa nickt. »Die Presse schlachtet das alles zu sehr aus. Ich kenne einige meiner Cousins nicht mal. Aber alle, die den Nachnamen Nassar tragen, stehen unter Generalverdacht. Und es gibt auch einige, die im Knast sitzen und illegale Geschäfte machen. Ich werde gar nicht behaupten, dass ich das nicht auch schon gemacht habe, unser Startkapital stammt aus keinem legalen Geld, davon haben wir das erste Haus gekauft, doch jetzt sind wir absolut im legalen Bereich. Wir werden so stark überwacht, dass es gar nicht anders geht, alles Geld, was ich jetzt besitze, ist legal verdient, aber ja … ich habe auch schon illegale Sachen getan.«

Lara nickt. »Und Basim und deine Brüder …?« Er hält vor einem wunderschönen Anwesen. »Wir alle leben von den Mieteinnahmen, wir bauen gerade ein neues Mietshaus und so wie Berlin boomt, wird das alles noch eine Weile laufen.«

Er ist ehrlich zu ihr, auch wenn sie gehofft hatte, dass er ihr sagt, dass er nichts mit irgendwelchen illegalen Geschäften zu tun hat, so ist er wenigstens ehrlich.

»Und was hat das mit diesen Clans und alldem zu tun?« Issa zuckt die Schultern. »So wird das hier genannt. Wir sind eine große Familie, eine sehr große, und wir arbeiten lieber in der Familie zusammen als mit anderen. Das nennt man hier seit Neuestem einen Clan, wir nennen es einfach Familie. Ich werde heute Abend mit Basim nach Dortmund fahren. Wir bleiben dort ein paar Tage, um einige unserer Onkels und Cousins zu treffen. Wir sprechen über Geschäfte und ja, es werden nicht alle legal sein, doch das, was wir tun, Basim und ich, ist legal. Was die anderen tun, geht uns nichts an. Sie importieren teuren Marmor aus Italien für unsere Häuser, die Presse wird das sicher wieder als großes Treffen der Araber-Clans ausschlachten, doch ehrlich, uns interessiert das nicht.«

Lara atmet laut aus. »Okay, danke für deine Ehrlichkeit. Du solltest aber nicht so lange Auto fahren mit deinen Wunden.« Er lacht leise auf und streicht eine von Laras Strähnen hinter ihr Ohr. »Basim fährt und ich schlafe, in Ordnung?«

Sie steigen aus. Es ist komisch, nun weiß Lara einiges, doch wie soll sie reagieren? Schockiert sein? Abstand halten? Sie glaubt ihm, dass seine jetzigen Geschäfte legal sind, sie kann sich vorstellen, dass er sehr stark kontrolliert wird und sie hat auch kein Recht zu richten, nicht jetzt, wo sie noch so wenig weiß.

Issa wohnt in einem dreistöckigen Haus. Ihm gehört die gesamte obere Etage. Sie fahren mit einem Fahrstuhl hoch und nun ist Lara das erste Mal wirklich beeindruckt. Seine Wohnung ist dreimal so groß wie ihre. Er hat einen großen Eingangsbereich, einen riesigen Wohnraum mit teuren hellen Möbeln, eine Luxusküche, die allerdings noch völlig unbenutzt aussieht, zwei große Bäder, ein Schlafzimmer und ein Gästezimmer, ein Ankleidezimmer, was auch wirklich voll ist und eine riesige Dachterrasse, von der aus man direkt auf einen See blicken kann.

Als sie darauf steht, bringt Issa ihr etwas zu trinken. Sein Handy klingelt und er spricht auf arabisch mit jemandem. Lara setzt sich auf eine Liege und genießt den Ausblick. Hier stehen elektrische

Fackeln, ein Grill und es gibt einen Whirlpool. Issa lässt es sich gut gehen.

Er legt einige Süßigkeiten auf den Tisch neben sie und telefoniert weiter. Sie steht auf und sieht sich genauer in der Wohnung um. Es ist sehr modern eingerichtet und überall ist ein gewisser orientalischer Touch dabei. Sie mag es, auch wenn es sehr geordnet ist. Sie findet einige Bilder von ihm in einer Fußballmannschaft, darunter Pokale. Über einem Kamin im Wohnbereich hängt ein großes Bild von Issa und seiner Familie. Alle Männer tragen Anzüge und sitzen und stehen um die Mutter herum, die auch wunderschön zurechtgemacht aussieht.

»Das war auf Ibos Hochzeit.« Issa steht hinter ihr und Lara lächelt. »Ich habe so viel verpasst.« Er nimmt ihre Hand und umfasst sie mit seiner Hand. »Komm, ich zeige dir das Schönste an der Wohnung.« Er bringt sie zurück auf die Terrasse, wo gerade die Sonne untergeht. Der Himmel über ihnen färbt sich in den schönsten Farben.

Issa setzt sich auf die Liege und zieht Lara sachte mit sich, so dass sie zwischen seinen Beinen sitzt. Sie lehnt sich an ihn, darauf bedacht, ihn nicht zu sehr zu beschweren, wegen seiner Wunden, doch er lehnt sich entspannt zurück. »Das ist so schön. Ich würde jeden Abend hier liegen und darauf warten.«

Er nimmt eine ihrer Strähnen zwischen die Finger und zwirbelt daran, wie er es früher öfter getan hat. »Dann verpasst du das Leben.« Lara setzt sich auf und sieht ihm in die Augen. »Kennst du das nicht? Das Leben wird nicht gemessen an der Zahl unserer Atemzüge, sondern an den Momenten und Plätzen, die uns unseres Atems berauben.«

Issa sieht sie ernst an, sein Gesicht ist in die schönen Farben des Sonnenunterganges getaucht und es liegt etwas in seinem Blick, was Lara so lange vermisst hat. Sie weicht keinen Millimeter zurück, als seine Hand an ihre Wange geht und seine raue Stimme ihr eine Gänsehaut bereitet. »Das stimmt.«

Sie sehen sich in die Augen und ihre Lippen sind nur Millimeter voneinander entfernt. »Nichts hat sich geändert, Lara. Egal wie viele Jahre vergangen sind.«

Ihre Lippen berühren sich fast, da klingelt ihr Handy, laut. Lara ist vorher noch nie so bewusst gewesen, wie nervtötend ihr Klingelton ist, wie in diesem Moment. Sie räuspert sich leise und weicht ein wenig zurück, sieht ihm aber weiter in die Augen. »Das wissen wir nicht, Issa.«

Auch wenn alles in ihr gerade aufgeregt gekribbelt hat, sollten sie es langsamer angehen lassen. Sie spürt ihren schnellen Herzschlag und setzt sich auf. Erst dann sieht sie nach, wer angerufen hat und bemerkt auch, dass sie zur Arbeit gehen muss.

Auch Issa muss los, sie stehen auf, doch jetzt umfasst er sofort ihre Hand. »Du wirst schon sehen, dass alles noch wie früher ist.« Er drückt ihre Hand. Er hat schon eine Tasche gepackt und sie fahren wieder nach unten. Im Fahrstuhl zieht er sie in seine Arme. Sie beide müssen diesen Moment eben, in dem sie sich fast geküsst haben, verdauen. Man hat die Macht der Vergangenheit gespürt und auch jetzt fühlt sich Lara einfach nur wohl in seinen Armen und schließt einen Moment die Augen. Erst als sie unten ankommen, öffnet sie sie und spürt Issas Lippen an ihrem Scheitel.

»Wenn ich zurück bin, gehen wir zu viert Essen, mit Basim und deiner Freundin, in Ordnung?« Lara nickt. Sie ist nicht mehr die kleine unschuldige Lara, die so schnell aus der Fassung zu bringen ist, doch gerade fühlt sie sich so; die Gefühle, die in diesem Moment in ihr hochgekommen sind, haben sie wirklich überrumpelt.

Es fällt ihr schwer, das alles einzuordnen. Ist das richtig? Es fühlt sich so vertraut an, doch sollten sie das tun? Will sie das überhaupt?

Auf dem Weg zum Krankenhaus ruft Lara Tatjana zurück, die fragt, ob sie ihr etwas zum Essen mitbringen soll, sie haben zusammen Schicht heute. Sie verneint und verabschiedet sich wieder. Vor dem Krankenhaus hält Issa. Er gibt ihr einen Kuss auf die Wange, sehr nah an ihren Lippen und Laras Herz beginnt sofort wieder zu rasen, wieso reagiert sie noch immer so stark auf diesen Mann?

»Pass auf dich auf.« Lara nickt. »Du auch auf dich.«

Als sie aussteigt, kann sie bei all den Bedenken ein Lächeln auf ihren Lippen nicht verbergen. Sie weiß gar nicht, wann sie sich das letzte Mal so gut gefühlt hat, zwiegespalten, aber trotzdem gut. Damit hat sie nicht gerechnet, nicht so schnell, nicht so heftig, nicht, dass es sie so aus der Fassung bringt.

»Ist alles in Ordnung?« Tatjana stellt sich ihr plötzlich in den Weg und sieht sie neugierig an. »Deine Wangen sind ganz rot und du lächelst, als hättest du gerade erfahren, dass es dreimal im Jahr Weihnachten gibt.«

Lara nickt und umarmt ihre Freundin.

»Ja … ich denke … es ist alles in Ordnung .«

Kapitel 8

Während der gesamten Schicht fällt es Lara schwer, nicht immer wieder mit den Gedanken abzudriften.

Natürlich ist ihr bewusst, dass das zwischen Issa und ihr immer sehr intensiv war, doch sie hat wirklich nicht darüber nachgedacht, wie es nun werden wird. Sie hat sich darüber einfach keine Gedanken gemacht, sie war froh, Issa wiedergefunden zu haben; und ja, wenn sie jetzt darüber nachdenkt, ist es auch nicht verwunderlich, dass sie sich wieder näher gekommen sind, doch bevor sie das jetzt zu ernst nehmen, sollten sie sich beide darüber klar werden, dass sie keine Kinder mehr sind und ob sie so nicht riskieren, sich am Ende doch wieder zu verlieren.

Sie hat das Bedürfnis, mit jemandem darüber zu sprechen, deswegen fährt sie nicht nach Hause, sondern mit Sara, die auch dieselbe Schicht wie sie hatte, etwas frühstücken und erzählt ihr alles, auch die Einladung zum Essen mit Basim.

Ihre Freundin versteht sie nicht. Sie ist anders als Lara und fragt, wo das Problem liegt, sie ist Single, sie mag Issa und sie fühlt sich wohl bei ihm. Er hat ihr gesagt, dass er nichts Illegales tut, selbst ihre Familien mögen sich, sie kennen sich … was sollte dagegen sprechen, sich näherzukommen? Vor allem, wenn es Lara so guttut und sie seitdem so strahlt.

Könnte sie darauf eine klare Antwort geben, wäre sie wahrscheinlich nicht so hin- und hergerissen, doch Lara möchte sich einfach nicht in eine Beziehung mit Issa stürzen, wegen früher. So schön sich alles anfühlt und so sehr sie ihn mag, sollte sie daran denken, dass diese Jahre auch einiges verändert haben. Sie sagt nicht, dass es gar nicht sein soll, doch zumindest etwas langsamer, so als würde sie ganz normal einen neuen Mann kennenlernen.

Das nimmt sie sich dann auch vor. Issa schreibt ihr mehrmals am Tag während der nächsten zwei Tage. Er hat sich doch ein wenig übernommen und eine Narbe hat angefangen zu bluten, deswegen ist er dort zum Arzt gegangen und bleibt nun zwei Tage länger, um sich etwas mehr auszuruhen. Sie telefonieren miteinander und Lara ist froh, dass es sich trotz des Beinahe-Kusses nicht so anfühlt, als wären sie nun ein richtiges Paar. Auch Issa ist noch genauso entspannt wie vorher.

Als sie nach zwei Tagen ihre Schicht auf der Station beginnt, auf der auch Issa gelegen hat, ruft eine der Schwestern sie zu sich. »Sage mal, das ist doch dein alter Schulfreund, der hier auf Station lag, oder?« Sie deutet auf den Mittelteil einer Berliner Zeitung, in dem ein Schwarzweißbild abgedruckt ist, auf dem Issa, Basim und drei andere Männer in einem Restaurant sitzen.

'Das Treffen der Araber Clan-Größen in Dortmund. Droht neuer Ärger?'

Lara sieht sich das Bild genauer an, die Männer essen und lachen, mehr ist nicht zu sehen, doch sie schließt die Zeitung wieder. »Nein, ich glaube nicht, dass er das ist. Habt ihr die Akte des Mannes mit der Blinddarmentzündung?«

Sie möchte sich nicht anmerken lassen, dass sie das wieder unsicher macht. Sie weiß ja nun, wie es bei Issa aussieht, trotzdem ist es komisch, ihn in Zeitungen zu sehen und dass die Leute alle so etwas von ihm denken. Auf dem Rückweg kauft sie sich die Zeitung und liest sich zu Hause in Ruhe den Artikel durch. Dort spricht ein Experte für Clan-Aktivitäten in Berlin darüber, dass gemunkelt wird, die Clans planen eine Racheaktion für die Schießerei vor dem Café, bei der Issa beinahe getötet wurde.

Einen Moment überlegt sie, den Artikel abzufotografieren und Issa zu schicken, doch dann entscheidet sie sich dagegen. Sie wird mit ihm darüber sprechen und nicht das glauben, was eine Zeitung schreibt. Er hat ihr gesagt, er ist dort wegen Marmor aus Italien und erst einmal glaubt sie das auch.

Trotzdem bleibt ein ungutes Gefühl, doch sobald Issa sich meldet, beginnt ihr Bauch so stark zu kribbeln, dass es leicht ist, diese Bedenken zu vergessen.

Sie sieht sich immer wieder das Bild von ihnen beiden vor der Wand an. Danach hat sie nichts mehr gepostet, er hat gestern ein Bild von sich und Basim gepostet. Beide strahlen in die Kamera, man sieht einen gedeckten Tisch. Sie haben etwas auf arabisch dazu geschrieben und viele haben es auch auf arabisch kommentiert.

Am ersten freien Tag nach mehreren langen Schichten schläft Lara aus. Sie ist morgen Abend mit Issa, Basim und Sara verabredet und sie beschließt, den Tag mit Serien zu verbringen. Nachdem sie duschen war, zieht sie sich eine schwarze Leggins, ein Top und einen weißen schulterfreien Pullover über. Langsam wird es kälter. Sie kippt sich gerade einige Smacks in eine Schüssel, da klingelt es.

Sie hat sich Bekleidung für den Herbst bestellt und öffnet die Tür, da es sicherlich der Paketdienst ist. Sie muss fast immer alle Pakete bei der Post abholen und ist dankbar, dass ihr das dieses Mal erspart bleibt; als sie dann aber ihre Haustür öffnet, steht Issa mit einem großen bunten Blumenstrauß in der Hand vor ihr.

»Issa? Ich dachte, du kommst erst morgen zurück.« Sie lässt ihn herein und nimmt den Strauß entgegen. Issa trägt eine Jeans und einen Hoodie, er gibt er ihr einen Kuss auf die Wange. »Wir sind gerade angekommen, doch früher als geplant und ich dachte, nun bin ich mal dran, mir dein Leben anzusehen, abgesehen von deiner Arbeit im Krankenhaus.«

Lara legt die Blumen zur Seite und tritt näher zu ihm. Auch wenn sie die Tage mit Bedenken verbracht hat, sind sie nun wieder beiseite geschoben, als sie in seine schönen Augen blickt. »Bitte, lass dich nicht aufhalten. Sieh dich um, möchtest du etwas trinken?«

Sie nimmt den Strauß Blumen mit in die Küche. »Sag nicht, dass du noch immer diese Smacks ohne Milch isst, als wären es Chips.«

Sie lacht leise und sucht eine Vase. »So sind die am leckersten.« Sie hat einige Vasen von ihrer Mutter bekommen, nachdem sie gesehen hat, dass Lara ihre Blumen immer in große Gläser oder Tassen gestellt hat. Sie sucht sich eine passende heraus und füllt sie mit Wasser, dann platziert sie die Blumen schön auf ihrem kleinen Esstisch in der Küche und holt eine Cola aus dem Kühlschrank, sie weiß, dass er diese Limonade am liebsten trinkt.

Issa sitzt in ihrem Wohnzimmer und sieht sich Bilder an. »Es ging dir gut in London.« Sie stellt sich zu ihm und sieht zu der Collage, die sie damals beim Abschluss von einer Freundin bekommen hat. Es zeigt sie mit ihren Klassenkameraden bis nach der zwölften Klasse. »Ja, es war eine schöne Zeit.« Er deutet auf ein Bild mit ihr und Ryan. »Warst du mit ihm zusammen?« Sie nickt. »Ja, einige Wochen, es war aber nichts Festes.« Er legt den Arm um sie. »Da hattest du in Berlin aber einen besseren Geschmack als in London.« Sie reicht ihm die Cola. »An Selbstvertrauen hat es dir noch nie gemangelt.«

Er sieht sich weiter um und sein Blick fällt auf die Zeitung, die noch immer aufgeschlagen auf ihrem Couchtisch liegt. »Du darfst solchen Artikeln nicht glauben.« Er nimmt die Zeitung in die Hand und setzt sich auf die Couch. Lara fühlt sich erwischt. »Tue ich nicht. Du hast mir gesagt, dass du dort bist, um dich um Marmor zu kümmern, und ich glaube es dir.«

Issa sieht vom Artikel hoch und legt ihn weg. Er sieht ihr in die Augen. »Aber wie ich es dir gesagt habe, ich will dich nicht anlügen. Es war auch ein Thema, über das wir gesprochen haben, das mit der Rache. Diesen Angriff auf unsere Familie wollen viele rächen und wir wissen mittlerweile, wer genau dahintersteckt.«

Lara hebt die Hand. »Okay, ich weiß nicht, ob ich so etwas hören sollte, ich dachte, dass du mit solchen Sachen nichts zu tun hast.« Issa reibt sich die Hände. »Was heißt mit solchen Sachen? Ich habe nichts mit illegalen Geschäften zu tun, doch das ist und bleibt meine Familie. Ich kümmere mich nicht um Racheaktionen, wir haben nur darüber gesprochen. Ibo und meine Cousins klären das gerade, und das bedeutet auch nicht, dass jemand erschossen wird, man kann jemanden auch anders treffen, finanziell oder auch nochmal ganz anders, aber ich habe damit nichts weiter zu tun, doch ich möchte dich wie gesagt auch nicht anlügen. Wenn dann werde ich ganz ehrlich zu dir sein, da ich mir denken kann, dass das Thema schwer für dich ist.«

Lara atmet laut aus. »Das ist … ich will eigentlich gar nichts …« Issa steht auf und kommt zu ihr. »Lara, meine Familie war schon immer groß, es gab schon immer legale und illegale Geschäfte bei uns und auch viele Konflikte mit anderen Familien oder der Polizei, auch damals, als du bei uns zu Hause warst. Das hat nicht erst jetzt begonnen, nur hast du das nie mitbekommen. Die Presse macht jetzt solch ein Ding daraus, weil sie nichts anderes haben, worüber sie berichten können. Bald ist auch das vorbei, glaub mir, und auch dann wird meine Familie bleiben wie schon immer. Wir sind die Gleichen, nichts hat sich geändert, Lara. Wir machen eine andere Art von Geschäften und ja, mit Leuten, die sich mit uns anlegen, gehen wir nicht … freundlich um, doch wir tun keinen Unschuldigen weh oder sonst etwas. Ich weiß, dass dir das vielleicht merkwürdig vorkommt, doch ich verspreche, dass ich ehrlich zu dir bin. Wenn du etwas wissen willst, frag mich, doch höre nicht auf die Presse. Ich werde dir alles sagen, du kennst meine Familie, du musst vor ihnen keine Angst haben.«

Lara nickt, sie darf sich auch nicht von den Medien verrückt machen lassen. »Nein, natürlich nicht. Das habe ich auch nicht, doch ja, wie du es gesagt hast, es ist komisch zu wissen, wie ich dich ansehe und wie dich alle anderen sehen. Dass sie dich für einen Verbrecher halten …«

Issa steht auf und kommt zu ihr. »Mir ist es aber völlig egal, wie andere mich sehen. Mich interessiert, was du über mich denkst.« Lara will auch ehrlich zu ihm sein. »Ich denke, dass ich zur Zeit eine Reise in die Vergangenheit mache und es sehr genieße, doch ich weiß auch, dass ich den Issa von heute erst kennenlernen muss.«

Er beugt sich zu ihr und küsst ihre Stirn. »Natürlich, aber ich muss ehrlich sagen, wenn ich sehe, wie du deine Smacks isst, weiß ich, dass sich nicht viel geändert hat. Also Lara, komm schon. Hier ist ja gerade erst alles eingerichtet worden. Die ganze Zeit erfährst du Sachen von mir und bekommst einen Einblick in mein Leben. Zeig mir ein Geheimnis von dir, etwas, was kaum jemand weiß. Zeig mir, was deine Pläne und Träume sind.«

Sie muss lachen. »Das hört sich ja so an, als wäre mein Leben langweilig. Ich rette ständig Menschenleben, das sollte doch Aufregung genug sein. Richtige Geheimnisse gibt es nicht. Pläne … vielleicht, aber davon erzähle ich erst oder nur, wenn ich mich entschieden habe.«

Issa deutet mit dem Finger auf sie. »Das ist genau das, was ich wissen muss, also worum geht es?« Sie muss lachen. »Das kann man nicht beschreiben, das muss man sehen.« Er greift nach ihrer Hand. »Dann zeig es mir.« Lara sieht auf die Uhr. »Das dauert, hast du den ganzen Tag Zeit?« Auch Issa blickt auf sein Handy und steckt es dann weg. »Ich muss um 19 Uhr in einem Café sein, bis dahin wird das ja wohl zu schaffen sein.«

Soll sie das wirklich? Lara redet nicht gerne darüber, weil sie Angst hat, dass jemand sie in eine Richtung drängen könnte und sie muss diese Entscheidung alleine treffen und von ganzem Herzen. »Würden wir schaffen, wir müssen knapp eine Stunde mit dem Auto fahren und ...«

Er nimmt ihre Hand.

»Du hast gerade gesagt, wir müssen auch unser jetziges Leben kennenlernen, also los.«

Sie fahren mit Issas Auto und sie gibt die Adresse, die sie seit Wochen im Kopf hat, in sein Navi ein. Während der ganzen Fahrt versucht er herauszufinden, was es dort gibt, doch sie bleibt dabei und sagt ihm nichts.

Als sie halten und tanken müssen, holen sie Getränke und Croissants. Es macht Spaß, mit Issa unterwegs zu sein. Er spielt ihr laut arabische Musik vor und singt dazu, dann fragt er sie über Sara wegen Basim aus und schneller als gedacht fahren sie in die kleine Stadt ein.

Lara sieht auf die Supermärkte, die Kita, die Schule und die vielen schönen Häuschen, sie fahren an Weiden vorbei, an Pferdehöfen, an Ständen, an denen man frischen Honig und selbstgebackenes Brot kaufen kann, an Bauernhöfen, auf denen man Eier kaufen kann, und kurz nach der Stadt gibt es immer wieder vereinzelte Häuser und vor dem, das Lara seit Wochen grübeln lässt, bleibt Issa stehen.

Es ist verlassen, doch man sieht, dass es, wenn man genug Arbeit hineinsteckt, wunderschön wird. Es ist ein im schwedischen Stil gehaltenes Haus, es ist blau mit weißen Fenstern, einer weißen Tür und weißen Pfosten an der Veranda. Der Garten ist riesig und Lara atmet beim Anblick tief ein.

»Das ist es.«

Sie steigen aus und Lara deutet auf das Haus und das Grundstück.

»Das ist was?« Issa sieht sich um.

Lara geht an den Zaun und sieht auf das Grundstück. »Das Haus und das Grundstück meine ich. Hier in der Nähe ist das Krankenhaus, in dem ich ab und zu arbeite und als wir einmal in der Nähe essen waren, kamen wir mit zwei Frauen von hier ins Gespräch. Sie haben erzählt, dass sie unbedingt einen Arzt oder eine Ärztin hier brauchen und wir haben etwas herumgesponnen, wie es wäre, hier zu leben. Und dann haben sie von dem Haus erzählt und dass es leer steht, weil die Familie, die vorher hier gelebt hat, nach Kanada ausgewandert ist. Sie haben überlegt, es zu behalten, doch jetzt ist es sicher, dass sie auch in Kanada bleiben, deswegen stand es zwei Jahre leer und steht jetzt zum Verkauf. Mehr aus Spaß haben wir uns das dann angesehen und ich weiß nicht ... seitdem lässt mich das nicht mehr los.

Sieh doch, wie schön es ist und das Grundstück. Der Mann der Familie ist Architekt und hatte im Haus seine Büroräume; das bedeutet, wenn ich das Haus kaufen würde, hätte ich hier auch gleich meine Praxis und könnte noch etwas im Krankenhaus arbeiten. Es ist eigentlich perfekt, ruhig, wunderschön gelegen, sieh doch die Felder, auf die man blickt.«

Issa sieht genau wie sie auf die gelben Felder, die hinter dem Haus liegen. »Du willst doch nicht ernsthaft aufs Dorf ziehen?« Sie kann wie meistens, wenn sie hier ist, nicht aufhören, das Haus anzusehen. Sie liebt es. »Es ist eine Kleinstadt und das ist es ja, wieso ich zögere. Es ist gemütlich, friedlich. Hier gibt es tolle Schulen und Kindergärten, es ist ein ganz anderes Leben mit viel mehr Qualität. Doch kann ich das wirklich? Berlin verlassen, schon wieder? Ich bin seit Wochen immer wieder hier am Haus und denke darüber nach.«

Sie stehen am Zaun und Issa sieht sich um. »Wie sieht es innen aus?« Lara zuckt die Schultern. »Ich weiß nicht, ich glaube, es gibt immer alle zwei Wochen Besichtigungen der Häuser hier. Ich wollte mich mal erkundigen und ...« Der Zaun ist im Eingangsbereich nur hüfthoch und Issa deutet Lara, dass er ihr hilft hinüberzuklettern.

»Bist du verrückt, das ist verboten. Wir können nicht einfach auf das Grundstück.« Issa lacht und umfasst sie, um ihr hochzuhelfen. »Ich bitte dich, Lara, hast du nichts von mir gelernt? Wir sehen uns das Haus richtig an, wenn wir schon mal da sind.«

Lara sieht sich auch um, weit und breit ist keiner da und sie möchte das Haus wirklich gerne sehen. »Bist du sicher? Was ist, wenn wir erwischt werden?« Issa hebt sie hoch und sie klettert über den Zaun. Er kommt direkt hinterher. »Dann sagst du, du bist Ärztin und an dem Haus interessiert und wolltest nur kurz mal gucken. Dir wird keiner böse sein.«

Sie lacht und dreht sich. Es ist das erste Mal, dass sie auf dem Grundstück steht und es fühlt sich fantastisch an. Sie gehen zusammen zur anderen Seite des Hauses.

Hier gibt es eine noch viel größere Veranda, einen Grillplatz, und man hat eine schöne Aussicht auf endlos wirkende Felder. Es gibt sogar ein Baumhaus. »Nicht schlecht.« Auch Issa gefällt das.

»Stell dir vor, man sitzt hier abends auf der Terrasse und betrachtet den Sonnenuntergang, während die Kinder im Garten spielen, träumt von so etwas nicht jeder?« Er zuckt die Schultern. »Um ehrlich zu sein, habe ich noch nie daran gedacht.« Er geht zur Verandatür, doch die ist verschlossen. Es gibt allerdings seitlich noch einen Eingang und man sieht, dass hier ein Schild hing. Das müssen die Büroräume sein und diese Tür ist offen.

»Dann gehen wir mal rein.«

Kapitel 9

Issa hält ihr die Tür auf. Laras Herz klopft schneller, als sie in einen kleinen Flur kommen. »Das würde der Eingangsbereich sein.« Sie steht in einem leeren mittelgroßen Raum. »Das das Wartezimmer.« Daneben ist ein größerer Raum. »Das Behandlungszimmer.« Es gibt noch drei kleine Räume. »Es wäre perfekt für eine Arztpraxis.« Sogar ein kleines Bad ist vorhanden.

Issa öffnet eine schwere Metalltür. »Und hier geht es ins Haus.«

Sie folgt ihm eine dunkelbraune Holztreppe hinauf. Aus genau demselben Holz ist der Boden im oberen Haus ausgelegt. Sie kommen in einen schönen Eingangsbereich, man sieht auf die Eingangstür. Hier stehen keine Möbel, es ist alles etwas abgenutzt, doch der Boden ist schön, mit neuer Farbe und etwas Geschick wird das hier fantastisch aussehen.

Es gibt einen großen Wohnraum, Lara streicht mit der Hand über die schönen verzierten Pfosten an der Tür. »Das Haus ist wirklich schön.« Issa kennt sich ja mit Immobilien aus. »Viele Fenster, die Zimmer sind groß, es ist hell.« Sie betreten eine große leere Küche, ein Bad, was renoviert werden müsste, eine Abstellkammer und einen weiteren kleinen Raum.

Dann gehen sie noch einen Stock höher, wo es vier gleich große leere Räume und zwei Bäder gibt, alle mit dunklen Böden, und in den oberen Fenstern erkennt man den skandinavischen Stil. An einigen Fenstern gibt es Sitzbänke, es ist gemütlich, einfach wunderschön. Klar muss viel getan werden, doch es ist ja auch eine Entscheidung fürs Leben.

»Das Haus wird sicher einiges kosten.« Auch Issa sieht sich interessiert um. »Ja, die Frau hat mir den Preis genannt, aber für eine Ärztin würde der Preis etwas gesenkt werden, da man hier dringend eine Praxis braucht.«

Er wendet sich zu ihr um und sieht ihr in die Augen. »Was sagt dir deine Liste?« Lara zieht die Augenbrauen leicht zusammen. »Liste?« Er lacht leise, legt den Arm um sie und sie gehen zusammen die Treppe hinunter. »Sag nicht, dass du diese Listen nicht mehr führst, du weißt schon: Was spricht dafür, was dagegen?«

Das erste Mal seit langer Zeit fühlt sich Lara richtig ertappt und spürt, dass ihre Wangen rot werden. »Es ist unentschieden.« Sie gehen durch die Praxis aus dem Haus und sehen noch einmal auf die Felder.

»Das ist eine schwere Entscheidung, aber ich denke, du würdest dich vielleicht nach einer Zeit hier langweilen.«

Lara nickt und sieht sich noch einmal um. »Das kann sein, ich denke auch immer wieder, dass ich es vergessen sollte, das ist eine viel zu schwerwiegende Entscheidung, ein zu gewagter Schritt, um ihn auch so alleine zu gehen, doch … mein Herz kann das hier nicht loslassen.«

Den ganzen Weg zurück klärt Issa sie darüber auf, was noch an dem Haus zu machen wäre, was für Kosten es noch gibt und woran man noch denken muss. Er kennt sich natürlich sehr gut aus und Lara ist froh, ihn in ihr Geheimnis eingeweiht zu haben.

Sie gehen noch etwas essen und Issa zeigt ihr dort Bilder von Häusern, die er gerade noch zum Verkauf hat, doch so schön die auch sind, keines bewirkt in ihr das gleiche Gefühl wie ihr kleines Haus bei den Feldern.

Als Issa sie zu Hause absetzt, da er in ein Café zu einem Treffen muss, fragt sie gar nicht weiter nach. Sie muss nicht alles wissen, sie hat nach so kurzer Zeit nicht das Gefühl, dieses Recht zu haben, auch wenn sie sich sicher ist, dass Issa es ihr sagen würde.

Am nächsten Tag bekommt sie einen Anruf von Tatjana; sie erzählt ihr, dass ein Mann, den sie beide sehr ins Herz geschlossen haben, in der Nacht gestorben ist. Herr Yüksel war alle paar

Monate wegen seiner schlechten Blutwerte und einiger anderer Problemen im Krankenhaus.

Lara ist es gewöhnt, dass Menschen sterben, sie hat gelernt, damit umzugehen, sie muss es, es gehört wie das Retten von Leben und wie die Geburt zu ihrem Job, doch manchmal trifft es sie doch noch mehr, als es sollte.

Nachdem sie aufgelegt hat, will sie gerade duschen gehen, da ruft Issa an. Er fragt, ob alles in Ordnung ist und teilt ihr mit, dass sie Sara und sie um 19 Uhr abholen werden, weil sie vorher noch einige Dinge zu tun haben. Sobald sie antwortet, unterbricht er sie.

»Was ist los, Lara?« Lara setzt sich wieder auf die Couch. »Es ist nichts.« Man hört es rascheln, als wäre er noch im Bett. »Vergiss nicht, dass ich dich gut kenne.« Sie lächelt matt.

»Ich habe nur erfahren, dass ein Patient von mir gestorben ist. Er war schon über achtzig und ein höflicher lieber Mann, der immer zu strahlen angefangen hat, wenn er mich gesehen hat. Er hatte kaum Familie und selten Besuch und ich habe immer etwas Zeit eingeplant, um ihn zu besuchen und irgendwie habe ich ihn mehr in mein Herz geschlossen, als ich es als Ärztin sollte.«

Es klingelt. »Das ist doch normal, du ...« Lara unterbricht ihn und fragt nach, wer unten ist. Es werden ihr der Geschirrspüler und die Waschmaschine geliefert. Sie hat das komplett vergessen. »Issa, ich … muss Schluss machen, hier wird was geliefert. Ich melde mich später.«

Sie zieht sich schnell eine Shorts und ein Top über und bindet sich einen Zopf.

Die Plätze für die Geräte sind frei, also ist es an sich kein Problem, nur dass sie es vergessen hat. Zwei Männer bringen die Geräte nach oben. Lara bietet ihnen Kaffee an und macht sich gleich zwei Toasts. Die Männer stellen die Geräte auf und schließen sie an, dabei kommen sie ganz schön ins Schwitzen, da es heute wieder sehr warm ist, obwohl es hieß, es würde langsam kälter werden.

Die beiden sind gerade weg, da klingelt es wieder, sie werden sicher etwas vergessen haben, doch als sie ihre Haustür öffnet, steht Issa vor ihr. »Was machst ...? Hast du nicht Termine?« Er nickt und greift nach ihrer Hand. »Ja, hatte ich, aber ich habe gehört, wie traurig du bist und wollte dich entführen. Hast du deinen Schlüssel?«

Lara zieht den Schlüssel aus dem Schloss der inneren Haustür. »Du entführst mich ständig, wohin ...?« Sie muss lachen, als er ihre Hand nimmt und die Haustür schließt. Lara kommt gerade mal dazu abzuschließen, da sind sie schon wieder unten bei seinem Auto.

»Issa, das ist lieb, doch es ist nicht so, dass ich wirklich traurig bin, ich weiß ja, dass es sein ... also dass jeder Mensch stirbt. Ich muss einfach lernen, mir nicht jedes Schicksal zu Herzen gehen zu lassen.

Issa hält ihr die Beifahrertür auf und steigt selbst ein, gibt Gas und fährt auf die Autobahn. »Nein, das solltest du nicht. Es gibt zu viele Ärzte, die abgestumpft sind. Es ist wichtig, dass du weiter deine Emotionen behältst und wenn du traurig darüber bist, dass er gestorben ist, dann lass es zu. Es war ein Mensch, vielleicht bist du die Einzige, die um ihn trauert. Das was du tust, ist nicht falsch.«

Lara denkt über seine Worte nach, dieses Mal fahren sie nur kurz und sie schüttelt den Kopf, als sie sieht, wo Issa sie hingebracht hat. »Das ist doch nicht dein Ernst, Issa.« Sie lacht und Issa hält an einem Zaun. »Doch klar, das hat dir immer geholfen.«

Er steigt aus und öffnet ihr die Tür. »Ja, aber wir sind nicht mehr zwölf, wenn wir erwischt werden, werden wir nicht nur ermahnend weggeschickt. Du weißt doch gar nicht, was jetzt hier drauf ist.«

Er steigt über den Zaun und hält ihr seine Hand hin. »Es hat sich nichts geändert, Lara, du weißt, dass niemand hier ist.« Sie sieht sich um, es sieht wirklich noch genauso aus wie früher. »Woher willst du das wissen?« Lara greift nach seiner Hand und steigt auch über den Zaun. »Ich habe noch niemals ein Gesetz gebrochen, ich halte mich gerne an Regeln, kaum sind wir wieder zusammen, bin ich schon zweimal straffällig geworden.«

Issa lacht laut los. »Straffällig? Na warte mal ab. Das nächste Mal nehme ich dich mit, wenn etwas Großes ansteht.« Lara kommt neben ihm zum Stehen. Ihr Blick sagt alles und er lacht weiter. »Das war nur Spaß. Du weißt doch, dass dich der Platz hier immer alle Sorgen hat vergessen lassen.«

Sie sind auf einem stillgelegten Gelände, es ist verwildert, doch es gibt einen schönen Kletterbaum an einem schönen Ufer eines kleinen Strandabschnittes am Wannsee. Es stehen mehrere leere Häuser auf dem riesigen Gelände. Issa und seine Cousins haben all das früher stundenlang erkundet, Lara hat sich immer am Strand aufgehalten, das andere war ihr zu gruselig. Sie mochten es hier so sehr, dass sie immer, wenn einer von ihnen Ärger mit den Eltern oder in der Schule hatte, hergekommen sind und meistens ging es ihnen dann besser.

Lara sieht sich um, es ist wirklich noch alles wie früher. Sie gehen zum Strandabschnitt und Lara sieht auf die kleine Badestelle. »Mir kam das immer viel größer vor.«

Issa hat wieder eine Tüte dabei, er holt Getränke heraus und setzt sich in den Sand. »Weißt du noch, was für Geschichten damals um diesen Ort kursiert sind?« Lara setzt sich neben ihn und lehnt sich im Sand zurück.

»Ja, Basim hat erzählt, dass hier eine Gruppe Kindermörder gelebt hat, die Polizei hat das Gelände irgendwann geräumt und deswegen wird es nicht mehr benutzt oder bewohnt, weil man denkt, die Seelen der Kinder spuken hier noch rum.«

Lara lacht und Issa sieht zu ihr. »Weißt du noch, Tarik? Mein Cousin? Seine Idee, dass hier ein Pornoproduzent wie Hefner gelebt hat und jede seiner Frauen ein eigenes Haus hatte und er ...«

Sie muss noch mehr lachen. »Deine Cousins waren noch nie sehr einfallsreich.« Er macht eine Dose Limonade auf und bietet sie ihr an. »Nicht in der Hinsicht, aber irgendwann, als wir mit den Immobilien angefangen haben, hatten wir die Idee, dieses Grundstück zu kaufen und hier komplett neu drauf zu bauen und die Häuser zu vermieten. Da haben wir nachgeforscht. Das war mal russisches Gebiet. Hier haben Diplomaten und Militär und so etwas gewohnt und das hier ist noch immer russisches Gebiet oder es ist nicht richtig klar, wem das hier gehört und deswegen kann hier nichts unternommen werden, von solchen Grundstücken gibt es einige in Berlin.«

Lara hebt die Augenbrauen. »Es ist auf jeden Fall besser als alle anderen Geschichten.« Issa sieht ihr in die Augen. »Siehst du, du hast deine Sorgen ein wenig vergessen können.« Ein Lächeln setzt sich auf ihre Lippen, Issa ist so bemüht, dass es ihr gut geht.

»Ja, das stimmt. Danke. Ich meine, es ist normal. Das ist mein Beruf, es gibt sehr schöne Momente und auch solche traurigen.« Er nickt.

»Du tust nichts anderes, als den ganzen Tag Menschen zu helfen. Sie haben Schmerzen und du versuchst, sie ihnen zu nehmen. Du kannst nur stolz auf dich sein, nichts anderes.« Lara sieht auf das Wasser. »Du hast Recht … nur manchmal gelingt es mir nicht.«

Das ist die schwere Seite an ihrer Arbeit. »Ich bin mir sicher, dass du immer dein Bestes gibst und wenn ein Mensch trotzdem stirbt, hast du trotzdem dein Bestes gegeben. Manchmal kann man einfach nichts mehr tun. Aber es ist gut, dass es dich noch berührt. Behalte das bei. Es ist wichtig.«

Sie sieht ihm wieder in die Augen. »Ich glaube gar nicht, dass es der Ort war, der mir damals immer geholfen hat. Es war einfach nur das, dass wir hier in Ruhe reden konnten. Deine Meinung war mir immer wichtig und sobald ich dir meine Sorgen erzählt habe, waren sie sofort kleiner und haben nicht mehr so im Herzen geschmerzt. Das ist sogar jetzt noch so. In England gab es immer wieder die Situation, dass etwas passiert ist und ich mich gefragt habe: Was würde Issa jetzt sagen, was würde er mir raten? Das war wirklich sehr oft so.«

Issa steht auf. »Dann rate ich dir jetzt, schwimmen zu gehen.« Es ist sehr warm und das Wasser vom heißen Sommer sicherlich noch aufgewärmt und ja, als Kinder haben sie das jedes Mal gemacht, doch sie sind keine Kinder mehr.

»Deine Narben und Verbände, du solltest nicht ins Wasser.« Lara sieht kurz weg, als er sein Shirt auszieht, was völlig unbegründet ist, doch es ist fast wie ein Reflex. Issa ist sehr durchtrainiert. Er hat einen Körper wie die heißen Männer auf einigen Liebesromanen, er muss dafür ganz schön viel Sport machen.

Issa zieht auch seine Hose aus und steht in Boxershorts vor ihr. Mittlerweile trägt er nur noch einen Verband. Sie bemerkt ein Tattoo an seinem Schulterblatt. »Was steht da?« Als er sich umdreht, kann Lara nun noch besser sehen, dass er inzwischen ein Mann geworden ist. Er ist perfekt gebaut, ein dunkler Flaum verläuft von seinem Bauchnabel in die Boxershorts. Da sieht sie auch das Tattoo auf seiner Brust, was bis zu seiner Schulter hochgeht. Es ist ihr im Krankenhaus nie aufgefallen, wahrscheinlich weil sie zu sehr auf seine Verletzungen konzentriert war, sodass sie dem keine Beachtung geschenkt hat.

»Das auf dem Rücken? Da steht der Buchstabe B für Basim. Das war mein erstes Tattoo. Er hat meinen Anfangsbuchstaben auf dem Rücken, weil wir uns für immer den Rücken freihalten werden.«

Lara muss lächeln, Issa legt alles beiseite. »Wir haben solchen Ärger bekommen. Bei uns sind Tattoos verboten. Meine Mutter hat einen Monat nicht mit mir gesprochen und erst wieder, als ich mit diesem Tattoo ankam.« Er zeigt auf das andere Tattoo. »Da steht so etwas wie 'Niemand außer Gott kann mich richten' auf arabisch.« Er hält ihr die Hand hin. »Los komm, Lara.«

Lara ergreift sie dieses Mal nicht. Sie trägt noch immer ihre Shorts und ein Top. »Nein, ich habe nichts zum ...« Issa kommt zu ihr, greift unter ihre Arme und hebt sie hoch. »Nein, lass das. Wir haben nichts zum Wechseln und du darfst noch gar ...«

Ohne auf ihren Protest zu hören, geht er mit ihr ins Wasser, nur bis zu den Hüften, dann lässt er sie herunter. »Issa, nein ...« Auch wenn sie nicht untergetaucht ist, ist sie bis unter der Brust nass. Nur ihre Schuhe hatte sie glücklicherweise schon am Strand ausgezogen.

»Du bist noch genauso bescheuert wie früher.« Lara funkelt Issa wütend an und sein Grinsen wird nur noch größer.

»Und du noch genauso schön, wenn du wütend bist.« Lara würde ihn am liebsten mit Wasser bespritzen oder irgendetwas tun. Das scheint er auch in ihren Augen zu erkennen und deutet auf seine Wunden. Sie sind noch nicht gut verblasst, aber schon gut abgeheilt. »Du musst vorsichtig sein.«

Lara dreht sich um und schwimmt weiter hinaus. Jetzt ist sie ohnehin nass und wegen seiner Wunden kann Issa ihr nicht folgen. Lara schwimmt und schwimmt. Irgendwann schließt sie einen Moment die Augen und atmet tief ein. Ihr geht es viel besser, er hat wirklich recht, auch wenn sie nass ist, fühlt sich ihre Brust nicht mehr so beengt wie heute früh an.

Sie dreht um und schwimmt zurück. Issa steht noch genau an der Stelle und sieht zu ihr, sie kommt nah an ihn heran. »Es ist komplett unvernünftig, wir könnten erwischt werden, krank werden, jetzt wird das Auto nass und ...«

Ohne dass sie es hat kommen sehen, legt Issa seine Hände an ihre Wange. »Schließ die Augen, Lara.« Sie sieht ihn an. »Wieso?« Sein Blick ist ernst. »Tue es einfach, schließ die Augen.«

Lara schließt die Augen. »Und jetzt atme tief ein. Vergiss all deine Sorgen und Bedenken, vergiss alles für einen Moment. Vergiss, dass du immer die Vernünftige bist, schieb all das beiseite und höre einmal einfach nur auf dein Herz.«

Seine Hände fühlen sich warm und vertraut auf ihren Wangen an. Lara öffnet ihre Augen wieder. »Vergiss all das Nein und die Vernunft in deinem Kopf und tue einfach nur, was du tun möchtest, was dein Herz dir sagt.« Seine Stimme wird leiser, sie sind sich sehr nah, und als Lara wirklich tut, was Issa von ihr möchte, und einfach ihrem Herzen folgt, überbrückt sie die letzten Millimeter zwischen ihnen und vereint ihre Lippen.

Sie küsst Issa nur einen kleinen Augenblick, doch in dem winzigen Moment werden Gefühle in ihr freigesetzt, die sie schon lange verdrängt hatte. Sie öffnet ihre Augen wieder und sieht in seine und dann ist er es, der sie noch einmal küsst.

Lara hat schon einige Männer geküsst, doch sie weiß, dass das hier etwas anderes ist. Das war es schon immer. Auch dieser Kuss raubt ihr einen Moment den Atem, als sie ihm nach so langer Zeit wieder so nah ist. Sie schließt die Augen und konzentriert sich auf das Gefühl seiner weichen Lippen auf ihren. Wie kann sich etwas nach so langer Zeit wieder so vertraut anfühlen?

Er küsst sie langsam und genießend, sie rückt näher zu ihm. Es ist anders und doch so vertraut. Lara seufzt leise auf, als ihre Hand sich auf seine Brust legt und seine Hand an ihren Rücken.

Sie hat noch bei keinem Mann nach Issa dieses Gefühl verspürt, er berührt allein bei diesem einen Kuss einen tiefen Punkt in ihr, den sonst niemand erreicht. Doch wirklich bewusst wird ihr das erst in diesem Moment, als sie das wieder spürt.

Sie lösen sich einen Moment und finden sofort wieder zusammen, keiner scheint Interesse daran zu haben, sich zu trennen, und Lara tut das, was Issa ihr gesagt hat. Sie vergisst alles, was dagegen spricht, alle Vorsicht, die sie behalten sollte und hört nur auf ihr Herz, als sie sich enger an ihn schmiegt.

Er beendet den Kuss nur sehr langsam, er küsst sie viele weitere Male auf die Lippen und legt seine Stirn an ihre.

»Es hat sich nichts geändert, Lara. Gar nichts!«

Kapitel 10

Ein Klingeln lässt Lara zusammenschrecken.

Sie war völlig in Gedanken gefangen, um ehrlich zu sein, die ganze Zeit, seitdem sie wieder zurück ist.

Sie hat Issa geküsst, sie haben sich geküsst und es war einfach nur … traumhaft. Es hat nichts von dem Zauber verloren, den sie als junges Mädchen gespürt hat, sie hätte nicht damit gerechnet, dass sie noch einmal etwas so fesseln kann.

Nach ihrem Kuss hat Issa Lara sein Shirt gegeben, sie waren beide klitschnass, doch es hat sie nicht gestört. Während Issa sie nach Hause gefahren hat, hat er ihre Hand gehalten. Sie haben nicht mehr über den Kuss gesprochen, doch als sie aussteigen wollte, hat er noch einmal seine Hand an ihre Wange gelegt und sie zärtlich auf die Lippen geküsst.

In einer halben Stunde kommen Basim und Issa sie abholen und dann holen sie gemeinsam Sara ab. Ihretwegen hat Issa alle seine Termine heute verpasst.

Zuhause angekommen ist sie gleich duschen gegangen, um das Seewasser von sich zu waschen. Da sie noch Zeit hat, bindet sie sich einen Bademantel um und macht sich langsam fertig. Sie schminkt sich etwas mehr, benutzt seit langer Zeit mal wieder den Lockenstab, und während sie ihre langen blonden Haare durchlockt, denkt sie darüber nach, was da gerade passiert ist. Ist sie dabei, mit Issa eine Beziehung einzugehen? Sie weiß es nicht, sie streicht über ihre Lippen und trägt sich eine Pflege auf. Sie träumt vor sich hin, bis es an der Tür klingelt, die sie dann verwundert öffnet.

»Sara? Was tust du hier? Wir wollten dich abholen.« Sara nickt und kommt in die Wohnung. »Ich war schon fertig und habe nachgedacht.« Lara schließt die Tür wieder.

Ihre Freundin hat sich ihre blonden Haare zu einem hohen Zopf gebunden. Sie trägt große Creolen, ihre braunen Augen sind stark umrandet, sie trägt ein schwarzes Kleid mit weißer Spitze, was eng anliegt und ihr bis zur Mitte des Oberschenkels geht. Sie sieht wunderschön aus. Auch Sara hebt die Augenbrauen.

»Du siehst gut aus. Hast du vor, Issa den Kopf zu verdrehen?« Lara geht zu ihrem Schrank. Sie sieht zu Sara, die sich auf ihre Couch legt und die Decke anstarrt. Das muss sie vielleicht gar nicht mehr.

»Wir haben viel gearbeitet in letzter Zeit und gehen mal wieder aus, da kann man sich doch mal richtig zurechtmachen, oder?« Sara seufzt auf. »Wir sind Ärzte, Lara, zumindest fast. Wir erfüllen das Klischee so gar nicht. Wir sollten in Birkenstocksandalen herumlaufen, unseren Ingwertee zur Feier des Tages gegen gekühlten Champagner eintauschen und auf eine coole Ärzteparty gehen mit Leuten wie Paul Jonas. In irgendwelchen Villen im Grunewald. Über Kunst philosophieren und auf Vernissagen gehen.«

Lara lacht und sieht sich ihre Kleider an.

»Und was tun wir? Wir gehen mit zwei der gefährlichsten Männer Berlins essen. Zumindest laut Presse. Mit Clan-Mitgliedern, die die Presse beherrschen. Okay ... es sind sexy Clanmitglieder, doch irgendwie halten wir uns nicht an die uns angedachte Rolle.«

Immer wieder zieht sie Kleider aus dem Schrank und hängt sie zurück. Keines ist wirklich sexy. »Keiner sagt, dass du sie heiraten sollst. Wir gehen essen, vielleicht wird das etwas lustiger als irgendeine Vernissage und wenn nicht, gehen wir das nächste Mal zu einer dieser Partys. Ich habe nichts zum Anziehen, alles ist einfach nur nett und lieb.«

Sara kommt zu ihr.

»Du bist nett und lieb. Von wem sind eigentlich die wunderschönen Blumen in der Küche?« Lara hängt auch das letzte Kleid weg, während Sara beginnt, sich im Schrank umzusehen. »Die sind von Issa.« Ihre Freundin dreht sich um und sieht ihr in die Augen, sagt aber nichts und greift nach einem Oberteil. »Das ist doch sexy, so Festival-mäßig, Coachella, das ist gerade total angesagt.«

Lara nimmt das weiße Oberteil. »Das ist ein Oberteil. Ich trage dazu meistens eine Shorts und ich möchte eigentlich ein Kleid tragen.« Ihre Freundin verdreht die Augen. »Das kannst du als Kleid tragen, vertrau mir, zieh es über.«

Da sie bereits Unterwäsche anhat, zieht sie es an. Es fällt bis zur Mitte des Oberschenkels. Sie trägt sonst nie so knappe Kleider, aber es stimmt, Saras ist genauso lang und ihres ist nicht so enganliegend wie das von Sara. Es sieht gut aus, ihre braunen Beine kommen mit dem Weiß gut zur Geltung. Die Spitze lässt es wirklich ein wenig Boho aussehen.«

Aus dem Schuhschrank im Flur holt sie Sandalen mit kleinen Absätzen und Schnüren, die man um die Waden binden kann. »Das passt perfekt, dazu die Locken, du siehst ganz anders aus, Lara, wenn Paul Jonas dich so sehen würde ...«

Es klingelt, Issa ist zu früh, doch sie sind ja fertig und Lara sagt, dass sie herunterkommen. Sie schnappt sich noch eine hellbraune Tasche, packt alles dort hinein, trägt Parfüm auf und geht zusammen mit Sara nach unten.

Issa und Basim stehen beide vor einem anderen Wagen als dem, mit dem sie sonst gefahren sind. Auch dieser schwarze BMW sieht wieder sehr teuer aus. Beide sehen ihnen entgegen, sie haben sich gerade noch unterhalten. Basim trägt eine dunkle Jeans, ein schwarzes Shirt und ein schwarzes Sakko. Er sieht gut aus, seine grünen Augen funkeln ihnen entgegen, doch als Lara Issa sieht, muss sie lächeln.

Meistens sieht er sehr sportlich aus, doch jetzt trägt er eine hellblaue Jeans und ein weißes Hemd, was an den Ärmeln etwas umgekrempelt ist. Seine dunklen Augen fahren sie einmal komplett ab und auch wenn das Lara bei jedem Mann unangenehm wäre, ist es das bei Issa nicht, nicht eine Sekunde.

»Sieh an, sieh an, was haben wir heute für eine Ehre, solche Frauen an unserer Seite zu haben.« Basim gibt Lara einen Kuss auf die Wange und begrüßt dann Sara. Issa gibt ihr einen Kuss auf den Mund und legt den Arm um sie. »Du bist wunderschön, mein Engel.« So hat er sie früher immer genannt.

Lara wird nie vergessen, wie sie aus dem Krankenhaus kam, Basim sie gesehen und gesagt hat, 'Issas Engel ist wieder da'. Auch jetzt muss sie schmunzeln und wendet sich um, als Issa Sara die Hand gibt und sie begrüßt.

»Also Sara, du bist Veganerin?« Sie schüttelt den Kopf. »Nein, ich gehe aber gerne vegan essen, ich habe gemerkt, dass das nichts für mich ist, man aber immer mal solche Zeiten einlegen sollte. Wir können gerne essen gehen, wo ihr wollt.«

Basim hält ihnen die Tür auf. »Dann Ladies, lasst euch entführen.«

Sie fahren nach Schöneberg zu einem großen türkischen Restaurant. Issa fährt und Basim lässt nicht eine Minute Langeweile aufkommen, er beginnt mit Sara über das vegane Leben zu sprechen, Lara hält sich zurück und auch Issa ist ruhig, hin und wieder lachen sie über Basim, er schafft es immer, alle zum Lachen zu bringen, er hat einen unschlagbaren Humor.

Auch Sara bemerkt das schnell und zwischen ihnen ist so schnell das Eis gebrochen, dass sie in ein Gespräch vertieft ins Restaurant vorgehen, während Issa und sie langsam hinterher schlendern. »Ich glaube, die beiden mögen sich.« Issa umfasst ihre Hand und verschlingt ihre Finger miteinander. »Es scheint so. Basim hat mich die ganzen letzten Tage wegen Sara genervt, er möchte unbedingt mal etwas mit einer Ärztin haben, es ist so etwas wie ein alter perverser Jungentraum.«

Lara sieht ihn empört an. »Hey, sie ist meine Freundin, wehe, er meint das nicht ernst.« Issa lacht und küsst ihre Wange. »Wenn Basim eine Chance bei ihr hat, kannst du mir glauben, dass er sie nutzen wird, mach dir keine Sorgen.« Auch sie betreten das Restaurant.

Es sieht aus wie ein Traum aus Tausendundeiner Nacht, alles ist in Rot und Gold gehalten, Tücher und Verzierungen veredeln die Wände. Lara sieht sich begeistert um, sobald sie eintreten, kommen Kellner und begrüßen sie und vor allem Issa. Er umarmt auch einige Gäste, überwiegend Männer, sie sprechen kurz auf arabisch miteinander und es dauert ein wenig, bis sie sich zu Basim und Sara in den hinteren Teil des Restaurants setzen.

Basim und Sara sitzen nebeneinander und Issa und Lara setzen sich zusammen. Sofort kommt ein Kellner und bringt ihnen Karten, doch Basim fragt, ob sie Platten bestellen wollen, wo alle Spezialitäten des Hauses drauf sind und sie sind natürlich einverstanden.

Ehrlich gesagt hatte Lara Bedenken und Sara ja offenbar auch, ob das ein angenehmer Abend wird, oder ob man verkrampft nach Gesprächsthemen sucht, doch das war völlig unbegründet.

Sie sprechen noch immer von Ernährung, darüber kommen sie auf das Fasten und Issa und Lara reden mit. Sie reden von den unterschiedlichen Formen des Fastens, auch das religiöse Fasten. Issa und Basim können nicht glauben, wie viele Fälle sie jeden Tag während der Fastenzeit eingeliefert bekommen, besonders in der Sommerzeit, einfach weil der Kreislauf versagt hat, weil zu alte oder zu junge Menschen fasten.

Während sie über all das sprechen, genießen sie das wunderbare Essen. Lara muss hier unbedingt öfter herkommen, es ist sehr lecker. Immer wieder greift Issa nach ihrer Hand, legt den Arm um ihren Stuhl, achtet darauf, dass sie zu essen und zu trinken hat, er ist sehr aufmerksam, genau wie Basim. Es ist ein schöner Abend, alle fühlen sich sehr wohl, und nach und nach rutschen Basim und Sara auch näher zusammen.

Sie sitzen bis mitten in der Nacht zusammen, irgendwann schlägt Basim aber vor, noch in einem Waffelladen ein Dessert zu essen, und sie verlassen das Restaurant. Sara und Lara gehen noch einmal auf die Toilette, wo Sara ihr gesteht, dass sie Basim wirklich mag und auch, dass sie Issa und sie einfach zuckersüß zusammen findet.

Als sie hinausgehen, stehen Issa und Basim schon im Eingangsbereich am Tresen. Sie gehen zu ihnen, in dem Moment, als ein älterer Mann das Restaurant betritt und die beiden fröhlich begrüßt. Er sieht nicht, dass Lara und Sara zu ihnen gehören, da sie erst jetzt langsam dazukommen und er seitlich zu ihnen steht und nicht auf sie achtet.

»Issa, Basim, wie schön, euch mal wieder hier zu sehen. Wieso habt ihr nicht gesagt, dass ihr vorbeikommt? Issa, ich habe dir noch gar nicht gratuliert, ich habe deine Mutter vor zwei Tagen auf dem Wochenmarkt getroffen, alles Gute zur Verlobung, möge Gott euch beide ...«

Laras Herz beginnt unruhig in ihrer Brust zu schlagen. Verwirrt sieht sie zu Sara, die genauso verwirrt guckt. Auch Issa scheint sie noch nicht ganz bemerkt zu haben. Sie erwartet, dass er den Irrtum aufklärt, doch er umarmt den Mann. »Danke, danke. Alles gut, das war relativ spontan.« Basim setzt an, etwas zu sagen, da bemerken sie sie.

Lara weiß nicht, wie sie aussieht, doch man sieht ihr den Schock wahrscheinlich an. Er ist verlobt? Wie ...? Ohne ein Wort zu sagen, verlässt Lara das Restaurant. Ist das sein Ernst? Ihr Herz rast und es dröhnt in ihren Ohren, ohne Ziel läuft sie vom Restaurant weg, bis sie zurückgehalten wird. »Lara, warte!«

Issa hält sie zurück. »Warte? Habe ich das gerade richtig verstanden? Was hat der Mann gemeint? Bist du verlobt?« Sie bemerkt sofort, dass etwas nicht stimmt. Er bekommt diesen Ausdruck im Gesicht, den er früher schon hatte, wenn er etwas angestellt hatte, und er kann ihr nicht richtig in die Augen sehen.

»Ja, ich bin versprochen, irgendwie, die Verlobung ... das ist nicht wichtig, ich meine ...«

Lara unterbricht ihn laut. Sie sieht, wie Basim und Sara auf sie zukommen. »Das ist nicht wichtig? Du hast zufällig vergessen, das zu erwähnen? Du ...« Sie will sich abwenden, doch er hält noch einmal ihren Arm fest.

»Warte ...«

Lara reißt ihren Arm los. »Weißt du was, es ist nichts wie immer, Issa. Wir sind erwachsen geworden, wir kennen uns nicht mehr, es war falsch zu glauben, wir könnten da weitermachen, wo wir aufgehört haben. Alles Gute zur Verlobung, Issa.«

Sie geht und dieses Mal lässt er sie gehen.

Lara hört, wie er auf arabisch flucht und dann ist Sara neben ihr. Sie greift nach ihrer Hand, nimmt sie mit auf die Straße und ruft ein Taxi. Sofort hält auch eines neben ihnen und sie steigen ein. »Lass uns hier verschwinden!«

Kapitel 11

»Langsam müssen wir zur Arbeit.«

Lara sieht zu Sara. Sie liegt schon den ganzen Tag im Bett. Sie haben lange geschlafen, nachdem sie erst so spät gestern bei Sara ankamen und dann auch nicht sofort eingeschlafen sind.

Lara kommt es so vor, als hätte sie gestern einen schlechten Film gesehen, in dem leider sie eine der Hauptrollen spielen musste. Noch immer kann sie nicht glauben, dass Issa verlobt ist. Wieso hat er ihr das nicht von Anfang an gesagt? Wieso hat er sie geküsst? Wieso hat er sie in solch eine Situation gebracht.

»Es tut mir leid, dass dich das so mitnimmt.« Sara bringt die Pizzakartons in die Küche. »Es ist ... es macht mir nichts aus. Ich meine, wir haben uns nur einige Tage getroffen und im Endeffekt kennen wir uns doch gar nicht richtig. Oder würdest du behaupten, du kennst die Leute, mit denen du die ersten Jahre deines Lebens verbracht hast, heute noch?«

Sara holt sich einiges zum Anziehen aus ihrem Schrank und sucht auch etwas für Lara heraus, sie müssen zur Arbeit. Lara hat gestern bei ihr geschlafen, nachdem sie sehr wütend den Abend mit Basim und Issa abgebrochen haben, obwohl er so schön begonnen hatte.

»Das hat dich verletzt, das hat deine erste Reaktion ganz klar gezeigt und es beschäftigt dich. Es würde dich nicht beschäftigen, wäre Issa irgendjemand, den du einige Tage gedatet hast und dann stellt sich raus, dass er ein Arsch ist, daran sind wir gewöhnt. Nein, weil es dir mehr bedeutet hat, hat es dich so getroffen, und man hat auch ihm angesehen, dass es ihm nicht egal ist.«

Lara schließt die Augen und Sara lacht leise.

»Ich gehe duschen und dann du. Auch wenn es wehtut, du weißt jetzt wenigstens, dass er verlobt ist, wie du es gesagt hast, ihr habt euch nur geküsst, stell dir vor, es wäre noch weiter gegangen.«

Das versucht sich Lara auch die ganze Zeit zu sagen, doch es brennt in ihrer Brust, sie war sich nicht sicher, ob es gut ist, dass Issa und sie sich nähergekommen sind, jetzt wo klar ist, dass es nicht gut war, tut es weh, zu sehr weh. Es verletzt sie, dass Issa es ihr nicht gesagt hat.

Als sie das Wasser hört, greift sie nach ihrem Handy. Sie hatte es ausgeschaltet und macht es erst jetzt wieder an. Vier verpasste Anrufe werden ihr angezeigt, einmal ihre Mutter, Tatjana und zwei von Issa von heute Vormittag. Er hat ihr auch eine Sprachnachricht geschickt, kurz nach seinen Anrufen. Sie denkt wirklich kurz darüber nach, die Nachricht einfach zu löschen, doch dann hört sie es sich doch an.

Issas Stimme ist sehr rau, er muss gerade erst aufgestanden sein.

»Lara, das mit gestern tut mir leid. Ich hätte es dir sagen müssen, doch es ist ... nicht so, als wäre ich verlobt und treffe noch eine andere Frau. Die Familien haben das beschlossen, ich kenne die Frau kaum und es hat auch keine Bedeutung für mich,. Die Verlobung soll im Dezember stattfinden, doch ich wusste zu dem Zeitpunkt, als es geplant wurde, ja nicht, dass du wiederkommst. Es ist nicht so, wie du denkst. Melde dich und lass uns darüber reden.«

Lara kann das gar nicht mehr hören. Sie schreibt ihm zurück, um dieses Thema abzuhaken, sie sollte es versuchen so zu sehen, als hätte sie einige Tage einen Mann gedatet und gemerkt, es passt nicht, auch wenn ihr Magen und ihr Herz ihr etwas ganz anderes zuflüstern.

'Um ehrlich zu sein, will ich das gar nicht mehr hören. Ich freue mich für dich, dass du heiraten wirst. Wir hören voneinander.'

Lara schickt die Nachricht ab und legt ihr Handy weg. Während Sara duscht, räumt sie auf und geht dann auch unter die Dusche. Als sie wieder herauskommt und sich etwas anzieht, kommt Sara zu ihr ins Bad. »Dein Handy hat zweimal geklingelt: Issa.«

Sie zuckt die Schultern, doch streicht in dem Moment über ihre Lippen, fast, als würde sie seine noch spüren können. Es war dumm zu glauben, dass der Zauber von damals noch bis heute anhalten könnte.

Sie weiß nicht, worüber sie mehr enttäuscht ist, über sich und dass sie wirklich daran geglaubt hat, zumindest nachdem sie sich wieder geküsst hatten, oder über ihn und dass er ihr verschwiegen hat, dass er verlobt ist.

Es ist für andere schwer zu verstehen, was Issa und sie früher hatten und wie es sich angefühlt hat, ihn wiederzutreffen. Die meisten denken sich, er ist ein alter Freund und es ist Jahre her, vergiss es, doch es war immer sehr intensiv zwischen ihnen beiden und auch jetzt in den paar Tagen hat sich das schon so angefühlt. Doch das werden andere nicht verstehen, sie selbst versteht es ja nicht, sie fühlt es einfach.

Sie versucht, sich nichts mehr anmerken zu lassen, sie sieht nicht einmal mehr auf ihr Handy. Während sie zum Krankenhaus fahren, ruft ihre Mutter sie an, die fragt, ob Lara weiß, ob es ihrem Vater gut geht. Er höre sich am Telefon sehr gestresst und nicht gut an. Lara sagt ihr nur, dass sie ihn ja einfach mal besuchen und nachsehen könnte, aber da sie nicht möchte, dass sie jetzt auch noch mit ihrer Mutter Streit hat, lenkt sie ein und redet mit ihr ein wenig über belangloses Zeug, schreibt ihrem Vater danach aber doch eine Nachricht, in der sie ihn fragt, ob alles in Ordnung ist. Sie sieht nicht einmal mehr auf die Nachrichten von Issa.

Doch es beschäftigt sie und das macht sie wütend. Wenn sie ehrlich zu sich selbst ist, beherrscht Issa ihre Gedanken komplett, seit sie sich wieder getroffen haben. Das sollte nicht so sein.

Lara holt sich im Kiosk vor der Klinik einen großen Kaffee, und als sie zusammen mit Sara zu den Personalräumen geht, laufen sie fast in Paul Jonas und einen weiteren Arzt hinein. »Ihr beiden Hübschen. Ihr seid doch morgen auch dabei, oder? Ich werde 37 und das ist ein Grund zum Feiern. Ich habe im Ponce den VIP-Bereich gemietet und ich würde mich freuen, wenn ihr auch nach eurer Schicht zu uns stoßt.«

Lara hebt ihren Kaffeebecher und stößt die Tür auf. »Ich bin dabei, bis morgen.« Sara hebt die Augenbrauen, sie weiß, dass Lara sich sonst immer davor drücken würde. Doch auch sie sagt zu und folgt ihr. Gerade ist ihr jede Ablenkung recht.

Immer wenn sie etwas verdrängen möchte, ist sie dankbar für jeden Patienten, der kommt. Sie arbeitet länger, irgendwann hat Sara sie zu einer Essenspause gezwungen, sonst hätte sie einfach durchgearbeitet, und als sie nachts die Klinik verlässt, ist ihr kalt, auch wenn es eine milde Nacht ist.

Sie ist müde und hungrig und als sie zu Hause ankommt, geht sie duschen und dann direkt schlafen, ohne noch einmal auf ihr Handy zu schauen. Sie spürt die Enttäuschung immer tiefer in ihre Knochen dringen; hatte sie sich eingebildet, dass das mit Issa ihr noch nichts oder nicht mehr viel bedeuten würde, weiß sie nun, dass sie sich etwas vorgemacht hat.

Selbst im Traum holt sie all das ein. Immer wieder wird sie wach und schläft den ganzen Tag über. Zweimal klingelt es an ihrer Haustür, doch Lara ignoriert all das. Sie steht erst auf, als sie wirklich muss, duscht und zieht sich einen Rock und ein langes Oberteil an. Dann erst fällt ihr ein, dass sie nach der Arbeit feiern gehen. Deshalb nimmt sie eine größere Tasche mit zur Arbeit, packt ihr Schminkzeug ein und schreibt Sara, dass sie ihr ein sexy Kleid mitbringen soll, sie hat keins. Sie packt die einzigen bequemen Pumps ein, die sie hat, und geht schnell zur Arbeit.

Zum Glück war Sara noch zu Hause. Auch wenn sie weitere Nachrichten von Issa bekommen hat, ignoriert sie sie und hat nur allen anderen geantwortet. Als sie die Wohnung verlässt, trifft sie eine Nachbarin, die ihr sagt, dass gestern und heute ein junger Mann vor ihrer Tür war, der sie gesucht hat. Lara sagt nichts weiter dazu, sie hat dazu nichts mehr zu sagen.

Genau heute zieht sich die Arbeit hin, es gibt sogar Phasen, da ist niemand in der ersten Hilfe, was Lara nur sehr selten erlebt hat. Sie gratuliert Paul Jonas, der noch einmal betont, wie sehr er sich auf den Abend mit ihr freut. In der Pause geht sie zusammen mit Sara in die Pizzeria an der Ecke.

»Basim war da.«

Lara verschluckt sich fast an ihrer Pasta. »Wo? Im Krankenhaus?«

Sara lächelt und legt ihr Handy weg. »Ja, der verrückte Kerl. Er hat sich in die Erste Hilfe gesetzt und gesagt, sein Arm täte ihm weh. Als er dann von Maleika behandelt wurde, hat er darum gebeten, von mir behandelt zu werden, da er mich kenne. Maleika hat geahnt, dass da etwas nicht stimmt und mich gerufen.«

Lara muss lachen, dieser Basim. »Er hat gesagt, dass wir nicht dazu gekommen sind, die Nummern zu tauschen und da du nicht mehr auf Issa reagierst, musste er es so probieren. Ich musste lachen und habe ihm gesagt, dass er so etwas nicht einfach tun kann, doch er hat nur geantwortet, dass er es nicht riskieren konnte, mich nicht mehr zu sehen.«

Saras Augen leuchten und Lara atmet tief ein. »Hast du ihn gefragt, ob er verlobt ist?« Sara lacht auf. »Ja, habe ich sofort, und er hat mir versichert, dass er es nicht ist und auch, dass das mit Issa nicht so ist, wie du es glaubst. Issa ist wütend, er will mit dir sprechen, Lara, und es dir erklären, aber ich habe Basim gesagt, dass ich dich verstehe.«

Lara sagt nichts dazu. »Ich habe ihm meine Nummer gegeben, er wollte mich heute Abend abholen, aber ich habe ihm gesagt, dass wir nachher im Ponce sind. Er sagt, der Laden gehört einem Onkel von ihm.«

Ihr Appetit ist ihr vergangen. »Natürlich, halb Berlin gehört dieser Familie offenbar.« Ihre Freundin sieht ihr in die Augen. »Ich denke, ich treffe mich noch einmal mit ihm. Vielleicht solltest du mit Issa sprechen, er scheint wirklich zu versuchen, dich zu erreichen.«

Natürlich fällt es ihr mit all dem sehr schwer, das alles zu verdrängen, deswegen ist sie froh, als sie Feierabend machen und sich umziehen. Sie fahren mit mehreren Autos und Lara zieht das enge schwarze Kleid an, was Sara ihr mitgebracht hat. Es ist schlicht, doch sehr sexy. Sie öffnet ihre Haare, unterstreicht ihre Augen und bleibt sonst ungeschminkt.

Als sie zu Paul Jonas und einem weiteren Arzt ins Auto steigen, sieht sie aber an seinem Blick, dass ihr Outfit seine Wirkung nicht verfehlt. Während sie zu dem Club fahren und laute Musik spielen, schließt Lara die Augen. Heute will sie nur feiern und vergessen.

Da sie alle arbeiten mussten, kommen sie spät im Club an, werden aber gleich in den VIP-Bereich geführt. Hier ist es voll, Paul Jonas hat viele Leute eingeladen. Es wird schon getanzt und sobald sie sich setzen, werden eine riesige Torte mit Wunderkerzen und Platten mit vielen Leckereien an den Tisch gebracht.

Lara isst etwas und tanzt dann mit Sara zusammen, sie greift nach einem Glas Champagner und Paul Jonas kommt zu ihnen, um mit ihnen zu tanzen, da hört sie die Stimme, die sie sofort eine Gänsehaut im Nacken bekommen lässt. »Lara!«

Sie dreht sich um und sieht in Issas dunkle Augen, die ruhig auf ihr liegen. »Was … soll das?« Lara faucht ihn an, sie kann die Wut, die sich in ihrem Bauch gebildet hat, nicht herunterspielen. »Ich muss mit dir sprechen, komm …«

Paul Jonas stellt sich zwischen sie. »Lara ist heute auf meiner Feier und kann nicht …« Er unterbricht Issa und Lara sieht, wie sich Issas Gesichtsausdruck von einer Sekunde zur nächsten verfinstert. Mehrere Security-Männer stehen am Eingang zum VIP-Bereich, die die Situation beobachten, allerdings sieht es wirklich so aus, als würden sie zu Issas Familie gehören.

Issa setzt an, etwas zu sagen, was garantiert nicht nett wäre, doch bevor all das hier eskaliert, geht Lara an Paul Jonas vorbei, direkt zu Issa. Dann klären sie das hier und jetzt und sie hat danach Ruhe. »Ich bin gleich wieder da.« Paul Jonas hält sie am Arm zurück. »Bist du sicher, die Security hier …« Issa lacht auf. »Denkst du, dass, wenn ich mir dich vorknöpfe, irgendeine Security der Welt dich retten kann?«

122

Lara sieht Issa wütend an.

»Willst du jetzt mit mir reden oder dich prügeln?«

Er deutet ihr, vorzugehen und Lara verlässt den VIP-Bereich. Sie verlassen den Club und lassen die laute Musik hinter sich. Als sie sich umdreht, steht Issa genau vor ihr.

»Was soll das, Lara? Ich dachte, wir sind erwachsen geworden, wieso antwortest du mir nicht und lässt mich das nicht erklären?« Sie verschränkt die Arme vor der Brust und meidet es, ihm in die Augen zu sehen.

Er hatte sicher nicht vor, in einen Club zu gehen. Er trägt eine graue Jogginghose und ein weißes Shirt, er hat Ringe unter den Augen und es scheint ihm nicht sehr gut zu gehen, doch trotzdem schafft sie es kaum, ihn anzusehen, weil das zu viele Gefühle in ihr auslöst.

»Ich habe immer das Recht, nicht mit dir zu sprechen, egal wie alt ich bin. Da gibt es nichts mehr zu sagen, Issa, du bist verlobt.« Er schüttelt den Kopf. »Ich soll mich verloben, im Dezember und das nicht aus Liebe. Ich kenne die Frau kaum, sie ist eine entfernte Bekannte und gehört zur Familie. Das ist normal bei uns, so hat auch Ibo geheiratet, so haben meine Eltern geheiratet. Ich habe nur zugesagt, weil ich dreißig bin und langsam heiraten wollte, ich wusste doch nicht, dass ich dich wiederfinde, Lara.«

Sie kann nicht glauben, was sie da hört.

»Also hast du vor zu heiraten … weil es gut für die Familie ist? Langsam glaube ich wirklich, ich kenne dich nicht mehr. Was ist mit Liebe? Dem Grund, aus dem man heiraten sollte? Mein Issa, der alte Issa hätte sich niemals auf so etwas eingelassen und sich so etwas vorschreiben lassen.«

Nun sieht sie ihm doch in die Augen und kann nicht verhindern, wie vorwurfsvoll sie sich anhört. »Seit du weg warst, war kein Platz und kein Interesse mehr in meinem Leben für Liebe und all den Kram, ich wusste nicht, dass ich dich wiederfinde, Lara, verstehst du das nicht?«

Sie atmet tief ein. »Doch, aber was jetzt? Was erwartest du? Ich habe dir gratuliert, schick mir eine Einladung, wenn du möchtest, dass ich zu deiner Hochzeit komme, doch erwarte nicht ...«

Keiner von ihnen hat den Mann kommen sehen, der sich plötzlich zwischen sie stellt. Es ist ein großer durchtrainierter Mann mit blonden Haaren und einem weißen Gucci-Pullover. »Du sollst die Frau in ...« Lara sieht, dass Issa sich nicht mehr halten kann. Sie kennt diesen Ausdruck in seinen Augen und sieht fast wie in Zeitlupe, wie seine Faust den Mann trifft, der zu torkeln beginnt.

Plötzlich geht alles sehr schnell: Basim ist da, andere Männer kommen auch dazu, sie reden auf arabisch auf Issa ein, Lara sieht, dass er an der Hand blutet und die Männer ihn wegziehen. Der Mann, der vor ihr stand, hält sich die Wange und Paul Jonas taucht neben ihr auf. Sie hört Basim zu Issa sprechen.

»Hör auf, lass das! Du bist auf Bewährung. Lass uns abhauen, diese Ärzte ...« Paul Jonas legt den Arm um Lara und sie wendet sich zu ihm um. »Was soll das? Gehört der Mann hier zu dir?« Er grinst. »Ja, das ist mein Freund Björn. Wir trainieren zusammen und ich hatte das Gefühl, dass du Hilfe gebrauchen könntest. Geht's, Björn?«

Sein Freund blutet aus der Nase, doch er nickt. »Ja, hat einen harten Schlag, ich wisch das ab und dann feiern wir weiter. Sie verschwinden.« Er geht an ihnen vorbei und Paul Jonas hält ihr seine Hand hin. Lara sieht, wie Basim mit Issa davonfährt und zwei Security-Männer zurückkommen und böse zu Paul Jonas blicken.

»Das war meine private Sache, ich habe dich nicht um Hilfe gebeten und ich würde dich bitten, dich nicht mehr einzumischen. Ich gehe, sag Sara bitte Bescheid, viel Spaß noch.«

Lara weiß nicht wieso, doch sie weiß, dass sie nicht hierbleiben kann. Sie weiß, wann sie auf ihr Herz zu hören hat und ruft sich ein Taxi.

Als sie einige Minuten später vor Issas Haustür hält, kommt Basim gerade herunter und hält ihr die Tür auf. »Er ist sehr sauer.«

Lara nickt und fährt zu ihm hoch. Als sie im Fahrstuhl ist, klingelt ihr Handy, es ist Issa. Sie nimmt nicht ab und als sie aussteigt, läuft sie fast in Issa hinein, der offenbar wieder hinunter wollte.

Er stockt, als er sie sieht und auch ihr Herz schlägt schneller. Ihr Herz hat sie geleitet. Sie nimmt seine Hand in ihre und geht in seine Wohnung, die Tür war noch nicht geschlossen. »Das muss gekühlt werden.«

Lara geht direkt zu Issas Kühlschrank und findet tatsächlich ein Kühlkissen und wickelt ein Handtuch herum; als sie dann zu ihm kommt und das um seine Hand legt, spürt sie seinen Blick genau auf sich.

Seine Hand geht an ihre Wange und er bringt sie dazu, ihn anzusehen. »Deine Hand, du solltest ...« Er schüttelt den Kopf.

»Das interessiert mich nicht! Ich kann verstehen, dass du wütend bist, Lara, doch ich habe dir das nicht gesagt, weil es für mich keine Bedeutung mehr hat. Ich wusste nicht, dass du wieder bei mir sein wirst, Engel. Das ändert alles. Ich liebe dich, das habe ich schon immer und das werde ich immer, vergiss alles andere.«

Lara spürt, wie sich Tränen in ihren Augen bilden, als er ihr diese Worte zuflüstert und einen großen Knoten in ihrer Brust zum Platzen bringen. Ihre Lippen vereinen sich fast von selbst und Issa lässt das Handtuch und alles andere fallen, um Lara näher an sich zu ziehen, als sie sich wieder so nah sind.

Lara schmiegt sich ihm entgegen und lässt den Kuss fordernder werden. Sie will ihn ganz spüren und auch Issa will sie, das lässt er sie spüren. Sie beenden den Kuss nur, als sie ihm das Shirt auszieht. Seine Hände wandern über ihre Hüften zu ihrem Po und er dirigiert sie in sein Schlafzimmer.

»Wieso fühlt sich das alles noch so intensiv an, Issa? Als gäbe es all die Jahre dazwischen nicht, als hätten wir uns nie getrennt?« Sie küsst seinen Hals entlang, über sein Muttermal und streicht seine Muskeln nach. Sie stöhnt auf, als er ihr Kleid herunterzieht, ihren BH öffnet und sie liebkost. »Weil wir zusammengehören. Daran haben auch diese Jahre nichts geändert. Ich wusste das sofort, als ich dich im Krankenhaus wiedergesehen habe. Sieh mich an.« Lara blickt ihm in seine dunklen Augen und er lächelt. »Es wird nichts geben, was dem hier gefährlich sein kann.«

Lara folgt erneut ihrem Herzen und streicht über seine Wange.

»Du hast mir gefehlt.«

Issas Blick wird ernster, als er sie erneut küsst. Langsam zieht er sie komplett aus und auch er ist schnell entkleidet. Lara liebt es, ihre Haut aneinander zu spüren. Sie hat sich nie vor ihm geschämt, auch jetzt nicht und Issa sieht sie an, als wäre sie sein größter Schatz, berührt sie, als wäre sie viel zu kostbar. Er liebkost sie mit solch einer Liebe, dass er eine Spur der Gänsehaut hinterlässt.

»Ich habe dir doch gesagt, dass sie perfekt werden.« Er liebkost ihre Brüste und Lara muss auflachen. Sie hält sich an seinen Muskeln fest, seufzt leise auf bei seinen Berührungen und öffnet sich ihm komplett. Sie beide halten ein, als er sie vereint. Als Lara ihm in die Augen sieht, weiß sie, egal wie schnell all das passiert ist, wie sehr diese Heftigkeit der Emotionen sie überrumpelt, wie schnell die Flamme zwischen ihnen wieder aufgeglüht ist, es fühlt sich alles richtig und zu gut an, um weiterhin Zweifel zu haben. Ihr Herz rast vor Freude, als er liebevoll ihre Lippen vereint und sie sich genießen.

Sie hat ihren Issa zurück.

Kapitel 12

Lara lässt noch einen Moment ihre Augen geschlossen.

Sie spürt Issas warmen Arm um sich, ihre Wange liegt auf seiner Hand und seine Nase an ihrem Nacken.

Für einen Moment atmet sie tief ein und genießt diese friedliche Stille, im Schlafzimmer von Issa, in ihrem Körper und in ihrem Herzen. Sie ist glücklich und zufrieden, sie hat sich schon lange nicht mehr so wohl gefühlt wie jetzt in Issas Armen.

Als sie sich dann doch bewegt, spürt sie seine Lippen an ihrem Nacken. Sie will etwas nach vorn, will nach ihrem Handy greifen, um nach der Uhrzeit zu sehen, doch er hält sie fest. »Nein.« Lara muss lachen und küsst seine Hand, als sie sich darauf zurücklegt. »Ich muss irgendwann mal zur Arbeit und nachsehen, wie viel Zeit ich noch habe.«

Issas Arm, der gerade noch um sie geschlungen war, wandert zu ihrem Bauch und umfasst sie dort. »Du hast noch Zeit.« Lara dreht sich zu ihm um und der Arm, der an ihrem Bauch lag, wandert zu ihrem Po.

»Du weißt weder, wie spät es ist, noch, wann ich arbeiten muss, aber sagst, ich habe noch Zeit?« Issa hat die Augen nur leicht geöffnet, er ist müde, doch Lara liebt es, ihn so verschlafen zu sehen. Sie lächelt, umschlingt seinen Hals mit ihren Armen und kuschelt sich eng an ihn. »Dafür muss man einfach Zeit haben.«

Sie bleiben noch eine ganze Weile liegen; als Lara sich dann endlich aufrafft und in die Dusche geht, ist Issa auch schnell bei ihr und das Duschen dauert länger als gedacht. Es besteht eine tiefe Vertrautheit zwischen ihnen. Sie hat das sehr schnell wieder gespürt, als sie ihn im Krankenhaus getroffen hat, doch sie hat nicht gedacht, dass es wirklich noch so stark ist, wie sie es jetzt spürt, jedes Mal, wenn sie sich lieben.

Da Lara sich in der Klinik umgezogen hat, hat sie noch eine hellblaue Shorts von gestern, Issa gibt ihr sein kleinstes Shirt, dass sie am Bauch verknotet. Sie zieht ihre Ballerinas an und bleibt ungeschminkt, als sie kurze Zeit später das Haus verlassen, um frühstücken zu gehen, da Issa nichts im Haus hat.

Statt sich im Restaurant gegenüberzusitzen, nehmen sie sich Kaffee und Croissants mit nach draußen, setzen sich an den See und genießen dort ihr Frühstück. Ab morgen soll es mit der Wärme vorbei sein.

»Wann hast du heute Feierabend?« Lara lehnt sich an Issas Brust, sie sitzt zwischen seinen Beinen und hebt die Nase in die Sonne. »Um 22 Uhr.« Er nimmt noch einen Schluck. »Dann hole ich dich ab. Schaffst du es, diesem Arzt aus dem Weg zu gehen, oder muss ich ihn aus dem Weg schaffen?«

Lara lacht und wendet sich halb zu ihm um. »Ich habe es auch schon vorher geschafft, ihm aus dem Weg zu gehen und ich denke, dass er gestern gemerkt hat, dass er zu weit gegangen ist. Und auch wenn es niedlich klingt, musst du wegen mir keine Morddrohungen aussprechen.«

Issa lacht auf und küsst ihre Wange. »Keine Drohungen, Tatsachen.« Lara wendet sich noch mehr zu ihm um, küsst ihn auf die Lippen und sieht in seine wunderschönen Augen, während er ihr liebevoll eine Strähne aus dem Gesicht nimmt. »Klärst du das? ... Mit deiner Verlobung? Ich möchte keine ... Geliebte sein.«

Nun sieht Issa sie fast ein wenig sauer an. »Ich kläre das, Engel, und ich kann nicht verstehen, wie du überhaupt so denken kannst. Als würde irgendjemand an dich ... du weißt doch, du bist meine Lara.« Sie lächelt und wünschte, alles wäre noch so leicht. »Ich glaube, mittlerweile ist es komplizierter, als dass das alles klären könnte. Aber gut.« Sie möchte den Tag nicht mit diesem Thema verderben.

»Lass uns noch einkaufen gehen, bevor ich zur Arbeit muss.« Issa steht auf und hilft ihr auf. »Was willst du einkaufen?« Sie laufen zum Auto. »Dein Bett ist doppelt so groß wie meins, aber mein Kühlschrank ist gefüllt. Ich schätze, dass wenn du mich von der Arbeit abholst, ich auch mit dir zusammen bleiben möchte ...« Issa legt den Arm um sie. »Unbedingt!« Er öffnet das Auto und hält ihr die Tür auf. »Entweder wir schlafen eng bei mir, oder wir füllen deinen Kühlschrank.« Issa lacht nur leicht auf. »Meine Lara, immer alles vorausplanen. Dann lass uns meinen Kühlschrank füllen.«

Und das tun sie und Lara hat danach Bauchschmerzen vor Lachen. Sie hat das Gefühl, dass Issa, außer mal um Chips oder sonst etwas zu kaufen, noch nie einen Lebensmittelladen gebraucht hat, er isst nur außerhalb seiner Wohnung. In seinem Kühlschrank sind Getränke und abgelaufene Milch und Bananen gewesen.

Nun kaufen sie Eier, Kaffee ... er hat eine sehr teure Kaffeemaschine, die noch ungenutzt ist, Milch, Obst, Gemüse, Nudeln, Belag, alles, was man braucht. Und weil Lara ihn auslacht, will Issa ihr zeigen, dass er alleine klarkommt und heute Abend für sie Essen kochen wird.

Als sie dann glücklich ihre Schicht beginnt, erzählt sie Sara, die ihre Schicht gerade beendet, alle Vorkommnisse, und sie erzählt ihr, dass sie morgen mit Basim fürs Kino verabredet ist. Lara muss arbeiten, doch vielleicht ist es dieses Mal auch besser, dass sie sich allein treffen.

Die Schicht vergeht ziemlich schnell. Sie freut sich, als sie endlich das Krankenhaus verlässt und sieht verwundert auf Basim, der an ein Auto gelehnt steht und ihr entgegengrinst. »Ein bisschen mehr Freude, Engelchen.« Lara gibt ihm einen Kuss auf die Wange. »Ich freue mich, dich zu sehen, aber wo ist Issa?« Basim hält ihr die Tür zu seinem dunkelblauen Luxusauto auf.

»Ich weiß nicht, was ihr abgemacht habt, doch der ist zu Hause und war nur am Fluchen; er hat mir gesagt, ich soll dich abholen, er schafft es nicht und dass irgendetwas verbrannt ist.« Lara muss laut loslachen.

»Er macht das echt?« Basim dreht die Musik leiser. »Wenn du wüsstest, was Issa schon alles für Blödsinn für dich getan hat, schon früher war das so. Einmal als du Geburtstag hattest, hat er kein Geld gehabt, er wollte dir unbedingt etwas kaufen und seine Mutter war sehr sauer, weil er mehrere Arbeiten verhauen hatte. Wir mussten 40 Minuten mit der U-Bahn zu seinem Onkel in die Werkstatt fahren, wo sein Vater an dem Tag war, dann mussten wir drei Autos waschen und 45 Minuten zurückfahren; von dem Geld hat er dir einen Strauß Rosen gekauft.«

Er sieht Lara ernst an. »Er war sogar zu geizig, mir einen Euro für einen Snickers zu geben, obwohl ich den Scheiß mitgemacht habe und das nur für Rosen.« Lara lacht noch immer, sie liebt Basim. »Ja, aber nun sieh es mal so: Durch mich hast du jetzt Sara kennengelernt, also am Ende hat es sich doch gelohnt.« Nun lacht Basim auf. »Na dann hoffen wir, dass das mit Sara auch klappt.«

Als sie vor Issas Haustür halten, sieht Basim ihr in die Augen. »Es ist gut, dass ihr euch wiedergefunden habt.« Sie nickt. »Das ist es, danke, Basim.«

Schon als sie vor der Haustür steht, riecht es nach Knoblauch und Scampis. Issa öffnet ihr und Lara sieht an ihm hoch und herunter. Er trägt eine Jeans und ein weißes Shirt. Beide sind mit Tomatensoße vollgekleckert und er sieht so aus, als hätte er einen Kampf hinter sich, doch er grinst zufrieden. »Das Essen ist fertig.«

Sie gibt ihm einen Kuss auf den Mund. »Das riecht sehr lecker, und du scheinst das ganz … leicht hinbekommen zu haben.«

Issa führt sie an den Esstisch, den er wirklich liebevoll eingedeckt hat. Zwei Teller mit dampfenden Nudeln stehen bereit, dazu Wein. Lara stellt ihre Tasche hin, streift die Schuhe ab und setzt sich Issa gegenüber, der erschöpft ausatmet. Er deutet ihr zu essen und sieht sie erwartungsvoll an.

Lara nimmt einen Bissen. Die Nudeln kleben und man schmeckt ein wenig etwas Verbranntes heraus, doch sonst schmeckt es richtig gut. Sie hebt den Daumen. »Das ist sehr lecker.« Issa isst auch und hebt die Augenbrauen. »Du warst schon immer eine schlechte Lügnerin.«

Lara lacht und nimmt noch einen Bissen. »Ich lüge nicht, mir schmeckt das Essen.« Das versichert sie ihm, bis ihre beiden Teller leer sind. »Das war das beste selbstgekochte Essen, das ich jemals gegessen habe.« Lara steht auf und bringt die Teller in die Küche und in die Geschirrspülmaschine. Dann geht sie zu seinem Stuhl und setzt sich auf seinen Schoß. »Und weißt du, warum es mir besonders gut geschmeckt hat? Ich habe deine Liebe und Mühe herausgeschmeckt.« Issa lächelt und gibt ihr einen Kuss.

»Wann hast du das nächste Mal mehr als zwei Tage frei?« Das ist nicht selten. »Ich arbeite noch eine Woche, dann habe ich zehn Tage durchgearbeitet und dann habe ich vier Tage hintereinander frei, wieso?« Issa umfasst ihren Po und hebt sie hoch. »Weil ich eine Idee hatte, lass dich überraschen, und jetzt kommen wir zu noch einem wichtigen Detail, das dafür spricht, dass du ab jetzt jeden Tag nach der Arbeit bei mir verbringst …«

Er bringt sie auf die Terrasse, wo der Whirlpool schon vor sich hin blubbert. »Das ist natürlich ein guter Grund.« Issa zieht ihr sein Shirt aus, was sie ja noch immer trägt. »Und es wird noch besser.« Lara lächelt und sieht ihm in die Augen. »Danke, dass du so viel für mich tust.«

Und das tut Issa auch in den nächsten Tagen. Lara und er verbringen jede freie Minute außerhalb ihrer Arbeit zusammen. Issa holt sie jeden Tag ab, egal ob sie um fünf Uhr morgens oder am Abend Feierabend hat. Sie gehen etwas essen, ins Kino oder sind bei ihm oder ihr.

Doch Lara muss viel arbeiten und ist am letzten Tag wirklich froh, als sie zusammen mit Sara zu Mittag isst und nur noch wenige Stunden vor sich und dann einige Tage frei hat.

»Erzähl, wie war es gestern mit Basim? Das ist jetzt schon euer zweites Date gewesen.« Sara nickt und schließt die Augen, als sie ein Stück ihrer Pizza isst. »Ja, es war wirklich schön. Wir waren im

Zoo.« Lara sieht sie verwundert an. »Im Zoo? Mit Basim?« Ihre Freundin nickt.

»Ich habe ihm erzählt, wie gerne ich als Kind im Zoo war und dass ich ewig nicht dort war und ja ... wir waren im Zoo. Es war echt romantisch, auch wenn es sich nicht so anhört.«

Lara ist beeindruckt. »Das hätte ich Basim nicht zugetraut, seid ihr euch näher gekommen?« Sara schüttelt den Kopf. »Nein, er erzählt mir ständig, wie viele Frauen er hatte und wie leicht er das mit Frauen nimmt, doch er hat es gerade mal gewagt, nach meiner Hand zu greifen und mich auf die Wange zu küssen, gestern hat er mir zum Abschied einen Kuss auf die Stirn gegeben.«

Wie niedlich, ihr frecher Basim. »Da bin ich mal gespannt, wie das zwischen euch weitergeht.« Sara sieht ihr in die Augen. »War das mit Issa eigentlich gestern wieder in Ordnung? Basim hatte sich ziemliche Sorgen gemacht.«

Lara ist schon nach der Hälfte ihrer Portion fertig, sie frühstückt mit Issa immer sehr gut, wenn das so weitergeht, muss sie ein wenig aufpassen mit ihrem Gewicht. »Gestern? Was soll da gewesen sein? Er war ganz normal.«

Sara lehnt sich auch zurück. »Wirklich? Basim hat mir erzählt, dass er seiner Mutter und seinem älteren Bruder gesagt hat, dass sie die Verlobung absagen sollen, er wird nicht heiraten und dass er wieder mit dir zusammen ist. Es soll sehr viel Ärger gegeben haben. Sehr viel, Issa war ziemlich genervt und Basim hat versucht, alle zu beruhigen.«

Er war ganz normal, als er sie abgeholt hat, sie hat zwar gemerkt, dass er am Morgen zweimal nicht ans Handy gegangen ist, was er sonst immer tut, doch sonst war er ganz normal. Er war nicht sonderlich nachdenklich, er hat nichts vor ihr erwähnt. »Er hat nichts gesagt.« Sara zuckt die Schultern. »Er wollte dich sicher nicht deswegen beunruhigen, aber es ist doch gut zu wissen, dass er sich darum gekümmert hat und diese Verlobung abgesagt hat.«

Natürlich ist sie froh darüber, doch er hätte ihr das auch sagen können, wenn es Ärger mit der Familie gab. Er spricht kaum mit ihr über seine Familie, während sie ihm alles erzählt, was sie mit ihrer Mutter oder ihrem Vater besprochen hat.

Sie möchte dem nicht zu viel Bedeutung beimessen, doch es bleibt weiter in ihrem Hinterkopf, auch die nächsten Stunden auf der Arbeit. Als sie dann vor die Klinik tritt, steht Issas BMW da. Sie steigt ein und er legt in dem Moment sein Handy weg. »Hallo Engel, wie war die Arbeit?« Issa kleidet sich immer sportlich, aber eher fein sportlich, also mit Jeans, Sneakers und Shirt, doch heute trägt er ein Cap, eine Jogginghose, die passende Jacke und ein weißes Shirt darunter.

Lara gibt ihm einen Kuss. Sie öffnet ihre Jacke, da Issa schon die Heizung im Wagen anhat. Die Temperatur in Berlin ist sehr schnell sehr tief gesunken. »Es war alles in Ordnung, was war bei dir?« Issa gibt Gas. »Alles bestens, wir fahren kurz etwas essen und treffen dort Basim. Er fährt uns dann zu deiner Überraschung.«

Sie steckt auch ihr Handy in ihre Jackentasche. »Meine Überraschung?« Er nickt und greift nach ihrer Hand. »Ich hatte dir doch gesagt, dass ich mir etwas einfallen lasse, für die Tage, die du frei hast.« Das hatte sie schon wieder komplett verdrängt. »Was hast du vor? Hat es was damit zu tun, dass du heute meinen Wohnungsschlüssel gebraucht hast?« Issa zuckt die Schultern. »Lass dich überraschen.« Er scheint jedes Mal einen ungeheuren Spaß zu haben, wenn er sie überraschen kann.

Sie halten vor einem Restaurant in Schöneberg, was um diese Zeit wirklich voll ist. Es ist schon spät am Abend und Lara erkennt Ibo und einige Cousins von Issa an einem Tisch. Sie wollten offenbar gerade gehen, als sie hereinkommen.

Issa sieht nicht begeistert aus, als er sie entdeckt. »Hallo Lara, wie geht es dir?« Ibo begrüßt sie freundlich und auch die anderen geben ihr respektvoll die Hand. »Danke gut, und selbst?« Ibo lächelt. »Sehr gut, ein wenig Sorgen mit den Brüdern, aber das ist bei unserer Familie normal.«

Nur die anderen Männer begrüßt Issa richtig, zu Ibo sagt er nur etwas auf arabisch. Sein Bruder antwortet ihm, und auch wenn sich arabisch immer härter anhört, erkennt Lara sofort, dass etwas zwischen den beiden nicht stimmt.

Ein Kellner kommt und bittet Lara zu einem Tisch, Issa bleibt noch einen Moment bei Ibo stehen. Issas ältester Bruder hat schon einige Ähnlichkeiten mit ihm. Er ist etwas größer und man sieht ihm an, das er älter ist, doch wenn sie so in einer Gruppe stehen, erkennt man schnell, dass sie Geschwister sind, das ist auch so mit Issas jüngerem Bruder Ismael. Bisher hat sie ihn jedoch nur einmal im Krankenhaus und einmal kurz bei Issa zu Hause angetroffen. Er ist von allen der Ruhigste und Issa hat ihr gesagt, dass er viel Wut in sich trägt, da er den Tod ihres Vaters am wenigsten verarbeitet hat.

Ibo und Issa sind sehr eng aufgewachsen, Ismael war immer viel jünger. Es macht Lara unsicher, sie jetzt so wütend aufeinander zu sehen. Sie kann sich noch genau an die Angst, Sorge und Verzweiflung in Ibos Augen erinnern, als sie nicht wussten, was mit Issa ist und sie vor das Krankenhaus gekommen ist.

Sobald Issa sich setzt, bestellen sie und Lara sieht ihn neugierig an. »Was ist da los zwischen Ibo und dir? Geht es um die Verlobung?« Issa sieht einen Moment auf sein Handy und dann ihr in die Augen. »Basim und Sara, da muss man ja richtig aufpassen. Ja, er ist sauer deswegen. Alle sind das. Es ist ihnen unangenehm, die Verlobung aufzulösen, wobei es ja noch gar keine Verlobung gab. Sie sollte erst im Dezember stattfinden. Natürlich ist es nicht schön, aber die Situation hat sich nun mal geändert.«

Die Getränke werden ihnen gebracht und Issa nimmt einen Schluck. »Ich habe die Familie selbst angerufen und gesagt, dass ich einen Unfall hatte, von dem sie ja auch wissen und dass sich seitdem einiges für mich geändert hat und ich noch nicht heiraten möchte. Ich habe das natürlich alles schön verpackt und der Vater hat das auch verstanden. Ich wäre fast gestorben, es ist normal, dass man danach einige Entscheidungen überdenkt.«

Auch Lara trinkt etwas und ist dankbar, das Issa mit ihr spricht.

»Eigentlich könnten alle entspannt sein, doch Ibo und meine Mutter sind sauer. Sie denken, der Familie tut diese Verbindung gut und dass ich das tun soll. Besonders meine Mutter denkt, wir verlieren unser Gesicht vor den anderen Familien und all solch einen Blödsinn … glaub mir, da muss nur etwas Zeit vergehen und das renkt sich alles wieder ein. Keine Sorge.«

Sie sieht ihm in die Augen. »Ich möchte nicht Schuld an einem Streit zwischen euch sein.« Ihr Essen wird gebracht. »Bist du nicht, Engel. Ich bin erwachsen und treffe meine eigenen Entscheidungen, du weißt doch, dass Ibo das noch nie zulassen wollte.« Sie weiß, dass es früher schon Streit deswegen gab und hofft, dass Issa wirklich recht hat und es nur etwas Zeit braucht, bis dieses Thema endgültig abgeschlossen ist.

In dem Moment kommt Basim und setzt sich zu ihnen. Er schwärmt von Sara, isst mit ihnen und bringt sie zum Lachen. Aber auch aus ihm bekommt Lara nichts über die Überraschung heraus und als sie eine halbe Stunde später losfahren, sieht sie ungeduldig aus dem Fenster. Basim fährt sie und versucht Lara abzulenken, doch sie merkt sehr schnell, dass sie zum Flughafen fahren.

»Fliegen wir weg? Was hast du geplant? Ich habe gar nichts dabei …« Issa lacht und hebt zwei Pässe hoch. »Ich habe für dich gepackt und wenn wir etwas vergessen haben, kaufen wir es neu. Wir haben vier Tage Urlaub, entspann dich.«

Basim zwinkert ihr zu. »Glaub mir, dort kann man nur entspannen.«

Nun ist Lara natürlich noch aufgeregter, doch Issa bleibt hart. Sie steigen aus und nehmen zwei kleine Koffer aus dem Kofferraum. Erst als sie vor der Anzeigetafel stehen, sieht sie zu den nächsten

Zielen und sieht ihn erwartungsvoll an. Issa sieht ihr in die Augen. »Wo wolltest du schon immer mal hin?«

Lara geht die Ziele ab.

»London ist nett … ich könnte meinen Vater besuchen, New York wäre auch schön, Hamburg … Venedig wäre auch toll, Dubai wäre ein Traum und ….«

Issa küsst ihre Wange und legt den Arm um sie.

»Dann lass uns die nächsten Tage Träume wahr werden lassen.«

Kapitel 13

Jeder der schon mal in Dubai war und den Lara getroffen hat, schwärmt von dieser Stadt. Und sie muss zugeben, dass die nächsten vier Tage traumhaft sind.

Es fängt schon beim Flug an.

Sie fliegen sehr luxuriös in bequemen Sitzen und schlafen beide fast die ganze Zeit, nachdem sie ein leckeres Menü gegessen haben, das sie beide, obwohl sie bereits gegessen haben, nicht stehen lassen konnten.

So sind sie fit, als sie endlich in ihrem traumhaften Hotel ankommen. Issa hat wirklich alles geplant. Er war schon mehrmals in Dubai und das Hotel ist einfach nur ein Traum. Es liegt direkt am feinen Strand, ihre Suite ist sehr orientalisch gehalten. Ihr Bett ist ein Himmelbett, mit vielen weißen Schals umhangen. Sie haben einen großen Wohnbereich, einen Bekleidungsbereich, ein riesiges Bad und einen eigenen kleinen Pool auf ihrer Terrasse. Als sie ihre Sachen verstauen, muss Lara erstaunt feststellen, dass Issa wirklich an alles gedacht hat.

In Dubai war es sehr heiß, sie haben sich sofort umgezogen und sind an den Strand gegangen, wo sie auf komfortablen Liegen die nächsten Stunden verbracht haben, bis sie gegessen haben und am Abend in das berühmte Einkaufszentrum gefahren sind, wo sie sich auch gleich das Feuerwerk angesehen haben.

Ihr ist bewusst, dass Issa Geld hat, dass er mehr Geld hat als die meisten Leute, die sie kennt. Sie sieht es in seiner Wohnung, an seiner Kleidung, an den Autos, an der Art, wie er draußen mit Geld umgeht, doch in Dubai wird ihr das nochmal richtig bewusst.

Sie will sich gar nicht vorstellen, wie viel dieser Luxus gekostet hat, all das könnte sich Lara niemals leisten, obwohl sie gutes Geld verdient. Oder doch, sie könnte sich das vielleicht leisten, aber dann eine Weile nichts mehr, aber bei Issa wirkt all das ganz normal.

Er ist kein Mensch, der mit Geld protzt, gar nicht. Außer an seinen Autos würde man das nicht unbedingt erkennen, er holt keine Bündel Scheine heraus oder ist sonst irgendwie auffällig, er ist sehr dezent und leicht. Er gibt viel Trinkgeld, aber unauffällig, und er scheint es sich zur Aufgabe gemacht zu haben, Lara zu verwöhnen.

Ihr ist es sehr unangenehm, dass er ihr solch eine teure Reise schenkt, doch als sie nur in die Richtung geht, dass sie sich an den Kosten beteiligt, lenkt er sofort ein und lässt sie das nicht einmal aussprechen.

Er möchte ihr teure Handtaschen kaufen, doch Lara braucht so etwas nicht und möchte das auch gar nicht. Sie weiß, dass Issa sie auch nicht so eingeschätzt hätte.

Am zweiten Abend besuchen sie einen Gewürzmarkt, wo sie einkaufen, sie holen einige Dekoartikel für ihre beiden Wohnungen und Lara kauft sich einen neuen Bikini und bei der Gelegenheit auch gleich sexy Unterwäsche.

Sie verbringen jeden Tag ganz entspannt am Pool oder am Meer, nachdem sie ausgeschlafen haben. Lara ist völlig entspannt, genau wie Issa, dem diese Tage auch guttun. Am letzten Tag fahren sie in die Wüste, machen eine Fahrt mit Quads, essen im Nomadenzelt und sehen in der Wüste zu, wie die Sonne untergeht.

Nachdem sie wieder in Berlin gelandet sind, weiß Lara genau, dass sie diese Tage niemals vergessen wird. Abgesehen von all dem Drumherum sind Issa und sie sich so nah gekommen, wie sie es selbst nicht für möglich gehalten hätte. Auch die Tage davor waren sie sich nah, doch diese Reise hat all das verstärkt.

Wieder wartet Basim auf sie. Da Basim und Issa gleich weiter müssen, fahren sie Lara nach Hause. Wegen eines Treffens müssen sie nach Frankfurt und Issa kann nicht einmal nach Hause. Es ist plötzlich sehr ungewohnt, alleine zu sein. Lara war immer gern alleine, doch plötzlich ist es zu still, ihr Bett zu groß und sie vermisst Issa sehr schnell.

Am nächsten Tag in der Klinik bekommt sie viele Komplimente für ihre neu erworbene Bräune und sie geht nach ihrer Schicht mit Sara, Tatjana und Amelia essen. Sie hatten lange nicht mehr solch einen lustigen Abend zu dritt. Lara erzählt kurz von ihrem Urlaub und Sara erwähnt, dass sie sich nicht noch einmal mit Basim getroffen hat, da beide es zeitlich einfach nicht geschafft haben, doch sie wollen das nachholen, sobald er aus Frankfurt zurück ist, doch dann lassen sie das Thema Männer fallen und machen sich einen netten Frauenabend.

Ein wirkliches Problem mit dem Alleinsein hat Lara nicht, doch Issa fehlt ihr. Er ist vier Tage weg und als er dann endlich wieder vor der Klinik steht, nachdem sie ihre Schicht beendet hat, liegt sie sehr schnell und sehr fest in seinen Armen. Sie haben sich beide vermisst.

Statt etwas essen zu gehen, holen sie sich Pizza und genießen den Abend bei Issa. Sie fragt nur kurz nach, ob alles gut gelaufen ist. Während er weg war, haben sie hin und wieder darüber gesprochen, was er macht und er hat ihr gesagt, dass er Bekannte trifft, Sachen klären oder ein Geschäft abschließen, aber sonst nichts weiter.

In Dubai haben sie sich sehr viel genossen, und als sie sich dann bei Issa wieder näherkommen, setzt sich Lara auf Issa und sieht ihm in die Augen.

»Du hast mir gefehlt. Ich wünschte, dass das hier nicht endet.« Seine Hand geht an ihre Wange und er küsst sie zärtlich. »Wieso sollte das jemals enden, Engel? Ich liebe dich.« Seine Worte hören sich frei von Zweifeln an und Lara lächelt. »Ich dich auch.« Aus tiefem Herzen wünscht sie sich, dass sie beide es schaffen, diese Liebe zwischen ihnen zu bewahren und zu schützen.

Doch schon da hat sie ein ungutes Gefühl im Bauch, als hätte sie eine leise Vorahnung, und nur wenige Stunden später wird sie binnen Sekunden in die Realität katapultiert.

Sie schlafen tief und fest, als plötzlich ein ohrenbetäubender Lärm sie hochschrecken lässt. Issa flucht laut auf, im nächsten Moment wird er aus dem Bett gerissen und auf den Boden gedrückt. Lara sieht entsetzt auf maskierte Männer, erst beim zweiten Blick bemerkt sie, dass das Polizeibeamte sind.

Sie kommt nicht einmal zum Atemholen, da wird Issa in Handschellen und Boxershorts aus dem Zimmer gebracht. »Wenn ihr sie anfasst ...«

Zwei Polizisten werfen ihr ein Shirt hin. »Ziehen Sie sich an. Wir haben hier einen richterlichen Beschluss, die Wohnung wird durchsucht.« Ihr Herz rast vor Panik, als sie sich das Shirt überzieht und aus dem Bett steigt.

»Was .... wieso ... wo bringen Sie ihn hin und warum?« Sie sieht, wie viele vermummte Männer die Schubladen, Schränke und Möbel in der Wohnung öffnen, verschieben und teilweise auch leeren, binnen Minuten entsteht ein furchtbares Chaos.

Blaue Augen sehen sie durch die Schlitze der Maske an. »Lara, Ärztin, unauffällig, wie kommt solch eine Frau in diese Kreise? Wir können Ihnen nichts sagen. Es wäre sicher besser für Sie, wenn Sie gehen, das kann noch dauern und ich garantiere Ihnen, dass wir die Tür wieder zumachen.«

Lara zieht sich eine Hose an und auch ihre Schuhe, doch sie bleibt im Eingangsbereich der Wohnung stehen. Es werden Laptops und zwei Handys mitgenommen. Lara versucht immer wieder, Basim zu erreichen, doch sein Handy ist aus und ansonsten hat Lara keine Nummer.

»Wo bringen Sie Issa hin? Was ...?« Sie wendet sich noch einmal an den Mann, doch der ignoriert sie. Nach und nach verlassen die Beamten die Wohnung, während Lara zitternd neben ihnen steht und auf all das Chaos sieht, was hier hinterlassen wird.

Issas Haustür ist komplett aufgebrochen. Ein Mann werkelt dort noch herum. Irgendwann ziehen sich alle zurück. Lara kann nicht sagen, ob sie hier eine Stunde steht oder eine halbe, sie zittert.

»Sind Sie auch im Mietvertrag eingetragen?« Ein anderer Mann spricht sie an. Lara schüttelt den Kopf. »Dann muss ich Sie bitten zu gehen. Wir dürfen Sie hier nicht in der Wohnung lassen.«

Sie traut sich nicht einmal, etwas gegen die Beamten zu sagen. Sie nimmt sich ihre Jacke und ihre Tasche. Die Beamten schließen die Haustür, der man trotzdem den Schaden ansieht, und gehen.

Bevor der Mann, der die ganze Zeit bei ihr stand, geht, wendet er sich noch einmal um. »Ich würde mir gut überlegen, auf wen Sie sich einlassen.« Auch wenn sie nicht sein ganzes Gesicht sehen kann, spürt sie diesen warnenden und auch enttäuschten Blick auf sich und bricht den Augenkontakt ab. Vielleicht weil sie tief innerlich weiß, dass der Polizeibeamte recht hat und weiß, wovon er spricht, sie weiß es nicht, doch sie schämt sich in diesem Moment, so vor ihm zu stehen.

Lara sieht ihm hinterher, wie er die Treppen hinuntergeht, hört mehrere Motoren starten und lässt sich an der Wand zu Boden gleiten.

Sie zittert noch immer und beginnt so stark zu weinen, dass sie kaum mehr Luft bekommt. Sie spürt die Angst durch ihre Venen fahren und fragt sich, was das gerade war und was das zu bedeuten hat.

»Das ist doch wie in einem falschen Film. Wir arbeiten hier und retten einem Mann das Leben und unsere Freunde sitzen im Gefängnis und wir werden nachts von SEK-Beamten geweckt.« Sara schüttelt ungläubig den Kopf.

Lara sieht in den Himmel. Es ist kalt geworden, sehr kalt, und es hat den ganzen Tag geregnet, doch trotzdem haben sich Sara und sie nach diesem anstrengenden Einsatz, den sie gerade hatten, aufs

Dach zurückgezogen. Sie haben die Bänke trocken gewischt und sich daraufgelegt und sehen nun in den Himmel.

Lara wusste nicht mehr, was sie tun sollte gestern Morgen. Sie ist in die Cafés gefahren, von denen sie weiß, dass viele Männer aus Issas Familie öfter dort sind, doch es war zu früh, niemand war da. Dann ist sie zu Sara gefahren und zusammen mit ihr zu Basims Wohnung. Auch dort war die Wohnungstür eingetreten worden und niemand mehr da.

In dem Moment hat sie dann begriffen, dass diese Nähe und diese enge Verbundenheit, die sie sich eingebildet hat, gar nicht auf allen Ebenen vorhanden ist. Sie sind sich nah, doch das hat nichts mit seinem Leben zu tun.

Sie steht da und weiß nicht, was sie tun soll. Wie sie irgendjemanden erreichen kann, wo seine Familie lebt, wie sie irgendetwas erfahren kann. Was da überhaupt los ist. In diesem Moment begreift sie, dass sie Issa nah ist, aber nicht dem Leben, das er führt.

Sie ist zur Arbeit gegangen und hat immer wieder versucht, Issa oder Basim zu erreichen, vielleicht sind sie wieder zu Hause und gehen ans Handy, doch nichts. In der Zeitung war ein großer Artikel, 'Großrazzia in Clan-Familien', darin wird geschrieben, dass nach einem Überfall auf eine Bank vor mehreren Monaten einige Daten und DNA-Analysen die Polizisten immer wieder zu der Großfamilie Nassar geführt haben.

Nach wochenlangen Beobachtungen haben sie in der Nacht zugeschlagen. Es werden Unterlagen, Immobilien und mobile Geräte ausgewertet und viele der höheren Mitglieder sind solange in Untersuchungshaft.

Lara wird schlecht, sie weiß nicht, was sie davon halten soll, doch sie selbst hat in den letzten Wochen, die sie mit Issa verbracht hat, auch nicht wirklich genauer nachgefragt, was da alles im Hintergrund bei ihm läuft, sie ist davon ausgegangen, dass es stimmt, dass er nur von den Immobiliengeschäften lebt, doch gerade weiß sie gar nichts mehr.

Zusammen mit Sara ist sie nach der Arbeit dann wieder in diese Cafés gefahren und zum Glück hat sie dort einen Cousin getroffen, den sie kennt. Sie hat gefragt, was los ist und ob jemand was weiß. Es sind einige Männer verhaftet worden: Issa, Basim, Ibo und einige mehr. Ihre Anwälte sind dabei, sich um alles zu kümmern. Sie werden nicht nach 24 Stunden auf freien Fuß gesetzt, aber sicher nach einigen Tagen.

Lara fragt nach, was sie tun kann, ob sie Issa besuchen kann, doch der Cousin scheint eher genervt von ihr zu sein und sagt, dass sich die Familie um alles kümmert. Wenn Issa draußen ist, wird er sich melden.

Nun liegen sie auf dem Dach und können nichts tun.

Auch Sara macht sich Sorgen, sie hat Basim am Abend, bevor das SEK kam, getroffen, und dieses Mal hat er sie zum Abschluss geküsst und nun ist er weg und niemand weiß, wann und wo sie sich wiedersehen.

Auch wenn Lara nie so denken wollte, muss auch sie sich eingestehen, dass all das einfach nicht in ihr Leben passt. Sie ist glücklich, Issa zurückzuhaben, doch sein Leben und all das Drumherum ist nichts, womit sie etwas zu tun haben möchte.

Sie hatte in der Nacht jedes Mal beim Versuch einzuschlafen wieder das Knallen der Tür im Ohr und wie plötzlich diese Männer an ihrem Bett stehen. Sie hat kaum geschlafen, aber das darf sie bei ihrer Arbeit nicht. Sie hatten gerade eine komplizierte Behandlung eines Mannes mit schlimmen Brandverletzungen und Lara hat gespürt, wie müde sie ist.

Nur Sara weiß über alles Bescheid.

Als Lara am Abend zu sich nach Hause kommt, telefoniert sie mit ihrem Vater und sagt auch ihm nichts davon. Sie hört sich an, wie er über ein neues Projekt spricht, was ihn seine ganze Kraft kostet und ist froh, sich einige Minuten mal ganz normale Sorgen anzuhören.

Lara fährt jeden Tag an den Cafés vorbei, um zu sehen, ob sie bekannte Gesichter sieht, doch nichts. Erst vier Tage nachdem Issa verhaftet wurde, schaltet Lara nach ihrer Schicht ihr Handy an und findet mehrere Anrufe von Issas Handy vor. Sie ruft sofort zurück und er nimmt an.

»Hey, Engel. Es tut mir leid, was passiert ist. Ich hoffe, das hat dich nicht zu sehr erschreckt. Die Polizei ...«

Lara unterbricht ihn. »Ich wusste nicht, was ich tun soll, ich konnte niemanden erreichen und ich weiß bis jetzt nicht ...« Es ist laut bei Issa.

»Die haben mich nur mitgenommen, weil sie gehofft haben, irgendwo irgendwas zu finden, doch da haben sie nichts, weil wir mit allem, was sie denken, nichts zu tun haben. Es ist alles gut, nur dass ich niemals wollte, dass du dich so erschreckst.«

Lara spürt, wie ihr die Wut in den Bauch fährt, vor allem jetzt, wo sie weiß, dass bei Issa alles in Ordnung ist. Sie verlässt das Krankenhaus und schüttelt den Kopf.

»Sag nicht, dass alles gut ist, Issa. Das ist es nicht. Ich kann noch so sehr das Gefühl haben, dir nah zu sein, doch ich bin es nicht. Ich weiß nichts von dir, von deiner Familie, von eurem jetzigen Leben. Als das passiert ist, habe ich das erst richtig begriffen. Auch wenn wir im selben Bett schlafen, bin ich nicht wirklich ein Teil deines Lebens und eigentlich würde ich das auch von keinem anderen Mann erwarten nach so kurzer Zeit, aber wenn mich SEK-Beamte nachts aus dem Bett holen und ich seitdem nicht mehr schlafen kann und sich das auf meinen Beruf auswirkt und mich all das so ... das passt alles nicht zusammen. Ich weiß nicht mehr, was ich tun oder denken soll, Issa. Ich freue mich, dass du draußen bist und es dir gut geht, doch ich ...«

Bei Issa wird es ruhiger. »Wir sind hier gerade bei meiner Mutter. Ich komme danach direkt zu dir und ...« Lara ist müde, wirklich müde. Sie hat sich ein leichtes Schlafmittel verschreiben lassen und sieht auf die Uhr. »Ich muss schlafen, Issa. Ich habe die ganzen Nächte nicht geschlafen. Wenn wir jetzt noch reden, wird das auch diese Nacht nichts. Bleib bei deiner Mutter und deiner Familie. Die Hauptsache ist, dass du draußen bist und es dir gut geht. Vielleicht kann ich so schon besser schlafen.«

Sie hört ihm an, wie sehr ihn das mitnimmt. »Es tut mir wirklich leid, Lara. Von wann bis wann hast du morgen deine Schicht?« Sie reibt sich die Augen. »Von zehn bis achtzehn Uhr.« Er wird leiser. »Okay, schlaf gut, Engel. Wir sehen uns morgen.«

Ob es allein an der Tatsache liegt, Issa draußen zu wissen, ob es einfach die Müdigkeit der letzten Tage ist, Lara braucht die Schlaftablette nicht einmal, sie legt sich ins Bett, schafft es noch, den Wecker zu stellen und schläft sofort ein, und dieses Mal wacht sie auch nicht nachts auf. Doch sie ist am nächsten Morgen sehr spät dran und hat kein gutes Gefühl, als sie aufwacht.

Sie geht schnell unter die Dusche, zieht sich eine Jeans, einen Wollpullover und eine dicke Jacke über und schnappt sich ihr Handy und einen Apfel, als sie aus dem Haus stürmt. Sie hat noch nicht einmal richtig auf ihr Handy gesehen, doch sie hat endlich etwas Schlaf bekommen.

Sie hat viele Nachrichten, auch von ihrer Mutter, doch als Erstes hört Lara die Nachrichten auf ihrer Mailbox ab. Genau als sie aus ihrer Haustür tritt und sie auf Issa blickt, der gegen sein Auto gelehnt auf sie wartet, spielt die Mailbox ihre Nachricht ab.

Sie blickt zu Issa und sieht sofort sein schlechtes Gewissen. Er stellt sich auf und sieht ihr entgegen; als ihre Augen sich treffen, zieht sich alles in Lara zusammen, sie will nicht sauer auf ihn sein, doch all das ist nichts, womit sie etwas zu tun haben will. Er trägt auch eine dicke Jacke und war sicherlich auch bei sich zu Hause. Dort muss noch immer das absolute Chaos herrschen.

Der Anrufbeantworter sagt ihr, dass die Nachricht um vier Uhr am Morgen eingegangen ist. Eine Frauenstimme ertönt und Lara geht auf Issa zu. Die Frau spricht englisch und Lara bleibt stehen, als sie sagt, dass sie von einer Notfallstation in London anruft. Sie haben hier die Nummern ihrer Mutter und von ihr als nächste Angehörige.

Lara versteht nicht, worum es geht, bis die Frau sich dann räuspert. »Es tut mir leid, Ihnen mitteilen zu müssen, dass Ihr Vater gestern Abend mit einem Herzinfarkt eingeliefert wurde. Wir konnten nichts mehr für ihn tun, es war zu spät. Mein herzliches Beileid. Die Se ...«

Lara lässt ihr Handy fallen und im nächsten Moment ist Issa bei ihr. »Was ist los, Lara?« Sie spürt seine Arme um sich und öffnet den Mund, doch sie kann nichts sagen, nicht reagieren.

Issa nimmt ihr Handy und drückt eine ganze Weile darauf herum, dabei zieht er sie immer fester in seine Arme. »Es tut mir leid.« Lara schüttelt den Kopf. »Nein, nein, nein ...«

Die dunklen Augen, die ihr so vertraut sind, auch wenn sie die letzten Tage dachte, es wäre vielleicht doch nicht mehr so, fangen sie auf. »Setz dich.« Er platziert sie auf dem Beifahrersitz und geht. In den nächsten Stunden bekommt sie kaum mehr etwas mit.

Sie bleibt dort sitzen. Issa steigt ein, gibt Gas, steigt wieder aus und gibt Gas. Er telefoniert mit vielen Leuten, Lara erkennt auch Sara und ihre Mutter darunter, doch sie kauert sich auf dem Sitz zusammen und sieht aus dem Fenster. Sie weigert sich, die Informationen, die sie bekommen hat, zu sich durchdringen zu lassen.

Irgendwann schläft sie ein und als sie aufwacht, fahren sie mit Issas Auto gerade auf eine Fähre. Issa steigt wieder aus und dieses Mal tut auch Lara das. Sie fahren gerade aufs Meer hinaus. Lara sieht auf die englische Flagge auf der Fähre und beginnt laut zu schluchzen, da steht Issa neben ihr. Er hat Kakao und eine dicke Decke bei sich.

Er bringt Lara zum vorderen Teil des Decks und setzt sich auf eine Liege, zieht sie zwischen seine Beine und hüllt sie in eine

Decke ein und da kann sie es nicht mehr verhindern, dass sie die Informationen begreift.

Sie beginnt so stark zu weinen, dass ihr Körper vor Schmerzen geschüttelt wird, doch Issa ist da und hält sie. Das was sie nun nicht mehr verdrängen kann, zerreißt ihr das Herz.

Ihr Vater ist gestorben. Sie hat ihren Vater verloren.

Kapitel 14

»Wir befinden uns im Landeanflug. Wir wünschen Ihnen einen schönen Aufenthalt in Berlin und hoffen, Sie hatten einen angenehmen Flug.«

Lara sieht auf Berlin hinab und atmet müde aus.

Sie ist zurück.

Es fühlt sich ewig an, seit Issa sie mit seinem Auto und der Fähre nach England gebracht hat. Hinter ihr liegen die schlimmsten Tage, die sie bisher durchleben musste.

Ihr Vater hatte bei seiner Arbeit einen Herzinfarkt, im ersten Moment sah es noch so aus, als könnte man ihn retten, doch sein Herz war zu schwach, er ist gestorben, alleine, weder seine Tochter noch seine Frau waren bei ihm, nur Arbeitskollegen.

Als Lara angekommen ist, durfte sie ihn noch einmal sehen. Issa war bei ihr. Issa war die ganze Zeit bei ihr. Er hat sie auf der Fähre gehalten und ihre Tränen getrocknet, als sie sich von ihrem Vater verabschiedet hat. Er hat sie in der ersten Nacht in seinen Armen gehalten und mit ihr und ihrer Mutter zusammen das Haus, das sie alle zusammen damals in London bewohnt haben, betreten.

Das hat Lara am meisten zugesetzt. In den Räumen zu sein, wo sie alle so glücklich am Anfang waren.

Es war auch nicht leicht, ihre Mutter zu sehen. Zu sehen, wie schwer es ihr fällt, ihren Vater gehen lassen zu müssen, auch wenn man das nach den letzten Monaten nicht vermutet hätte. Sie haben die Tickets für die Kreuzfahrt gefunden, die ihr Vater für ihre Mutter und sich gebucht hatte, um ihre Ehe wieder zu festigen.

Es ist so verrückt. Man denkt einfach zu wenig darüber nach, wie vergänglich alles sein kann. Warum hat Lara ihren Vater in den letzten Wochen nicht öfter gesehen, wieso war sie nicht öfter in London? Sein Besuch in Berlin und die Verabschiedung am Flughafen wird das letzte Mal gewesen sein, wo sie ihn gespürt und berührt hat. Hätte sie das damals geahnt.

Sie blieben im Hotel, keiner schaffte es, im Haus zu bleiben, die Erinnerungen erstickten sie. Auch nachts waren Issa und sie viel wach und haben darüber gesprochen, wie es für ihn damals war, seinen Vater zu verlieren. Issa ist ihr und auch ihrer Mutter eine große Stütze, er hat sich selbst darum gekümmert, dass auf ihrer Arbeit alle Bescheid wissen und sie einen Sonderurlaub von zehn Tagen bekommen hat.

Leider musste er nach drei Tagen zurück. Er musste zum Gericht und sich um all das kümmern, was passiert ist. Sie haben nicht mehr davon gesprochen und es ist auch nicht die richtige Zeit dafür.

Lara und ihre Mutter mussten sich trotz all ihrer Trauer um viele Sachen kümmern. Zur Bank, zum Anwalt, alles abmelden. Es war klar, dass sie das Haus in London verkaufen werden, sie haben an der Abschiedsfeier in seinem Gemeindezentrum teilgenommen, und auch wenn sie kaum atmen konnte vor Tränen, war es doch gut, dort zu sein.

Sie hat gesehen, was ihr Vater alles bewegt und erreicht hat und sie weiß, wie stolz er auf all das ist. Ihre Mutter und sie haben eine ganze Nacht darüber gesprochen, wo ihr Vater beerdigt werden soll, auch wenn er seinen Wunsch schon längst bei einem Anwalt hat hinterlegen lassen. Er möchte auf dem Friedhof neben seinem Gemeindehaus seine letzte Ruhe finden. Lara würde ihn lieber in Berlin bei sich haben, doch sie hören am Ende auf seinen letzten Wunsch, und eine Woche nach seinem Tod wird er dort beigesetzt.

Es ging alles sehr schnell, trotzdem kamen an diesem Tag viele Freunde und Verwandte auch aus Berlin. Issa und Lara schreiben jeden Tag miteinander, auch er kommt zusammen mit Basim zur Beerdigung und sie hatten auch Sara dabei. Ihre anderen beiden

Freundinnen haben nicht freibekommen, da sie sonst unterbesetzt im Krankenhaus gewesen wären.

Es tat Lara gut, sie alle bei sich zu haben, auch wenn sie sich wie in Wolken gepackt gefühlt hat, als wäre sie in einem Schlafmodus. Obwohl sie wach ist und alles hört, alles mitbekommt, doch es geht auch an ihr vorbei. Sie ist da, doch irgendwie auch nicht.

Als der Sarg ihres Vaters in die Erde gelassen wurde, stand Sara bei ihr und ihrer Mutter. Als alle sich aber verabschiedeten, drehte sie sich zu Issa und Basim um, die genau hinter ihnen standen und Issa schloss sie in seine Arme. Es heilt nicht ihre Schmerzen, doch es lindert sie.

Danach trafen sich alle im Gemeindehaus, um noch einmal ihres Vaters und seiner Arbeit zu gedenken, doch dafür hatte Lara die Kraft nicht mehr. Issa brachte sie ins Hotel und blieb bei ihr, bis am Morgen der Flug zurückging.

Auch ihre Mutter ist nicht mehr die Frau, die Lara kennt, doch auch wenn sie sich etwas auseinandergelebt haben, schweißt sie diese Trauer zusammen und jeder hat das Gefühl, für den anderen stark sein zu müssen. Das hilft ihnen, sich nach der Beerdigung um all das andere zu kümmern. Sie beauftragen einen Anwalt, der sich in ihrer Abwesenheit darum kümmert, alles aufzulösen und das Haus zu verkaufen.

Ihr Vater hatte eine hohe Versicherung und ihnen beiden viel Geld vermacht, auch das Haus war komplett abgezahlt und dennoch hat ihr Vater immer sehr bescheiden gelebt. Ihm hat das Geld nichts bedeutet. In den letzten Tagen, die sie und ihre Mutter noch zusammen in England sind, gehen sie das Haus durch und nehmen alles mit, was sie behalten wollen, aber auch da merken sie, dass es nur Bilder, einige Kleidungstücke und einige Dekorationsartikel, die sie zusammen auf ihren Reisen gekauft haben, sind.

Seine alten Fotoalben nimmt Lara mit, einen Schrank, einen Stuhl und einen Spiegel, den ihr Vater noch von seiner Mutter, also Laras Oma, hatte, lässt Lara einpacken und in ihre Wohnung schicken, ansonsten werden sie die meisten Erinnerungen in ihren Herzen tragen.

Laras Mutter fliegt zurück nach Südafrika. Sie wird dort noch ein Jahr bleiben und dann nach Berlin kommen.

Als sie sich nach diesen schweren Tagen am Flughafen verabschiedet haben, sind sie sich näher gekommen, auch wenn Lara sich gewünscht hätte, dass es dafür nicht solch einen traurigen Anlass geben musste.

Sie hat Issa nicht gesagt, dass sie heute zurückkommt, sie hat sich noch drei weitere Tage freigenommen und muss erst übermorgen wieder zur Arbeit, und vielleicht will sie auch einfach erst durchatmen, bevor sie sich mit Issa beschäftigt, denn sie weiß, dass sie trotz allem das, was in der Nacht passiert ist, noch nicht geklärt haben.

Deswegen nimmt sie sich ein Taxi, das sie nach Hause bringt.

Sie hatte geglaubt, dass sie zu Hause London und den Tod ihres Vaters von sich schieben kann, doch es gelingt ihr nicht. Sie fühlt sich leer und einsam in ihrer Wohnung. Issa hat begonnen, ihren Stuck freizulegen. Er hat ihr in London davon erzählt, doch sie hat nicht wirklich etwas damit anfangen können, weil sie zu tief in ihrer Trauer gefangen war.

Er hat oft davon gesprochen, das zu machen und Lara hat sich gefreut, solche Stuckarbeiten sind etwas ganz Besonderes und sie hat im Wohnzimmer noch alten Stuck, doch der ist an manchen Stellen zugeklebt oder abgebrochen und es sieht nicht so schön aus, wie es aussehen könnte.

Issa hat das nach der Schule gelernt, er erzählt ihr oft von der Zeit, als er in einer Firma gearbeitet hat, die alte Häuser restauriert hat. Er hat es geliebt, er mag es, Häuser zu verschönern, Dielen freizulegen, Stuck zu restaurieren oder die Fassade eines Hauses nachzubessern.

Während sie noch in London war, hat er ihr oft gesagt, dass er nur schlecht schlafen konnte und da er ihren Wohnungsschlüssel hat, hat er begonnen, den Stuck zu bearbeiten. Diese Arbeit macht ihm Spaß und hilft ihm, einen klaren Kopf zu bekommen.

Sie wusste jedoch nicht, dass er fertig ist und sie kann nicht fassen, wie schön es geworden ist. Issa hat ein unglaubliches Talent. Der Stuck ist wunderschön und der ganze Raum wirkt so viel edler. Lange sieht sie sich fasziniert an, was Issa geschafft hat, doch dann packt sie die Sachen aus, lüftet, bindet die Dekorationssachen ihres Vaters in ihre Wohnung ein und bestellt sich etwas zu essen.

Lara nimmt ein Bad und versucht sich zu entspannen, doch es gelingt ihr nicht. Ihr Handy klingelt immer wieder, seit sie in London losgeflogen ist, hat sie keine Nachrichten mehr beantwortet oder auf Anrufe reagiert. Sie braucht einen Moment zum Durchatmen, sie ist, seitdem sie vom Tod ihres Vaters erfahren hat, niemals alleine gewesen.

Es ist mitten in der Nacht, als Lara sich eine Leggins, Winterboots und eine dicke Daunenjacke anzieht. Sie bindet sich einen Schal um und setzt eine dicke Wollmütze auf, bevor sie mit dem Bus in ihre alte Gegend fährt. Ihr altes Haus steht noch, die Familie, die jetzt darin wohnt, hat es leicht verändert. Lara setzt sich an die Haltestelle schräg gegenüber dem Haus und betrachtet es. Sie muss an die vielen schönen Stunden denken, die sie hier zusammen erlebt haben.

Was wäre passiert, wenn sie Berlin nicht verlassen hätten? Vielleicht hätten sich ihre Eltern nicht so auseinandergelebt, vielleicht wäre ihnen die Arbeit nicht so wichtig geworden.

In den Unterlagen ihres Vaters hat Lara die neuen Untersuchungsergebnisse vom letzten Besuch ihres Vaters in Berlin gefunden. Sie waren nicht gut, der Arzt wird ihren Vater gewarnt haben. Wieso hat er nicht darauf gehört und ist kürzer getreten? Vielleicht wäre alles anders gewesen, wären sie in Berlin geblieben, doch sie wird es niemals wissen.

Sie sieht zu Issas altem Haus und spürt eine starke Sehnsucht in ihrem Bauch aufkeimen.

Sie liebt ihn, das hat sie wahrscheinlich schon immer und ja, er hat recht, seine Familie war schon immer das, was sie jetzt ist, nur war sie viel zu klein und ahnungslos, um so etwas überhaupt zu ahnen. Auch jetzt, wäre das nicht so in den Medien ausgeschlachtet worden, hätte sie sich vielleicht auch nichts weiter gedacht, zumindest bis zu dem Zeitpunkt, als die SEK-Leute sie aus dem Schlaf gerissen haben.

Dieses Gefühl, was sie in seiner Nähe verspürt, hat ihr noch niemals ein Mann gegeben und sie ist sich sehr sicher, dass das auch niemand kann. Er, Issa, ist alles, was sie sich gewünscht hat, er ist ihr Fels, er ist für sie da und sie sieht seine Liebe für sie in seinen Augen, er bringt sie zum Lachen und zum Träumen, er lässt sie von einer Zukunft träumen, an die sie niemals geglaubt hat, doch sie wird nicht damit leben können, ständig dieses Leben, was er führt, im Nacken zu haben. Sie weiß, dass sie das nicht kann, nicht auf Dauer.

Das erste Mal zieht sie ihr Handy aus ihrer Jackentasche, das sie, als sie die Wohnung verlassen hat, auf lautlos gestellt hat. Sara und Tatjana haben sie versucht anzurufen und sie hat eine Unmenge an Nachrichten. Sie ignoriert das und geht stattdessen auf die Social Media App. Sie hat in Dubai einige Bilder mit Issa hochgeladen und auch er hat das getan, seitdem hat keiner von ihnen mehr etwas gepostet, doch sie sieht, dass Basim gerade ein Video gepostet hat. Auch er ist eher weniger aktiv.

#spaßmitderfamilie #rouge

Man sieht Basim, er grinst in die Kamera, sie sind in einem Club, man hört laut die Hip-Hop-Musik. Er zeigt den Tisch, der vollgestellt ist mit Essen, Alkohol und Shishas, dann schwenkt er auf mehrere Frauen, die nicht weit von ihnen entfernt sexy an Stangen tanzen. Dann zeigt er in die Runde. Lara erkennt viele Cousins, Issa sitzt neben Basim und redet mit einem Mann, den sie nicht kennt. Es sind viele Leute dort, Lara weiß, dass der Club einem Cousin von Issa gehört.

Sie weiß, warum Basim das postet.

Sara hat ihm gesagt, dass sein Leben nichts für sie ist und dass es besser wäre, wenn sie sich nicht mehr treffen. Sie weiß, dass Sara Basim wirklich mag, doch Sara ist realistisch, sie weiß, dass das nicht funktionieren kann, auch Lara weiß es, doch sie kann Issa nicht einfach so aus ihrem Leben streichen, nicht noch einmal, nicht jetzt, wo sie diese Entscheidung selbst in der Hand hat.

Basim hat das akzeptiert, doch Lara weiß, dass er Sara mit diesem Video zeigen möchte, wie gut er damit klarkommt, doch er zeigt nur, dass er das nicht tut.

Noch einmal sieht sie sich das Video an, sieht auf Issa und steht auf. Der Club ist nicht weit weg, sie kennt ihn. Als Lara nicht wusste, was sie tun soll, nachdem Issa verhaftet wurde, war sie auch zweimal dort, doch weil der Besitzer selbst verhaftet wurde, war der Club geschlossen.

Sie läuft nur fünf Minuten. Jetzt hat der Club geöffnet und die Musik ist schon auf der Straße zu hören. Lara sieht auf die kleine Schlange, die hier ansteht, es ist schon sehr spät und die meisten sind bereits im Club. Sie bemerkt einen dunklen Van, fast wie in schlechten Filmen, und sie sieht, wie aus dem hinteren Teil jemand aussteigt und dass da drin noch zwei andere Männer sitzen und alle zum Eingang des Clubs sehen.

Das sind verdeckte Ermittler und nicht einmal besonders gute. Lara geht zum Eingangs des Clubs, nach zwei Frauen im Minikleid und dicken Daunenjacken kommt sie ran. »So spät und nicht ein-mal ein Kleid an?« Ein großer, sehr breitgebauter Mann sieht sie an. »Ja, ich suche nur jemanden.« Er sieht sie von oben bis unten an und nickt dann. »Ab ein Uhr ist der Eintritt für Frauen frei.«

Die Musik wummert in ihren Ohren, als sie in den Raum geht. Sie sieht sich um, der Club ist riesig, doch sie erkennt einige Erhöhungen und auch mehrere Männer dort sitzen und steuert diese an. Alle sehen sie komisch an, sie ist ungeschminkt, in Schlabberklamotten, mit Mütze und Schal und sicherlich auch noch völlig verheult. Vielleicht war es doch keine so gute Idee, hierher zu kommen.

»Hey, hier kann nicht jeder rein. Bist du vom Personal?« Ein Mann hält sie auf, als sie gerade die Empore hochgeht. Doch sie ist schon so weit oben, dass sie Issa sieht. Er redet noch immer mit dem Mann, er achtet auf nichts anderes, doch Basim sieht in dem Moment zu ihr. »Hey, die Frau hier ...« Er grinst und man hört, dass er schon einiges getrunken hat. »Das ist nicht irgendeine Frau ... das ist Issas Lara.« Lara würde am liebsten die Augen verdrehen, manche Sachen ändern sich nie.

Nun sehen alle zu ihr. Lara nickt den Männern, die sie kennt, zu und Issa sieht sie sehr überrascht an. Er weiß nicht einmal, dass sie wieder in Berlin ist. Er steht auf und sagt etwas zu den Männern. Basim will Lara zu sich nach oben holen, doch sie deutet nach draußen. »Nein danke, ich gehe gleich wieder. Wisst ihr, dass ihr gerade beschattet werdet?«

Basim zuckt nur die Schultern. »Das ist immer so, momentan nur etwas mehr. Warte, ich bestelle denen mal zwei Pizzen, die regen sich dann immer so auf, wenn sie Pizzen mit einem schönen Gruß der Nassars geliefert bekommen.«

Schön zu sehen, wie ernst das hier genommen wird. Issa kommt zu ihr und gibt ihr einen Kuss auf den Mund. »Wieso bist du hier? Komm mit!« Er bringt sie zu einem Hinterausgang, wo auch sein Auto steht.

Sobald sich die Tür schließt, verstummt die laute Musik etwas und Lara atmet erleichtert aus. Issa dreht sich sofort zu ihr um. »Ich weiß, dass das jetzt komisch aussieht, aber ich bin nur geschäftlich hier. Die Frauen interessieren mich nicht, es ...« Lara unterbricht ihn. »Ich weiß, dachtest du, ich bin deswegen gekommen? Wegen der Frauen? Ich weiß, dass sie dir egal sind.«

Issa sieht sie noch erstaunter an, doch dann räuspert er sich. »Okay, und wieso hast du nicht gesagt, dass du zurück bist?« Lara beendet den Augenkontakt. »Weil ich etwas allein sein wollte, ich war an unserem alten Haus und habe viel nachgedacht ...«

Nun blickt sie doch hoch und in seine Augen. Sie legt ihre Hände an seine Wangen. »Lass uns hier verschwinden, Issa. Wir kaufen das Haus und leben dort, wir lassen alles hinter uns und beginnen noch einmal ganz von vorne. Jetzt, sofort, wir müssen neu anfangen.«

Issa sieht ihr einen Moment nur in die Augen. Wie sehr sie diese dunklen Augen und diesen intensiven Blick, der tief in ihre Seele reicht, liebt.

»Das geht nicht so einfach, Engel, wie stellst du dir das vor? Soll ich meine Familie verlassen? Meine Geschäfte? Was soll ich da tun, mich um den Haushalt kümmern?«

Lara schüttelt den Kopf. »Du musst diese Geschäfte hinter dir lassen, Issa. Dort vor dem Club stehen Polizisten, das ist doch kein Leben, das alles ist nichts, womit man eine Zukunft hat. Keine friedliche, vielleicht eine wohlhabende, aber du wirst keinen Frieden in deinem Leben haben. Du kannst anfangen, Häuser zu restaurieren, das liebst du doch.«

Issa lacht bitter auf, als Lara ihm das sagt, was ihr schon lange im Kopf umhergeht. »Ja, aber doch nicht mehr als meine Familie, und auch dann würde die Polizei ...« Lara ist sich ihrer Sache sehr sicher. »Das bedeutet ja nicht, dass du deine Mutter nicht mehr sehen sollst, doch du musst einen klaren Strich ziehen und nichts mehr mit all diesen Geschäften zu tun haben. Und doch, die Polizei wird sehen, dass du neu anfängst und das irgendwann auch akzeptieren, das ist doch positiv.«

Sie lässt ihre Hände fallen, sie sieht, dass das für ihn nicht einmal eine Option ist.

»Ich glaube, dass du noch tief in deiner Trauer steckst, Engel. Du solltest erst wieder zur Ruhe kommen und dann können wir noch einmal über all das sprechen, okay?«

Sie sagt nichts mehr, als er ihr einen Kuss auf die Lippen gibt. Sie gehen zusammen zu seinem Auto, er wird das nicht noch einmal ansprechen, es ist für ihn nicht einmal eine Möglichkeit.

Auf dem Beifahrersitz sieht Lara still aus dem Fenster. Sie hat geahnt, dass er so reagieren wird und sie fühlt sich müde, weil sie weiß, dass sie so kaum eine Chance auf eine gemeinsame Zukunft haben. Und auch wenn sie Issa auf keinen Fall verlieren möchte, weiß sie, dass das wahrscheinlich gar nicht zu vermeiden ist und das schnürt ihr die Kehle zu.

Auch er sagt keinen Ton. Sie halten vor Issas Haus. Es ist stockduster, als er den Motor abschaltet. Er bleibt sitzen und lehnt seinen Kopf an die Nackenstütze. »Ich möchte nicht, dass du unglücklich bist.« Lara sieht zu ihm. Einen Moment zögert sie, doch dann setzt sie sich auf seinen Schoß. »Das bin ich nicht.« Sie küsst seine Wange. »Ich war noch nie so glücklich wie mit dir.« Sie küsst seine Lippen, sie spürt, wie sich in ihrem Magen diese starke Sehnsucht aufbaut.

»Doch ich weiß nicht, ob wir es so wie es momentan ist schaffen, Issa, und ich will uns beide nicht verlieren. Ich liebe dich, doch wir wissen beide, dass das nicht immer reicht.« Issa sieht ihr in die Augen; auch wenn es dunkel ist, fühlt es sich so intensiv wie niemals zuvor an, und als er sie küsst, küsst Lara ihn fordernd zurück.

Sie waren sich die ganze Zeit nah, doch nicht mehr auf diese Weise, seit Issa verhaftet wurde. Es ist eine Mischung aus Sehnsucht, Verzweiflung, Trauer und tiefer Liebe und dem Wissen, dass es nicht für immer ist, die die Führung übernimmt.

Lara zieht Issa ungeduldig die Jacke und das Shirt aus und knöpft seine Hose auf. Er zieht ihr alles aus und als er ihre Brust liebkost, stöhnt Lara laut auf. Auch Issa ist ungeduldig, er hilft ihr aufzustehen, streift ihr die Hose ab und liebkost sie; als sie sich dann wieder auf seinen Schoß setzt, vereint sie sie beide und seufzt auf, sie lehnt sich gegen das Lenkrad und schließt die Augen, während sie sich zu bewegen beginnt und Issa sie verlangend küsst. Lara sucht Halt an seinen Schultern, seine Lippen verlassen ihre, er lehnt sie wieder zurück und widmet sich ihren Brüsten, dann beißt er liebevoll in ihr Kinn und sieht ihr in die Augen.

»Du gehörst zu mir, Lara, das war immer so und wird so bleiben, das zwischen uns wird nicht enden. Das lasse ich nicht zu, dafür liebe ich dich viel zu sehr.«

Kapitel 15

»Guten Morgen.«

Ohne die Augen zu öffnen, kuschelt sich Lara an Issas Brust. Seine Hand fährt unter ihre Haare und er küsst ihren Scheitel, aber auch er macht keine Anstalten, aufzustehen. Issa hat heute einen Gerichtstermin, zusammen mit Ibo und einigen anderen begleiten sie einen Cousin, der wegen Hehlerei angezeigt wurde.

Es ist jetzt knapp zwei Wochen her, dass sie aus London zurückgekommen ist. Sie haben seitdem immer wieder davon gesprochen, dass es Lara schwerfällt, mit dieser Seite in Issas Leben zurechtzukommen. Sie weiß, dass er versucht, ehrlich zu ihr zu sein, doch sie befindet sich in einem merkwürdigen Kreislauf. Je ehrlicher Issa ist, desto mehr versteht Lara, dass Issa, auch wenn er vielleicht direkt nichts Illegales tut, immer ein Teil von all dem sein wird.

Auch der Termin heute: Lara weiß, dass sie ihrem Cousin helfen und dass nicht alles, was sie aussagen, der Wahrheit entspricht. Sie versteht, dass Issa ihm helfen will, aber nicht, dass er vor Gericht lügen möchte. Also versuchen sie, damit zurechtzukommen. Er sagt ihr ehrlich was ist und sie bittet ihn, nicht auszusagen. Sie einigen sich dann meistens darauf, dass Issa dem Anwalt Bescheid gibt, dass er als Letzter aussagen will und wenn der Anwalt denkt, die anderen Aussagen reichen schon, macht er keine Aussage.

Sie versuchen beide, mit der Situation umzugehen, denn ansonsten gibt es kein Problem zwischen ihnen, im Gegenteil. Lara trauert noch immer, jeden Tag denkt sie an ihren Vater, sie verkraftet vor allem sehr schwer, dass sie in seinen letzten Stunden nicht bei ihm war. Das steckt tief in ihr drin, doch Issa hilft ihr über all das hinweg.

Sie lieben sich, sie sind ständig zusammen, Issa schläft jede Nacht bei ihr. Seit dem SEK-Einsatz ist Lara nicht mehr in Issas Wohnung gegangen und er fragt auch gar nicht weiter deswegen nach. Sie sind einfach bei ihr.

Es ist für Lara wunderschön, diese Beziehung mit Issa zu führen. Sie verstehen sich sehr gut, er bringt sie zum Lachen, er ist ihr Halt, sie liebt es, Zeit mit Issa zu verbringen und sie sind sehr schnell wieder zu einer richtigen Einheit zusammengewachsen. Das Einzige, was ihnen schwer im Magen liegt, ist das Problem mit Issas Familie und das ist ein großes Problem, was sich nicht so einfach beiseiteschieben lässt, so oft Lara ihn auch bittet, einfach all das hinter sich zu lassen und neu anzufangen.

Sie war vor drei Tagen wieder an ihrem Traumhaus. Tatjana und sie sind zusammen hingefahren, nachdem sie einen Tag in diesem Wellnesshotel verbracht hatten, wo sie auch mit Sara vor Kurzem war. Eine kleine Auszeit vom Alltag, und Lara war sehr erleichtert, dass das Haus noch nicht verkauft wurde. Sie hat sich dieses Mal in der Stadt nach dem Maklerbüro erkundigt und wird dort bald anrufen und einen Termin vereinbaren, um nähere Informationen zu bekommen.

Vielleicht sollte sie es einfach tun, das Haus kaufen und darauf hoffen, dass Issa viel Zeit bei ihr verbringt und sich so nach und nach alles fügt, doch sie spürt auch, dass Issa nicht einmal in Erwägung zieht, dieses Leben hinter sich zu lassen.

Es geht Lara nicht darum, dass er seine Familie verlassen soll, doch er muss sich von diesen Geschäften und all dem, was damit zu tun hat, zurückziehen. Er sollte einer normalen Arbeit nachgehen, es passiert immer wieder, dass Lara Gespräche mitbekommt, wo es um ganz andere Dinge geht: Treffen, Vereinbarungen, die gar nichts mit Immobilien zu tun haben, doch wenn sie Issa darauf anspricht, sagt er immer, dass das um seine Geschäfte geht. Sie denkt nicht, dass man allein mit Immobilien so viel Geld machen kann, wie Issa es hat.

Sie versucht das zu verdrängen, doch es klappt immer weniger und Lara weiß, dass das auf Dauer nicht gut gehen wird.

162

»Ich muss langsam los, bist du sicher, dass du es später nicht schaffen wirst?«

Morgen Abend findet eine große Hochzeit von einem von Issas Cousins statt und heute Abend treffen sich schon einige Mitglieder seiner Familie bei seiner Mutter im Haus, die alle aus ganz Deutschland anreisen. Issa wollte Lara gern dabei haben, doch Sara hat Geburtstag und sie planen einen schönen Frauenabend mit ihr, außerdem hat Lara Issas Familie seit dem Krankenhaus auch nicht nochmal gesehen.

Die Mutter grüßt sie immer wieder, doch seit Issa die Verlobung abgesagt hat, dachte sie, es wäre erst einmal besser, dass ein wenig Zeit vergeht. Morgen wird sie aber spätestens alle wiedersehen und Lara ist schon ziemlich nervös und froh, heute mit ihren Freundinnen zusammen zu sein.

Langsam löst sie sich von Issa und legt sich auf den Rücken. »Wir feiern Saras Geburtstag, aber du wirst auch ohne mich deinen Spaß haben.« Issa folgt ihr und legt sich über sie. »Ich denke nicht, dass ich ohne dich wirklichen Spaß haben werde.« Zärtlich blickt er über ihren Körper und Lara lacht auf, als seine Lippen an ihrem Hals entlangfahren. »Du musst ...«

Sein Handy klingelt und unterbricht sie. Es ist Basim und Issa geht schnell duschen, Lara macht währenddessen etwas zum Frühstück und einige Minuten später verlässt Issa ihre Wohnung. Lara sieht aus dem Fenster, als er in sein Auto steigt, wie so oft in letzter Zeit fährt kurz nach ihm ein schwarzer Mercedes los, der ihnen immer wieder folgt. Issa sagt, dass sie alle zurzeit überwacht werden und dass das irgendwann aufhört, doch Lara fühlt sich schrecklich, wenn sie irgendwo essen sind und der Wagen draußen steht. Sie hat das Gefühl, auf Schritt und Tritt beobachtet zu werden, und erst jetzt, als Issa geht, fühlt sie sich etwas erleichterter. Mit ihm geht auch die Überwachung durch die Polizei. Sie hätte niemals gedacht, dass sie jemals mit solchen Sachen zu tun haben wird.

Nachdem Issa weg ist, macht sich auch Lara fertig für die Arbeit. Tatjana, Amelia, Sara und sie haben heute die Schicht zusammen, was sehr selten vorkommt, doch sie haben es hinbekommen und so macht die Arbeit richtig Spaß.

Sara war die letzten Tage nicht so gut gelaunt. Sie hat Lara anvertraut, dass sie Basim ein wenig vermisst, sie waren nicht fest zusammen, doch sie haben schon einige Zeit zusammen verbracht und sie mag ihn. Sie hat den Kontakt abgebrochen, weil sein Leben nicht zu ihr passt, nicht weil sie sich nicht verstehen, und das ist schwerer, als hätten sie sich einfach nicht verstanden und gestritten. Lara versteht sie wahrscheinlich am allerbesten, genau das ist auch ihr Problem.

Heute Morgen hat Sara einen riesigen Strauß Blumen und teure Pralinen von Basim zugeschickt bekommen. Sara freut sich einfach, heute mal wieder herauszukommen und Spaß zu haben. Nichts anderes haben sie vor.

Zur Mittagszeit wird Lara in die Erste Hilfe gerufen und sieht überrascht zu Issas Mutter und einer jungen Frau mit Kopftuch. Sobald Issas Mutter sie entdeckt, stehen beide auf und seine Mutter beginnt zu strahlen. »Hallo Lara, ich hoffe, es ist nicht schlimm, dass wir dich stören, wir wollten nur kurz mit dir sprechen und haben nach dir gefragt.«

Lara umarmt die Mutter kurz und gibt der jungen Frau die Hand. »Nein, schon gut. Ein paar Minuten habe ich Zeit. Ich wollte sowieso mal mit Issa vorbeikommen, aber wir hatten in der letzten Zeit viel zu tun. Wir können in den Garten gehen.« Sie führt die beiden Frauen in den Garten des Krankenhauses, wo sie sich zusammen auf eine Bank unter einen Baum setzen und Lara sich zu der Mutter wendet.

»Ja, ich weiß. Ich habe das von deinem Vater gehört. Es tut mir sehr leid. Er war ein guter Mann. Ich hoffe, Issa hat dir unser Beileid ausgerichtet.« Lara nickt und lächelt. Sobald jemand ihren

Vater anspricht, zieht sich ihr Herz schmerzvoll zusammen, doch Lara versteckt das gut hinter einem Lächeln.

Issas Mutter deutet zu der jungen Frau, die neben ihr sitzt und auf den Boden blickt. »Das ist Naima. Wegen ihr bin ich hier. Du weißt ja, dass morgen eine Hochzeit stattfindet und heute schon viel Besuch ankommt. Auch Naima und ihre Familie. Eigentlich sollte sie heute Issa richtig kennenlernen. Sie ist seine Verlobte, zumindest war das so gedacht.«

Auch wenn es mittlerweile sehr kalt ist und Lara sich ihren Arztkittel zuhält, spürt sie, wie die Hitze in ihr hochsteigt und ist sich sicher, dass sich ihre Wangen sofort rot gefärbt haben. Lara hat mit allem gerechnet, aber nicht damit. Sie sieht die junge Frau das erste Mal richtig an.

Die Frau, die Issa heiraten sollte, ist hübsch. Sie hat ein feines Gesicht, große dunkle Augen und einen schönen Mund. Nun sieht sie nicht mehr auf den Boden, sondern Lara direkt in die Augen und sie weicht diesem intensiven Blick aus.

»Ja … ich habe davon gehört, doch du weißt ja, dass Issa und ich wieder zusammengefunden haben. Wir wollten niemanden verletzen. Wirklich nicht.« Sie sieht Naima entschuldigend an, für sie ist das sicherlich nicht schön, aber wie auch Issas Mutter schon gesagt hat, die beiden kannten sich noch nicht einmal und manchmal passieren einfach unvorhergesehene Dinge.

Issas Mutter greift nach Laras Hand und drückt sie. »Das wissen wir, ich bin dir unendlich dankbar, dass du Issa das Leben gerettet hast, genau wie er es ist. Doch … ihr seid keine Kinder mehr. Ihr seid erwachsen und Issa ist Anfang dreißig. Es ist schon lange Zeit, dass er heiratet und Kinder bekommt. Wir wissen, dass ihr euch mögt und dass du Issa wichtig bist, doch zu einer Ehe gehört so viel mehr. Ihr habt nicht die gleiche Religion, nicht die gleiche Herkunft, es mag sein, dass ihr euch jetzt gut versteht, doch ihr habt nichts, worauf ihr etwas aufbauen könntet. Verstehst du? Hast du darüber schon einmal nachgedacht?«

Wahrscheinlich kann Lara nicht sehr gut verbergen, dass sie fassungslos ist. »Was genau wollt ihr mir hier gerade sagen? Oder worum wollt ihr mich bitten?« Sie ahnt es, doch sie kann nicht glauben, dass die beiden wirklich deswegen herkommen.

Issas Mutter hält ihre Hand noch immer. »Issa wird Naima heute und morgen kennenlernen. Wir sind hier, damit du darüber nachdenkst, für die Wochen, die ihr zusammen seid, nicht seine Chance auf eine glückliche Zukunft zu zerstören. Du magst Issa doch, möchtest du nicht, dass er glücklich ist?«

Man hört so oft, dass sich Worte wie ein Schlag ins Gesicht anfühlen können, und das erste Mal in ihrem Leben spürt Lara das in diesem Moment.

Sie schätzt Issas Mutter sehr und nur das lässt sie noch ruhig bleiben. Sie möchte keinen Streit, doch sie fühlt sich sehr angegriffen.

»Ich mag Issa nicht, ich liebe ihn und ich denke, dass er mich auch liebt. Es stimmt, ich habe noch nicht an eine Hochzeit gedacht und ich weiß auch nicht, was die Zukunft für Issa und mich bereithält, doch ich weiß, dass ich ihn nicht zwinge, bei mir zu bleiben. Er kann gehen, wenn er das möchte, aber er möchte es offensichtlich nicht, er ist bei mir, weil er es möchte und vielleicht solltet ihr seinen Willen einfach akzeptieren.«

Sie steht auf. »Es tut mit leid, aber ich muss weiterarbeiten. Ich wünsche euch viel Spaß heute.«

Ohne noch eine Antwort abzuwarten, geht Lara wieder ins Krankenhaus zurück. Sie ist aufgebracht, wütend, doch sie möchte nicht, dass jemand von diesem Besuch erfährt.

Sie verzichten alle auf ihre Pause und machen sich eine halbe Stunde früher fertig.

Issa und sie haben sich zwischendurch geschrieben. Der Gerichtstermin ist gut gelaufen und sie sind alle bei seiner Mutter. Sie wird mit Naima bereits zurück sein und Laras Magen zieht sich zusammen, als sie daran denkt, dass nun alle alles daran setzen, Naima und Issa zusammenzuführen, sie würde ihm am liebsten sagen, dass seine Mutter bei ihr war, doch sie möchte auch keinen Streit verursachen. Deswegen schickt sie nur einen Daumen nach oben und steckt ihr Handy weg.

Lara zieht sich einen knielangen, engen lachsfarbenen Rock und ein weißes enges Top an. Sie macht sich etwas mehr als sonst zurecht, trägt mehr Make-up auf, und als sie dann zu ihrer ersten Station fahren, ist ihre Laune bereits sehr gut. Heute Nacht wird sie sich amüsieren und all die Bedenken und Sorgen vergessen, die Trauer um ihren Vater, die Gedanken wegen Issa und den Besuch der Mutter, all das schiebt sie weit von sich.

Sie fahren zu einem brasilianischen Restaurant, in dem sie lecker essen und zusammen mit den Samba-Tänzerinnen tanzen. Dort trinken sie auch schon ein wenig und fahren danach zu einem Club für Frauen, wo immer Stripper auftreten und Frauen einfach nur Spaß haben, ohne ständig angemacht zu werden. Sie hat noch nie viel von den Strippern gehalten und auch heute ignoriert sie diese komplett und tanzt bis zum frühen Morgen mit ihren Freundinnen.

Eine große Torte wird an ihren Tisch gebracht, sie trinken und haben Spaß und Lara gelingt es auch wirklich, nicht zu viel nachzudenken, woran sicherlich auch die Gläser Alkohol ihren Anteil haben, die sie zu sich nimmt. Sonst trinkt sie selten und sie merkt schnell, wie ihr der Alkohol zu Kopf steigt. Doch sie hat sich lange nicht mehr so gut und frei gefühlt.

Als Tatjana sie von der Tanzfläche winkt, setzt sie sich nach vielen Liedern und vielen Cocktails an ihren Platz zurück. Sobald Lara sitzt, spürt sie, wie sich alles dreht. »Ich rufe dich schon die ganze Zeit. Du sollst vor den Club kommen, Sara wurde rausgerufen und ich glaube, dein Freund ist auch da.«

Erst jetzt zieht Lara ihr Handy aus ihrer kleinen Clutch und findet einige Nachrichten und Anrufe darauf. Es ist bereits vier Uhr am Morgen. »Okay, ich gehe mal raus. Bleibt ihr noch?« Tatjana nippt an einem Glas und steht wieder auf, um zu Amelia zu gehen.

»Natürlich, die Nacht hat gerade erst angefangen.« Lara lacht und steht auf.

Der Raum dreht sich immer mehr.

Als sie noch getanzt und sich mitgedreht hat, ist ihr das nicht so aufgefallen, jetzt atmet sie tief durch. Sie geht langsam zum Ausgang, hier dürfen ja keine Männer herein, doch am Eingang des Clubs steht Sara an der Wand und Basim küsst sie. »Oh là là, was sehe ich da ...« Lara lacht und klopft Basim auf die Schulter, der sie genau betrachtet.

»Issa steht schon eine Weile draußen, du bist doch nicht betrunken, Lara?« Er lacht und Lara deutet mit ihren Fingern, dass sie nur ein klein bisschen betrunken ist, doch sie bekommt die Tür nicht auf und Basim lacht laut auf, als ein Security-Mann ihr hilft.

Sobald Lara die kalte Luft spürt, bleibt sie stehen und atmet tief ein. Erst dann sieht sie Issas Auto. Im selben Moment steigt er aus und kommt zu ihr.

»Wozu hast du eigentlich ein Handy?« Lara mustert ihn von oben bis unten. Er ist sportlich angezogen, er hat sich also nicht sonderlich zurechtgemacht. Er kommt zu ihr und Lara will ihm entgegenlaufen, doch es dreht sich wieder alles und sie bleibt stehen. »Ich habe es vergessen, was tust du hier, solltest du nicht bei deinen ... Leuten sein?«

Auch wenn sie betrunken ist, sieht sie genau, wie Issa sie mustert und dann zu ihr kommt. »Bist du betrunken?« Lara sieht ihm in die Augen, in ihr kommen die Worte seiner Mutter wieder hoch.

»Du weißt, dass ich ... so bin, wie ich bin. Ich bin nicht sehr religiös und werde das wahrscheinlich auch nie sein und wenn, dann bin ich eine Christin und ich weiß nicht, wann und wie ich heiraten möchte und ich ...«

Issa lacht und nimmt ihr Gesicht zärtlich in seine Hände. »Lara, ich habe mich genauso wie du bist in dich verliebt und ich liebe dich, du musst nichts ändern oder dir wegen irgendetwas einen

Kopf machen. Komm, Engel. Ich bring dich nach Hause, bevor du mir hier noch umfällst.«

Kapitel 16

Sehr viel mehr bekommt Lara auch nicht mit.

Sie wacht am nächsten Morgen mit starken Kopfschmerzen auf, Issa ist schon weg, doch er hat ein Glas Wasser und Kopfschmerztabletten neben ihr Bett gelegt. Heute am Tag der Hochzeit wird er viel zu tun haben. Sie schluckt die Tablette, trinkt etwas und geht duschen.

Nach und nach kommt alles wieder hoch und sie muss an Issas Mutter denken. Es ist schon später Nachmittag und Lara ruft Issa an, sobald sie aus der Dusche gestiegen ist. Er fragt, ob alles in Ordnung ist und erinnert sie daran, dass er sie bald abholen wird. Lara geht zu ihrem Schrank, wo seit einigen Tagen das traumhaft schöne und teure Kleid hängt, was sie heute anziehen wollte.

»Es tut mir so leid, ich habe gerade einen Anruf bekommen. Ich muss in die Klinik, es gibt mehrere Ausfälle und sonst kann niemand einspringen.« Lara schließt die Augen. Das fühlt sich falsch an und sie weiß, wie enttäuscht Issa sein wird.

»Nicht im Ernst, Lara. Kann das niemand sonst machen? Ich dachte, dass ...« Lara hört seine Enttäuschung und es tut ihr leid, doch das Letzte, was sie jetzt tun kann, ist es, mit seiner Mutter und dieser Naima in einem Saal zu sein und auch die Blicke all der anderen Verwandten auf sich zu spüren, die sich in einem alle einig sind: Dass Issa und Lara nicht zusammen sein sollten.

Lara fühlt sich schlecht, als sie auflegt. Es ist nicht einmal nur das, zu wissen, dass alle sie dort nur ansehen und denken werden, sie sollte nicht mit Issa zusammen sein. Ihr ist bewusst, dass sie dort gar nicht sein will, weil auch sie sich nur die Leute ansehen und denken würde: Wer hier gehört zu den Guten, wer zu den Schlechten? Sie ist sicher, dass diese Hochzeit von der Polizei überwacht wird.

Lara setzt sich auf ihre Couch und legt den Kopf nach hinten. Sie hat ein schlechtes Gewissen und ärgert sich, dass sie in solch einer Situation sind, dass sie sich so wohl mit Issa fühlt und so unwohl mit dem Leben, was er lebt. Ihr wurde immer beigebracht, dass man einen Menschen ganz lieben muss, mit allen Fehlern, Kanten und Ecken, doch seine Familie und die Geschäfte, die sie machen, sind etwas, woran sie sich niemals gewöhnen wird.

Sie weiß das und das auch nicht erst seit einigen Tagen und sie muss sich fragen, ob sie jemals damit leben kann oder nicht und ob sie das irgendwann einfach tolerieren kann, doch sie kann es sich einfach nicht vorstellen, auch wenn sie Issa so sehr liebt.

Natürlich hat Lara keinen Dienst, sie hat frei, sie hatte sich schon lange freigenommen für diese Hochzeit und legt sich jetzt auf die Couch. Sie bestellt Pizza und sieht sich einen kitschigen Liebesfilm an, wo es auch einige Probleme gibt, doch diese werden nach und nach gelöst und am Ende ist alles gut. Und das ist es, was ihr wie ein schwerer Stein im Magen liegt, auch wenn sie es noch so sehr hofft, sie weiß einfach nicht, wie das bei ihr gut werden soll, es ist etwas, was man nicht so einfach beheben kann, es liegt nicht an Issa.

Er ist perfekt, alles ist sonst perfekt, doch er müsste dieses Leben komplett aufgeben, neu anfangen, richtig arbeiten und seine Familie wirklich nur noch als Familie sehen und sich nicht mehr an irgendwelchen Geschäften beteiligen. Lara weiß noch nicht einmal, ob sie das verlangen kann oder ob sie das selbst jemals tun würde, doch sie weiß, dass sie sonst keine Zukunft haben, sie wird sich nicht daran gewöhnen, dass ihr Mann ständig zu Gerichtsterminen muss, dass sie überwacht werden, dass sie wahrscheinlich nie ganz genau erfahren wird, um was für Geschäfte es wirklich immer gehen wird und dass er im Grunde immer in Gefahr ist.

Manchmal spricht Lara ihn darauf an, seine Wunden sind verheilt, doch es sind Narben geblieben. Er hat fast sein Leben verloren, sie war dabei, sie weiß, wie knapp es war und fragt sich, ob er nicht manchmal damit zu kämpfen hat, ob er nicht Konsequenzen daraus ziehen möchte, doch Issa lenkt sofort ab, wenn es um dieses Thema geht. Er will darüber nicht sprechen.

Nachdem der Film zu Ende ist, schreibt Lara Issa und fragt, wie es ist und sieht auf den sozialen Medien nach. Basim hat einige Videos gepostet. Zu sehen sind ein hupender Autoumzug, ein festlich geschmückter Saal mit lauter arabischer Musik, die Braut und der Bräutigam sind zu sehen. Genau wie Naima trägt auch die Braut ein Kopftuch. Es werden mehr Videos der Hochzeit gezeigt und Lara fällt auf, dass viele Frauen hier ein Kopftuch tragen, die meisten.

Immer wieder ist auch Issa auf den Bildern zu sehen. Er sieht sehr gut aus, er war noch beim Frisör, seine Haut schimmert und er sieht fantastisch in seinem schwarzen Anzug aus. Immer wieder tauchen Bilder auf, die Issa und Basim mit verschiedenen Männern zeigen, unzähligen, die Familie ist riesig.

Dann sieht man auch ein Video von einem Tisch, an dem Issa, seine Mutter und auch Naima sitzen. Sie unterhalten sich gerade alle zusammen und Naima lächelt Issa an. Naima fühlt sich dort offenbar sehr wohl, sie soll ja auch ein Teil dieser großen Familie sein, und das erste Mal weiß Lara nicht, ob Issas Mutter nicht sogar recht hat und das für Issa viel leichter wäre. Lara merkt ja auch, dass es ihn belastet, dass sich Lara so schwer mit alldem tut. Sie weiß, dass er ihre Blicke zu den Autos der Polizei spürt und das Misstrauen in ihren Fragen hört, und spürt wie heute, dass sie sich am liebsten aus allem herausziehen möchte.

Nach einiger Zeit legt Lara ihr Handy weg und sieht sich einen weiteren Film an. Irgendwann antwortet Issa, dass alles gut ist und alle nach ihr fragen, was sie sich allerdings nicht vorstellen kann. Lara hat nichts getan heute und ist sogar zu faul und zu deprimiert, um sich in ihr Bett zu legen. Irgendwann muss sie bei einem weiteren Film eingeschlafen sein. Am nächsten Morgen wird sie mit Pizza auf ihrem Bauch und laufendem Fernseher wach.

Es ist schwer, den Traum der letzten Nacht von sich zu schütteln. Sie hat sich vorgestellt, dass sie sich doch entschlossen hat, auf diese Hochzeit zu gehen, sich zurechtgemacht hat und mit flatterndem Herzen zu dieser Halle gefahren ist. Als sie sie dann betreten hat, wurde alles ruhig. Die laute Musik verstummte und alle sahen sie an.

Das Brautpaar, was gerade die Torte angeschnitten hatte, drehte sich zu ihr um und Lara sah in Issas Gesicht, der Naimas Hände hielt. Als wäre es wirklich passiert, kann sich Lara noch an das Gefühl erinnern, was in ihr hochgekommen ist, die Tränen spüren, die ihr in die Augen gestiegen sind und dass Issas Mutter sie aus dem Saal herausgebracht und ihr gesagt hat, dass sie doch vernünftig sein und Issa sein Glück gönnen sollte.

»Issa?« Lara sieht sich um, sie geht in ihr Schlafzimmer, doch er ist nicht da und er scheint auch nicht hier gewesen zu sein. Sie haben es nicht verabredet, doch sie haben die letzten Wochen jede Nacht zusammen verbracht und Lara war davon ausgegangen, dass er auch heute Nacht kommen wird. Sein Handy ist aus, die Hochzeit wird sicher lange gegangen sein. Lara macht sich fertig und geht einkaufen, dann räumt sie die Wohnung auf und fährt los zur Arbeit.

Es ist bereits später Nachmittag, aber Issa meldet sich nicht. Er hat nicht einmal sein Handy an, doch wahrscheinlich schläft er nur einmal richtig aus. Als sie dann aber mit Sara telefoniert, die sie anruft, um nachzufragen, was gestern los war, merkt sie erst, wieso Issa sich nicht meldet.

Basim und Issa waren gestern Nacht noch am Krankenhaus. Basim hat Sara, die tatsächlich gearbeitet hat, abgeholt, um mit ihr zu reden und als Issa nach Lara gefragt hat, konnte Sara nicht verstehen, was er meint und hat ihm gesagt, dass sie nicht arbeitet. Er weiß, dass sie gelogen hat.

Sie versucht erneut, ihn anzurufen und schreibt ihm, dass sie mit ihm sprechen muss, doch er reagiert nicht. Die ganze Zeit hatte sie ein schlechtes Gewissen, doch nun kann sie sich kaum auf ihre Arbeit konzentrieren, so groß ist es. Sie hätte ihn nicht anlügen sollen, er ist immer so gut zu ihr, so etwas hat er nicht verdient. Lara hat auch niemals damit gerechnet, dass er so früh von der Hochzeit weggeht, um sie abzuholen, sie hätte gedacht, er würde später zu ihr nach Hause kommen.

Sobald sie Dienstschluss hat, sieht sie auf ihr Handy, doch statt einer Nachricht von Issa findet sie eine Nachricht von Sara, die ihr geschrieben hat, dass sie sie unbedingt anrufen soll. Während sie das tut, steigt sie in ein Taxi und lässt sich zu Issa fahren, obwohl es mitten in der Nacht ist.

Sara ist ganz aufgeregt, sie erzählt ihr, dass es in der Nacht eine Schießerei gegeben hat. Es ist auf die Männer geschossen worden, die damals für die Schüsse auf Issa und das Café der Familie verantwortlich gewesen sein sollen. Sie hat es im Radio gehört und auch im Krankenhaus angerufen.

Als sie Basim angerufen und deswegen gefragt hat, war er ganz komisch. Deshalb ist sie zu ihm gefahren, er war anders und Sara hat die Vermutung, dass er es war, der diese Schüsse abgegeben hat. Und als sie ihn direkt gefragt hat, hat er es nicht einmal abgestritten, er hat sie nur angesehen und gesagt, dass er nur das tut, was sie eh von ihm erwarte.

Sara ist völlig aufgelöst, sie hat von einer Freundin erfahren, dass die Opfer in ein anderes Krankenhaus eingeliefert wurden und es mehrere Leichtverletzte und einen Mann im kritischen Zustand gibt. Die Polizei weiß nicht, wer dahintersteckt, auch wenn sie natürlich eine Vermutung hat, doch es gibt keinerlei Beweise.

Lara atmet tief aus. Die ganze Familie war hier und sie weiß, dass es Pläne gab, das zu rächen, doch sie hat nicht wirklich damit gerechnet. Sie erklärt, dass sie gerade auf dem Weg zu Issa ist und Sara sagt ihr, dass sie noch vor einer Stunde alle im Club gesehen hat, aus dem Lara Issa letztens schon herausgeholt hat.

Sie gibt dem Taxifahrer Bescheid und er fährt zu dem Club. Lara verspricht Sara, sich zu melden, sobald sie mit Issa gesprochen hat. Als sie dann vor dem Club aussteigt, weiß sie, dass sie versuchen sollte, einen klaren Kopf zu behalten. Statt in den Club zu gehen, spricht sie einen Security-Mitarbeiter an und bittet ihn, Issa herauszuholen. Natürlich weiß er, wer er ist und geht in den Club. Halbnackte Frauen tanzen auf den Tischen und sie stellt sich ein wenig mehr in die Ecke. Sie ist sich absolut sicher, dass sie gerade auch von der Polizei beobachtet wird und ermahnt sich selbst, ruhig zu bleiben.

Es dauert eine Weile, bis Issa herauskommt.

Sie bemerkt sofort, dass er etwas getrunken haben muss, er sieht wütend zu ihr. »Na, bist du endlich mit deiner Arbeit fertig?« Lara zieht ihn am Arm ein wenig mehr zur Seite und sieht ihm dann in die Augen, die sie enttäuscht ansehen.

»Es tut mir leid, Issa. Ich hätte das nicht tun sollen, doch ich wollte dir auch nicht die Wahrheit sagen, wieso ich nicht auf die Hochzeit kommen wollte und dafür sorgen, dass du noch einmal Streit mit deiner Mutter ...«

Er hebt die Hand.

»Was hat sie getan?« Lara wollte es nicht, doch noch weniger möchte sie Streit mit Issa. »Sie hat es sicherlich nur gut gemeint und ist mit Naima zu mir ins Krankenhaus gekommen und hat mich gebeten, darüber nachzudenken, was besser für dich ist. Dass ich in diesem Moment vielleicht gut zu dir passe, aber dass das nichts auf Dauer ist, nichts, was eine Zukunft hat.«

Lara atmet tief ein, um nicht zu weinen anzufangen, die Worte haben sie so tief verletzt, dass das Gefühl auch jetzt wieder in ihr hochkommt, und das sieht Issa auch. »Ich wollte nicht auf diese Hochzeit und genau wissen, dass alle dich dort lieber mit dieser Naima sehen würden, und ich wollte auch nicht, dass du sauer auf deine Mutter wirst und deswegen habe ich gesagt, ich muss arbeiten, um all das zu umgehen, doch ich wollte dich dabei natürlich nicht … das war nicht richtig.«

Die düstere Miene entspannt sich ein wenig. »Nein, das war es nicht. Das Wichtigste ist, dass wir beide immer ehrlich sind. Es ist nicht leicht, das sage ich auch gar nicht, doch umso wichtiger ist es, dass wir uns nicht anlügen, Lara.« Sie nickt.

»Was war gestern Nacht? Wo wir schon dabei sind, nicht zu lügen?« Issa sieht ihr in die Augen. »Einem nicht immer alles zu sagen, um die Sache nicht noch komplizierter zu machen, als sie eh schon ist, ist etwas ganz anderes.«

Nun wird sie auch sauer. »Nein, ist es nicht. Hast du etwas damit zu tun, was gestern passiert ist? Warst du dabei?« Er schüttelt den Kopf. »Nein, ich war nicht dabei, du kannst die fragen, die haben mich die ganze Nacht verfolgt.« Er deutet zu zwei Autos in der Parklücke, in dem garantiert wieder Polizisten drin sitzen. »Du nicht, aber du weißt etwas darüber?«

Issa zieht sie in eine kleine Nische und tritt ganz nah zu ihr. »Lara, versuch doch einfach, all das zu vergessen. Es betrifft unser Leben nicht. Wieso kannst du damit nicht einfach zurechtkommen und akzeptieren, dass meine Familie so ist. Wir sind erwachsen geworden, doch in diesen Momenten vermisse ich es wieder, ein Kind zu sein. Da haben wir einfach damit gelebt und nicht alles hinterfragt.«

Lara weicht zwei Schritte zurück.

»Sie haben unsere Familie angegriffen und es musste etwas passieren, doch ich hatte nichts damit zu tun.« Sie sieht ihm in die Augen. »Und du denkst, nur weil du nicht den Abzug gedrückt hast, macht es das besser, wenn du doch Bescheid weißt? Ich kann nicht glauben, dass du so denkst, Issa. Ich …«

Er unterbricht sie.

»Weißt du, Lara, so langsam denke ich wirklich, so schwer es mir auch fällt, dass alle die sagen, dass das nicht klappen kann, dass sie recht haben. Hast du eine Vorstellung davon, wie schwer es ist, jeden Tag mit ansehen zu müssen, wie sehr es dich quält, mit der Polizei im Nacken zu leben? Ich verstehe das, Engel, vollkommen. Ich weiß, dass ich dein Leben komplett auf den Kopf gestellt habe und es lässt mich manchmal nachts kaum schlafen. Ich weiß, dass ich nicht gut für dich bin. In einer Beziehung sollte man sich doch gut fühlen und keiner von uns beiden tut das. Du bist Ärztin, dein Leben ist so rein und perfekt, bevor ich da war, war dein einziges Problem, ob du vegan oder vegetarisch zu Mittag isst und alles war in Ordnung. Denkst du, damit kann ich gut leben? Ich weiß, dass wenn ich dich wirklich liebe, und das tue ich mehr als alles andere, ich dich gehen lassen muss, dir diesen Druck nehmen sollte und dein Leben wieder friedlich verlaufen lassen müsste.«

Lara lacht bitter auf.

»Ist das dein Ernst?« Issa sieht ihr weiter in die Augen und diesen Ausdruck darin hat sie noch niemals vorher bei ihm gesehen. »Ich weiß es nicht, aber ich weiß, dass ich diese Angst und Unsicherheit darin niemals wieder sehen möchte.«

Eigentlich ist sie immer die Vernünftige und Ruhige, doch dieses Mal kann sie nicht anders. Sie schubst Issa von sich und ihre Wut bricht aus ihr heraus.

»Und das ist deine Lösung? Mich zu verlassen, statt auf diesen Scheiß zu verzichten? Du hast es nicht einmal in Erwägung gezogen, ist es das wert?«

Sie nickt in den Club, wo seine Cousins sitzen.

»Fühlt ihr euch jetzt besser, jetzt, wo ein Mann um sein Leben kämpft, bis wieder einer von ihnen kommt und alles von vorne beginnt? Fühlst du dich gut, in einem Bett zu schlafen, von dem die Polizei nur darauf wartet, es dir wegnehmen zu können? Aber weißt du was? Bitte, stoß das einzig Wahre in deinem Leben von dir. Nimm doch Naima zur Frau, die hält sicherlich deine Hand, während du dein Leben immer tiefer in den Mist fährst. Hauptsache, ihr habt die gleiche Religion. Das ist mir alles zu scheinheilig, du machst dir selbst etwas vor, und weißt du was? Ab jetzt werde ich wenigstens wieder richtig atmen können.«

Lara dreht sich um und geht davon. Sie weiß, dass Issa ihr nicht folgen wird und auch, dass die Polizei ihr nicht mehr folgen wird.

Sie atmet tief aus, als sie sich von all dem Wahnsinn so weit wie möglich entfernt.

Kapitel 17

In einer Beziehung sollte man sich doch gut fühlen, aber keiner von uns beiden tut das.

Sie kann diesen Satz nicht vergessen.

Nicht in der ersten Nacht, als sie sich die Augen ausgeweint hat, nicht in den Tagen danach, die alle viel zu langsam vergehen und nicht, wenn sie aus der Klinik kommt und Issa nicht da ist, um sie abzuholen.

Die letzten Wochen mit Issa hat sie sehr genossen und gar nicht richtig bewusst mitbekommen oder bemerkt, was er alles für sie tut. Sie hat diese Kleinigkeiten übersehen, dass er sie täglich abgeholt und dafür gesorgt hat, dass sie sich sehen, dass er immer an sie gedacht hat. Wenn er sich etwas zu essen besorgt hat, hat er immer automatisch sie angerufen, um zu fragen, ob sie etwas möchte. Immer wieder hat er Blumen, Schokolade oder sonst eine kleine Aufmerksamkeit mitgebracht. Jeden Tag hat er ihr gesagt, dass er sie liebt, er war sehr zärtlich zu ihr und hat ihr niemals das Gefühl gegeben, sie wäre nicht gut genug oder ihm würde etwas fehlen.

Das ist etwas, was Lara das erste Mal richtig auffällt in den Tagen der Trennung.

Während sie zusammen waren, hat Lara viel mehr über das Schlechte nachgedacht als über die guten Sachen, die sie zwar immer geschätzt hat, doch wie viel Issa wirklich in diese Beziehung gesteckt hat, wird ihr erst nach und nach bewusst. Er hat ohne zu zögern eine geplante Verlobung beendet und sie niemals vor jemandem verleugnet und Lara fragt sich gerade, ob er auch so positiv an sie zurückdenken kann.

Lara war sehr unsicher und hat ihn oft wegen seiner Arbeit und der Familie angesprochen, aber sie hat seine Nähe immer sehr genossen. Sie hat einige Verabredungen abgesagt, um bei ihm zu bleiben, hat ihm sehr schnell wieder komplett vertraut, hat versucht, libanesisch zu kochen, ihn aufgeheitert, wenn er Stress hatte und jede Nacht auf ihn gewartet, wenn er spät unterwegs war.

Mehr als einmal fragt sich Lara, wie er jetzt an sie zurückdenken wird. Hat das, was sie die letzten Wochen hatten und was so geendet ist, ihre alte Erinnerung an ihre ersten Jahre abgeschwächt oder sogar zerstört?

Sie hofft es nicht, sie will nicht so an Issa zurückdenken, sie weiß, dass sie ihn liebt und wahrscheinlich immer lieben wird und dass er für sie der perfekte Mann wäre, wenn nicht das wäre, was sie getrennt hat. Doch trotz all der Sehnsucht, trotz all der Zweifel weiß Lara am Ende doch auch immer wieder, dass es richtig war.

Die Presse hat sich auf die Schießereien gestürzt wie noch niemals zuvor. Die Zeitungen sind voll, es gibt Talkshows über die Araber-Clans in Deutschland und Dokumentationen. Lara versucht das alles zu ignorieren, doch es geht nicht, es ist unmöglich für sie alle. Nach der Schießerei hat auch Sara den Kontakt zu Basim eeneut abgebrochen und sie versuchen, sich gegenseitig abzulenken.

Fast zwei Wochen lang haben sie überhaupt keinen Kontakt.

Dann beginnt Issa wieder, auf seinen Social Media Accounts zu posten, jetzt ist er ist im Libanon und scheint dort Urlaub zu machen. Immer wenn er mit auf dem Bild ist, sieht er sehr gut aus und strahlt in die Kamera, doch Lara glaubt nicht, dass er wirklich so gelöst ist, wie es auf den Bildern wirkt. Gestern hat er dann ein Bild von ihrem alten Dach mit dem Ausblick gepostet und Lara fragt sich, ob sie jetzt alles kaputtgemacht haben.

Es ist ja nicht nur so, dass eine Beziehung nicht funktioniert hat, es ist ihre ganze Geschichte, die so auseinanderbrechen würde, und das wäre wirklich schade. Sie passen zusammen, sie lieben sich, und ja, das bedeutet nicht immer, dass man auch zusammengehört, das ist Lara bewusst, doch es gibt keinen einzigen Punkt, der sie getrennt hätte, und das macht alles so schmerzhaft. Wäre all das mit dieser Familien- und Clan-Geschichte nicht, stände nichts zwischen ihnen und das treibt Lara immer wieder die Tränen in die Augen.

Alles andere wäre so viel einfacher zu verarbeiten. Hätten sie es miteinander versucht und gemerkt, da sind keine Gefühle, sie verstehen sich nicht so wie erhofft, wenn irgendetwas anderes nicht stimmen würde, wäre es leichter zu akzeptieren und zu verarbeiten als das.

Lara versucht es von sich zu schieben, so weit es geht, doch die Leere in ihrem Herzen wird immer mächtiger. Ihr Vater fehlt ihr, Issa fehlt ihr, die Arbeit und ihre Freunde können das ein wenig abfedern, aber nicht so, wie es sein sollte.

Trotzdem ist sie momentan froh, arbeiten zu können. Heute feiert die Belegschaft den Geburtstag des Krankenhauses. Überall hängen Luftballons, es gibt einen Tag der offenen Tür und Tatjana und sie zeigen Kindern, wie man richtig abhört und den Puls misst. Es ist lustig, sie müssen sich auch um die Station und die Erste Hilfe kümmern, doch es ist zum Glück nicht sehr viel zu tun.

Als sie zwischendurch einmal auf ihr Handy blickt, entdeckt sie überrascht eine Nachricht von Issa. Er fragt knapp, wie es ihr geht und ob bei ihr alles in Ordnung ist. Offenbar hat er die gleichen Gedanken wie sie und ist auch der Meinung, sie sollten nicht alles aufgeben, was sie haben. Sie können versuchen, normale Freunde zu bleiben, wenn ihre Leben schon verhindern, dass da mehr sein wird.

Lara schreibt ihm zurück, dass es ihr gut geht und fragt, ob bei ihm alles in Ordnung ist und wie es im Libanon war. Den Satz mit dem Libanon löscht sie aber schnell wieder. Zum einen soll er nicht das Gefühl haben, sie würde ihn noch immer ausfragen und zum anderen muss er ja nicht wissen, dass sie ständig nachsieht, ob er wieder etwas Neues gepostet hat.

Einen Moment bleibt Lara in der Garderobe stehen und wartet, ob er zurückschreibt, doch dann steckt sie ihr Handy wieder weg. Sie darf erst gar nicht anfangen, sich wieder in etwas zu verrennen. Als ihre Schicht zu Ende ist, geht sie zusammen mit Tatjana und Amelia aufs Dach, wo den ganzen Tag und die ganze Nacht über Ärzte und Schwestern bei Kuchen, Essen und Trinken und leiser Musik zusammen stehen und sitzen und ihre eigene kleine Feier abhalten.

Jetzt setzen sie sich auch dazu, essen etwas, teilen sich ein Stück Kuchen und genießen die kühle Herbstluft nach vielen Stunden im Krankenhaus. Auch Paul Jonas sitzt bei ihnen und auch mit ihm unterhält sich Lara lange. Das erste Mal erwähnt sie vor ihm ihre Gedanken wegen der eigenen Praxis und dem Haus und er ist begeistert. Es ist selten, dass Ärzte so früh ihre eigene Praxis aufmachen. Meist bleibt man im Krankenhaus oder man schließt sich einer vorhandenen Praxis an, doch er bewundert ihren Mut. Sie ist zur Facharztprüfung angemeldet und lernt seitdem jeden Tag dafür, wobei ihr die Erfahrungen, die sie gesammelt hat, wahrscheinlich am meisten helfen werden.

Bisher ist sie Paul Jonas nur aus dem Weg gegangen und ist wirklich erstaunt darüber, wie gut man mit ihm sprechen kann. Sie bleiben lange dort oben an den Heizstrahlern sitzen, ihre Freundinnen verabschieden sich irgendwann, doch Lara bleibt und hört ihm zu, warum er sich gegen eine Praxis entschieden hat und lieber weiter im Krankenhaus arbeitet.

Es ist schon früher Morgen, als Lara sich dann verabschiedet und ihre Sachen holen geht; kurz bevor sie bei den Spinden angekommen ist, ruft Paul Jonas sie dann aber doch noch einmal zurück. Offenbar will auch er gerade gehen. »Es freut mich wirklich, dass du uns endlich mal eine kleine Chance gibst, Lara.« Er beugt sich zu ihr hinunter und küsst ihre Wange, sehr nah an ihren Lippen.

Sie lächelt matt, tausend Bilder strömen auf sie ein. Issas dunkle Augen, seine weichen Lippen auf ihren, sein Geruch, seine Wärme, die Art, wie er sie angelächelt hat und sie legt ihre Hand auf Paul

Jonas' Arm. »Paul Jonas, ich mag dich, doch da wird niemals mehr zwischen uns sein als das. Ich hoffe, wir können als Freunde mal etwas essen gehen, ich kann dich irgendwann in meine Arztpraxis einladen und wir finden als Freunde mehr zusammen, doch mehr wird nicht passieren, falls du noch daran denkst. Mein Herz ist vergeben, es ist nicht unbedingt die einfachste Wahl, die es getroffen hat, doch es ist zumindest ausgeschlossen, dass zwischen uns mehr als Freundschaft sein wird, ich hoffe, du kannst das akzeptieren.«

Paul Jonas sieht ihr einen Moment in die Augen, doch dann lächelt auch er. »Natürlich, ich freue mich schon auf deine Praxis und stelle mich als Vertretungsarzt gerne zur Verfügung. Bis morgen.«

Auch sie murmelt eine Verabschiedung und lacht leise.

Als sie dann auf ihr Handy blickt, hat Issa ihre Antwort gelesen, doch nichts mehr geantwortet. Statt noch zu lernen, geht Lara direkt schlafen, dafür lernt sie aber am nächsten Tag vor der Arbeit zwei Stunden, als sie dann zum Krankenhaus kommt, erkennt sie sofort Issas Wagen vor der Einfahrt.

Ihr Herz schlägt ihr bis zum Hals, sie spürt, wie alles in ihr aufgeregt schneller zu arbeiten beginnt, und genau so eine Reaktion bei ihr hervorzurufen, schafft nur Issa. Sie trägt heute nur eine enge schwarze Hose, einen Wollpullover, eine Herbstjacke darüber und eine Strickmütze auf dem Kopf. Sie hat sich nicht einmal die Zeit genommen, sich zu schminken und bereut es sofort, sie sehen sich wieder und sie sieht aus wie aus dem Bett gefallen.

Als Lara näher kommt, steigt Issa aus. Er trägt eine dunkelblaue Jeans, eine graue Sweatjacke und eine Lederjacke. Seine dunklen Augen suchen sofort ihre, und Lara weiß augenblicklich, dass die letzten zwei Wochen nichts gebracht haben. Sie liebt Issa, wenn die vielen Jahre nichts geändert haben, wird auch das alles nichts daran ändern. Sie muss einfach lernen, damit zu leben.

»Hi.«

Lara geht zu ihm, er wird merken, dass das nicht leicht für sie ist.

185

»Hi, was tust du hier?« Auch wenn sie das letzte Mal so aneinandergeraten sind, wissen sie, dass keiner dem anderen mehr böse ist. »Basim ist kurz drinnen bei Sara, er wollte etwas … klären.« Lara nickt und ist nun bei ihm angekommen. Einen Moment denkt sie darüber nach, wie sie ihn nach allem begrüßt, doch dann umarmt sie ihn.

Es sollte nur eine kurze, freundschaftliche Umarmung sein, doch seine Arme schließen sich sofort um sie und Lara schließt die Augen. »Wie geht es dir?« Lara atmet tief ein, wie sehr sie diese Nähe vermisst.

»Es geht, es ist nicht so leicht.« Lara spürt seine Lippen an ihrer Schläfe. »Nein, das ist es wirklich nicht. Du fehlst mir sehr.« Seine Worte und seine Stimme verraten ihr, wie nah auch ihm das alles geht.

Lara entweicht dieser Umarmung sachte und sieht ihm in die Augen. »Du mir auch, doch ich habe es nicht in der Hand, das zu ändern.« Issa erwidert ihren Blick und greift nach ihrer Hand. »Das ist nicht so einfach, Lara, das ist mein Leben, ich kann nicht einfach …«

Sie schüttelt nur leicht den Kopf. Basim kommt heraus und seinem Gesichtsausdruck nach zu urteilen ist es bei ihm nicht viel besser gelaufen. Lara sieht Issa noch einmal in die Augen. »Dieses ewige Hin und Her mit der Presse und der Polizei, dieser ewige Kreislauf, die Gewalt, die Gerichtstermine, all das ist nichts, was man in seinem Leben braucht. Ich muss zur Arbeit, Issa, pass auf dich auf.«

Ihr ist bewusst, dass das alles noch mehr ist für Issa, doch es gibt einen Weg für sie beide, nur ist sie nicht in der Position, diesen Weg zu gehen. Ihr sind die Hände gebunden. Er erwartet, dass sie diesen kriminellen Teil seines Lebens einfach hinnimmt und damit lebt, und sie erwartet, dass er diesen Teil aufgibt. So werden sie nicht vorwärtskommen, deswegen geht Lara auch, ohne noch weiter auf eine Antwort zu warten.

Basim geht an ihr vorbei und küsst sie auf die Wange.

»Hallo Engel, sag deiner Freundin, dass sie zu stur ist. Und was ist mit dir, wie lange soll ich Issa noch so gequält herumlaufen sehen, bis ihr euch wieder einkriegt?« Lara legt den Kopf schief.

»Und wie viel muss noch passieren, damit ihr beide versteht, dass das, was ihr beide tut und lebt, nicht gut ist und ihr da rausmüsst?« Basim lacht auf und deutet zum Krankenhaus. »Man könnte wirklich glauben, dass Sara und du da drinnen die gleiche Gehirnwäsche bekommen habt.«

Lara schlägt ihm leicht auf die Brust und sieht noch einmal zurück zu Issa. »Pass auf ihn auf.« Er nickt. »Das tue ich. Er liebt dich, das weißt du.« Sie nickt ebenfalls. »Das weiß ich und ich liebe ihn auch, doch manchmal reicht das einfach nicht aus.«

Nach diesem kurzem Besuch der beiden haben Sara und Lara beide den Rest der Woche schlechte Laune. Lara ist froh, für vier Tage mit Amelia zusammen zur Klinik nach Brandenburg zu fahren und herauszukommen. Sie nimmt ihre Bücher mit und lernt viel, doch sie genießen auch wieder die Natur und den entspannten Klinikalltag dort.

Am letzten Tag meldet sich Issa.

Er fragt sie wieder, ob alle in Ordnung ist, sie antwortet ihm, dass alles gut ist und fragt auch, ob bei ihm alles gut ist, doch dieses Mal antwortet er. Issa schreibt, dass nichts gut ist und er sie vermisst. Lara könnte wieder anfangen, ihm zu erklären, dass es an ihm liegt, sie könnte sonst etwas schreiben, doch sie antwortet ihm nur, dass sie ihn auch vermisst, beendet ihre letzte Schicht und geht dann schlafen, er weiß es, sie beide wissen, an was für einem Punkt sie jetzt stehen.

Bevor ihre Bahn zurückgeht, fährt Lara noch zu ihrem Haus.

Es sieht alles wie immer aus und dieses Mal klettert sie über den Zaun. Die späte Herbstsonne scheint über die Felder, als sich Lara auf die Veranda setzt und diesen Ausblick genießt. Sie weiß, dass sie das Haus möchte, sie weiß es genau und sie weiß, dass sie diesen Neuanfang dringend braucht, doch noch immer hatte sie nicht den Mut, sich mit den Maklern in Verbindung zu setzen.

Deswegen nimmt sie ihr Handy heraus und ruft an, doch bei ihrem Glück ist natürlich niemand da.

Lara bleibt eine Weile an ihrem Haus sitzen, sie traut sich nicht hinein, doch allein dort zu sitzen, auf den Stufen der Veranda und auf die wunderschöne Landschaft zu blicken, reicht schon. Sie macht ein Bild von ihrer Aussicht und postet es. Sie hat lange nichts mehr gepostet, doch das fühlt sich richtig an. Dazu schreibt sie 'Zeit für einen Neuanfang'. Denn das ist es.

Als sie im Zug sitzt, lernt sie, als ihr Handy bei der Einfahrt in Berlin klingelt, denkt sie, es sind die Makler, doch Sara ruft sie an und Lara versteht ihre Freundin kaum, so verzweifelt weint sie. »Lara, du musst kommen, sofort. Ins Krankenhaus. Dieses Mal hat es ihn erwischt. Ich kann nicht ...«

Irgendetwas muss passiert sein, etwas sehr Schlimmes. »Von wem redest du, Sara?«

Panisch steht Lara auf, auch wenn der Zug noch gar nicht gehalten hat.

»Von Basim ... komm sofort her!«

Kapitel 18

Lara war noch nie so schnell in der Klinik wie an diesem Nachmittag. Sie hat nicht viel von Sara erfahren können, plötzlich war die Verbindung weg, was im Krankenhaus natürlich immer wieder passiert, besonders im unteren Bereich, wo sich die Operationsräume befinden. Sie hat versucht, Issa zu erreichen, doch sein Handy war aus, das von Basim hat nur geklingelt und keiner hat angenommen.

Alles was Lara verstanden hat ist, dass etwas mit Basim passiert ist und er etwas nicht geschafft hat. Wollte er doch aussteigen? Haben sie sich gestritten? Sara hat Dienst, das weiß sie, und so panisch wie sie war, muss etwas wirklich Schlimmes passiert sein, deswegen beeilt sich Lara und stockt, als sie vor ihrer Klinik ein Bild sieht, was sie schon einmal gesehen hat.

Auf dem Parkplatz und in der Einfahrt warten einige junge Männer und auch die Polizei steht in der Einfahrt. Laras Herz beginnt zu rasen. Sie geht durch die Menge, die sehr aufgebracht wirkt. Viele Männer schimpfen laut auf arabisch und Lara erkennt auch einige der Leute, sie gehören zu Issa und Basim.

Sie sieht sich nach Issa, Ibo oder Basim um, doch sie sieht keinen von ihnen. Es dauert etwas, bis Lara es schafft, in den Eingangsbereich zu treten, wo sie sofort zur Information geht. »Was ist passiert?« Die Empfangsschwester sieht entnervt nach draußen. »Wieder ein Schussopfer von diesen Clans. Das wird langsam zur Tagesordnung und ich befürchte, die stürmen uns noch die Klinik, wenn nicht bald Informationen kommen. «

Für einen Moment bleibt die Welt stehen. Alles um Lara herum wird dumpf und fühlt sich an wie in Zeitlupe. »Wo sind sie?« Die Frau geht ans Telefon, was unterbrochen klingelt. »Im OP.« Lara rennt zu den Mitarbeiterfahrstühlen und zieht zitternd ihre Karte aus ihrer Tasche. Mit diesen Fahrstühlen kommen sie schnell zu Bereichen, zu denen Besucher keinen Zutritt haben.

Lara fährt in den Operationsbereich und sieht sich um, da hört sie das laute Geschrei einer Frau aus dem Bereich vor dem Mitarbeitertrakt. Sie trifft eine Schwester, die sich müde die Operationsmütze vom Kopf nimmt. »Wo ist der … Mann mit den Schusswunden?« Die Schwester deutet auf einen der Aufwachräume und Lara geht schnell hin.

Sie wusste es, wahrscheinlich hat sie es die ganze Zeit gewusst, doch als sie jetzt ins Zimmer tritt, bleibt ihr einen Moment der Atem stehen. Lara blickt auf das Krankenhausbett, in dem Basim liegt. Er sieht so aus, als würde er schlafen, aber die Krankenschwester, die seine Wunden bedeckt und das Laken so richtet, dass man nur seine Brust und seinen Kopf sieht, sagt Lara, dass er tot ist. Die Schwester richtet ihn so, dass seine Angehörigen kommen und von ihm Abschied nehmen können.

Neben dem Bett auf einem Stuhl sitzt Sara und hält seine Hand. Man hört keinen Ton, nur das Geräusch der Schwester, die routiniert diese Arbeit macht. Lara kann ein lautes Schluchzen nicht unterdrücken, sie weint, als sie näherkommt und in Basims friedliches Gesicht sieht.

Sara blickt nicht auf, sie ist ganz ruhig, doch Lara sieht dicke Tränen ihre Wangen hinuntergleiten. »Was ist passiert? Wer war das? Wieso ist das passiert … nochmal?« Sie kann nicht aufhören, in Basims friedliches Gesicht zu sehen, er sieht aus, als würde er nur schlafen.

»Ich weiß nichts Genaues. Ich hatte gerade einen Patienten zur Anmeldung begleitet, da ging die Tür auf und er ist eingeliefert worden, sie waren gerade dabei, ihn zu reanimieren, sie haben ihn noch in den OP gebracht und wollten anfangen, doch es war zu spät. Er hat zu viel Blut verloren, er hat insgesamt vier Schüsse in den Oberkörper bekommen. Wir konnten nichts mehr tun. Ich habe dich angerufen, als er eingeliefert wurde und ich in den OP gefahren bin.

Das erste Mal seit ich hier arbeite, habe ich die Ärzte angeschrien, weiterzumachen. Paul Jonas war auch dabei und sie haben noch einmal alles versucht, doch es … er ist tot, Lara, dieses Mal konnten wir es nicht verhindern.«

Lara streicht Basim über die Wange, sie muss an den Jungen denken, der sie früher immer so frech angegrinst hat und an ihre letzte Begegnung vor dem Krankenhaus. Es ist wieder ganz ruhig. Lara nimmt Basims andere Hand in ihre. Sein Blut wurde abgewaschen. Die Angehörigen haben gleich Zeit, sich zu verabschieden, deswegen versuchen sie, ihn hier so gut wie es geht herzurichten, damit sie nicht die oft schweren Spuren der letzten Minuten oder Stunden des Toten zu sehen bekommen.

Einige Sekunden ist es ganz ruhig, sie beide sehen zu Basim, dabei kommen Lara Bilder von früher hoch, die sie selbst schon wieder ganz vergessen hatte. Sie erinnert sich an ihren siebten Geburtstag, als Basim und Issa zu ihrer Party gekommen sind. Basim hat Lara einen braunen Teddy geschenkt, den sie letztens in ihren Umzugskisten wiedergefunden hat. Damals hat er ihr gesagt, dass sie das einzige Mädchen ist, der er jemals etwas schenken wird. Sicherlich hat er das nicht durchgehalten, doch Lara drückt Basims Hand bei dieser Erinnerung und wischt sich die Tränen aus dem Gesicht.

Sie setzt an, etwas zu sagen, da hört sie einen lauten verzweifelten Schrei einer Frau. »Der Chefarzt und die Seelsorger sagen ihnen, dass sie ihn nicht retten konnten.« Lara nickt, sie hat davor schon die Schreie und das Weinen gehört, doch diese waren offenbar noch mit Hoffnung bestückt, die ihnen jetzt genommen wird. Sie hören ein lautes Knallen, als wäre ein Stuhl umgeworfen worden.

Die Tür geht auf und ein Sanitäter kommt herein. »Hier noch die Akten der Einlieferung. Ich hatte sie vorhin nicht mitnehmen können wegen der Reanimation. Er hat es nicht geschafft?« Er legt die Akten zu dem Haufen der anderen. Lara schüttelt den Kopf. Sara ist offenbar zu keiner Reaktion mehr imstande.

»Was ist passiert?«

Der Sanitäter kommt zu ihnen und sieht zu Basim.

»Wir wissen nichts Genaues. Wir sind zu der Wohnung des Opfers gerufen worden, offenbar wurde er vor seiner Haustür von einem Auto aus angeschossen, er war zu dem Zeitpunkt alleine. Die Nachbarn haben die Schüsse gehört und die Polizei benachrichtigt. Als wir kamen, war er noch bei Bewusstsein und einige andere Männer waren da. Die Polizei ist auch sofort gekommen. Er hatte sogar noch die Kraft, dem Mann, der mit ihm gefahren ist zu sagen, dass er sich um seine Familie kümmern soll.«

Sara sieht auf. »Issa ist mit ihm im Krankenwagen gefahren.« Der Sanitäter seufzt auf. »Er wusste, dass es zu Ende geht. Wir konnten die Blutungen nicht stoppen, er hat immer mehr das Bewusstsein verloren. Er hatte zu starke innere Blutungen.«

Draußen wird es unruhiger und lauter. Der Chefarzt kommt herein und sieht nach, ob Basim bereit ist. »Ihr müsst gehen.« Lara sieht ihm in die Augen. »Wir kennen ihn.« Er streicht sich über die Haare. »Trotzdem, geht hinten raus. Das dürfen nur die Angehörigen, und nur die engsten. Sie sind sehr aufgebracht, wir brauchen noch mehr Polizisten vor der Klinik.« Lara nickt, sie kennt die Regeln und legt den Arm um Sara, als diese sich erhebt, sich zu Basim beugt und ihm einige Worte zuflüstert.

»Gestern haben wir lange telefoniert. Ich hatte das Gefühl, dass er eigentlich weiß, dass ihn dieses Leben irgendwann alles kosten wird, und wer weiß, vielleicht hätte ich es wirklich irgendwann geschafft, ihn da herauszubekommen, wenn wir nur mehr Zeit gehabt hätten.« Es bricht Lara das Herz, Basim dort liegen zu sehen und auch die Verzweiflung in Saras Augen zu sehen und zu wissen, was die Familie und Issa gerade durchmachen. Sie bringt Sara nach draußen, wo Tatjana wartet und sie umarmt.

»Bringst du sie nach Hause? Ich komme gleich nach, ich muss hier nur noch kurz etwas erledigen.«

Sie hören die Schreie und das Weinen aus dem Raum, aus dem sie gerade gekommen sind und gehen den Flur entlang von der anderen Seite zu dem Raum, in den die Angehörigen gerade hineingegangen sind. Lara ahnt, dass nicht alle die Zeit zum Abschiednehmen komplett ausnutzen werden und bleibt vor dem Raum stehen.

Sie hört arabische Worte von Männern und Frauen, eine Mutter, die um ihren Sohn weint und auch Lara weint noch immer. Es dauert eine Weile, doch dann wird die Tür aufgerissen und Issa kommt aus dem Zimmer. In seinen Augen liegen Tränen, in seinem Gesicht die blanke Wut. Er trägt ein weißes Shirt, was blutdurchtränkt ist. »Issa!« Sie hält ihn am Arm fest und er sieht zu ihr. »Es tut mir so leid, ich ...«

Laras Stimme ist leise und sie weiß, dass Issa gerade nicht klar denken kann. Er reißt seinen Arm los. »Nicht jetzt, Lara!« Er will weiter, doch Lara geht ihm hinterher. Sie ahnt Schlimmes. »Was ist passiert und was willst du tun? ISSA, REDE MIT MIR!« Doch er ist schon weg und tritt im Flur gegen einen Metallmülleimer, der scheppernd zu Boden geht.

»Lass ihn, es bringt jetzt nichts.« Ibo steht hinter ihr, während Ismael an ihr vorbeirennt, hinter Issa her. »Was ist passiert und was hat er jetzt vor?« Ibo sieht ihr in die Augen. »Das war wegen der Rache, die an diejenigen verübt wurde, die Issa angeschossen haben. Doch damit werden sie ...« Lara hebt die Hand. »Ihr werdet Rache für die Rache nehmen und die nehmen dann Rache und ...« Sie ist so verdammt müde und wütend wegen alldem.

»Wie kannst du Issa gehen und handeln lassen, nachdem du gerade auf Basim geblickt hast?«

Lara geht. Sie hat genug. Sie ignoriert die Männer auf dem Parkplatz, steigt in ein Taxi und fährt zu Sara, wo sie ihre Freundin in den Arm nimmt und zusammen mit ihr um Basim trauert.

Es dauert fast zwei Stunden, die sich Sara in den Schlaf weint und auch Lara ist fix und fertig, doch sie schreibt die ganze Zeit an

Issa. Sie fragt, wo er ist und dass er mit ihr sprechen soll, doch er antwortet nicht. Sie muss zu ihm, sie will für ihn da sein.

Ihr tut es weh, Basim zu verlieren, ihm muss es das Herz zerreißen. Sie hat vor Kurzem ihren Vater verloren, sie konnte die ersten Stunden nicht handeln oder denken, aber Issa hat das für sie getan, und genau das Gleiche möchte sie jetzt auch für ihn tun, doch sie weiß nicht wie.

Als Sara schläft, bittet sie Tatjana, bei ihr zu bleiben und geht.

Lara sieht, dass Issa ihre Nachrichten liest und ruft ihn an. Sie fährt zu ihm nach Hause, doch da ist niemand, sie fährt zu ihrem Dach, doch auch da ist er nicht. Jedes Mal schreibt sie ihm, dass sie ihn sucht. Sie wird alle Cafés und Restaurants abfahren, doch auf dem Weg muss sie ihre Tasche von ihrem Aufenthalt in Brandenburg bei sich abstellen.

Erst als sie ihre Haustür aufschließt, fällt ihr ein Stein vom Herzen. Issa sitzt im dunklen Wohnzimmer auf ihrer Couch und hat den Kopf gesenkt. Er hat noch ihren Wohnungsschlüssel. »Issa.« Schnell geht sie zu ihm, kniet sich vor ihn und hebt seinen Kopf mit ihren Händen an, um ihm in die Augen zu sehen. Es hat ihm das Herz zerrissen, sie sieht seinen ganzen Schmerz in seinen Augen und umarmt ihn.

»Es tut mir so leid.«

Lara liegen tausend Worte und Gedanken auf der Zunge, doch sie sagt nichts. Es gäbe nichts Passendes zu sagen, nichts, was diese Wunde so schnell heilen könnte, nichts, was ihn trösten kann in diesem Moment, außer dass sie da ist. Das erste Mal überhaupt ist es dieses Mal Lara, die ihn hält.

Sie spürt, wie zumindest für diesen Moment die Anspannung und die Wut aus Issa weicht. Er lässt es zu, dass sie für ihn da ist. Sein Handy klingelt und klingelt, doch er ignoriert es.

Es können Minuten oder Stunden vergangen sein, während sie dort sitzen. Lara kann es gar nicht genau sagen, doch als sie dann aufsteht und ihnen etwas zu trinken holt, legt sich Issa auf das breite Stück der Couch und sieht aus dem Fenster. Er scheint nicht reden zu wollen und sie versteht ihn. Als sie vom Tod ihres Vaters erfahren hat, hat sie lange nicht gesprochen. Man findet keine Worte für das, was man fühlt, wenn man solch einen geliebten Menschen verliert.

Lara bietet ihm etwas zu trinken an, doch Issa reagiert nicht, also legt sie sich einfach zu ihm und lauscht dem traurigen Klang seines Herzens.

»Vor einer Woche haben wir beide im Auto gesessen und darüber gesprochen.«

Es ist das Erste, was Issa sagt, nachdem sie eine ganze Weile einfach dagelegen habe. Seine Stimme ist so rau und leise, dass Lara ihn fast nicht gehört hat. Sie sieht hoch zu ihm.

»Ich habe ihm gesagt, dass du möchtest, dass wir ganz neu anfangen und Sara wollte das ja auch, zumindest so ähnlich. Er hat gesagt, dass er wirklich manchmal darüber nachdenkt … all das hinter sich zu lassen und ganz normal zu leben. Im Krankenwagen hat er mir gesagt, dass ich auf dich hören soll, um nicht wie er zu enden.«

Issa atmet tief ein. »Ich habe ihm gesagt, dass er aufhören soll, so zu reden, als ob er sterben würde, und dann hat er gelächelt und die Augen geschlossen. Die Sanitäter haben versucht, ihn zurückzuholen und sein Leben zu retten. Ich habe sein Gesicht in meine Hände genommen und ihn angefleht, die Augen wieder zu öffnen. Er ist in meinen Händen gestorben. Sie haben alles versucht, doch ich wusste, dass er gegangen ist.«

Seine Hand geht an ihre Wange und streicht ihr die Tränen weg, obwohl sie ihn trösten sollte. »Es war gut, dass du in diesem Moment bei ihm warst.« Issa nickt und beginnt, mit einer ihrer Haarsträhnen zu spielen.

»Mein ganzes Leben lang war Basim an meiner Seite, eigentlich jeden Tag. Ich weiß gar nicht, wie mein Leben ohne ihn aussehen soll.«

Lara sieht genau wie er in die Nacht hinaus. »Das Leben geht einfach weiter, doch es wird sich niemals wieder gleich anfühlen.« Natürlich weiß sie, was sich ungefähr in Basims Körper abgespielt hat, doch sie möchte nicht, dass Issa das erfährt.

Als sie das nächste Mal zu ihm hochsieht, ist er eingeschlafen. Er muss erschöpft sein, und auch Lara kuschelt sich an ihn und schläft schnell ein.

Immer wieder wird er wach. Issa schläft wenig und träumt unruhig, man spürt selbst da, wie schlecht es ihm geht. Irgendwann schaltet sie sein Handy aus, weil es immer wieder klingelt, und als sie am nächsten Tag aufwacht, ist sie immer noch sehr erschöpft und Issa ist weg.

Sie steht auf und sieht nach, ob er irgendetwas hinterlassen hat, doch sie findet nichts. Es stürmt draußen und das Wetter passt sich ihrer aller Stimmung an. Später ruft Sara an und da sie ahnt, dass Issa sich erst einmal nicht melden wird, fährt sie zur Arbeit. Sie übernimmt Saras Schicht, damit ihre Freundin sich noch etwas ausruhen kann. Auch sie würde sich am liebsten zurückziehen und um Basim trauern, doch sie weiß, dass sie diese Ablenkung jetzt dringend braucht, sonst dreht sie durch.

Im Krankenhaus ist Ruhe eingekehrt. Basim wird noch immer von der Gerichtsmedizin untersucht, was schnell passieren muss, da sie Basim, wie es im muslimischen Glauben fast immer der Fall ist, schnell beerdigen wollen.

Es wäre besser gewesen, wenn Lara sich auch freigenommen hätte, es fällt ihr schwer, sich zu konzentrieren, sie muss ständig an Basim denken und auch an Issa und Sara und ist froh, als sie am Abend wieder aus dem Krankenhaus kommt. Sie fährt zu sich, um zu sehen, ob Issa vielleicht dort ist, doch das ist er nicht. Also fährt sie zu Sara und bleibt die Nacht bei ihr.

Die Nachrichten sind voll mit Bildern von Basim, von den Familien, von Experten, Polizisten, Lara kann kaum hinhören. Issas

Handy ist aus und bleibt aus. Sie wünschte, sie könnte ihm in seiner Trauer helfen, doch er scheint sie nicht lassen zu wollen.

Die nächsten Tage fährt sie immer wieder herum und sucht ihn oder ist bei Sara, bis sie nach drei Tagen von der Beerdigung am nächsten Tag erfährt und das auch nur aus der Presse.

Lara weiß nicht, wie genau sie sich auf einer muslimischen Beerdigung zu verhalten haben, doch sie weiß, dass sie dorthin möchte und sich von Basim verabschieden will, auch wenn sie keine Einladung oder Benachrichtigung bekommen haben. Sie weiß allerdings auch nicht, ob man das überhaupt macht.

Bei sich zu Hause geht sie in den Keller. Dort durchwühlt sie alle alten Kisten und Koffer im Keller, bis sie endlich Basims Teddy in einer Kiste mit alten Erinnerungen findet. Das ist der Moment, in dem sie die Trauer richtig hinauslässt. Sie kniet auf dem staubigen Kellerboden nieder und weint. Lara lässt alles heraus, auch sie hat einen Menschen verloren, den sie schon so lange kennt. Und auch der Verlust ihres Vaters liegt ihr noch schwer in den Knochen, und ja, auch der Verlust von Issa holt sie in diesem Moment ein und sie lässt es zu. Sie weiß, dass es wichtig ist zu trauern.

Es dauert eine Weile, bis sie sich gefangen hat, und auch wenn sie sich leer fühlt, hat es gutgetan. Nach dem Duschen zieht sie sich schwarze Kleidung an. So kennt sie es und sie findet es respektvoll. Sie holt Sara ab, die auch ganz in schwarz gekleidet ist, und zusammen fahren sie zu dem hügeligen Friedhof in der Straße, in der sie aufgewachsen sind, doch so einfach kommen sie da nicht hin.

Es sind Unmengen von Männern versammelt, die alle zum Friedhof strömen. Reporter und Polizisten sind auch dort. Lara überlegt einen Moment, umzudrehen und zu gehen, doch sie möchte bei Basim sein, wenn er beerdigt wird, und auch Sara geht stur weiter.

Als sie es endlich auf den Friedhof geschafft haben, hat die Beerdigung schon begonnen. Sie können nichts sehen, so voll ist es, und es gibt nur sehr wenige Frauen, sie sieht eine Gruppe von Frauen, die sich aber abseits halten.

Sara nimmt Laras Hand und führt sie zu einem Hügel, sie sind zwar weiter weg, doch sie können von hier alles sehen. Auch Basims Grab ist auf einem Hügel. Issa und einige andere Männer stehen um einen Sarg herum, ein Imam spricht ein Gebet, und seien es noch so viele Männer, die hier sind, alle beten mit.

Sara neben ihr beginnt zu weinen und Lara sieht zu Issa. Er trägt einen schwarzen Mantel, wie die meisten hier. Auch von hier erkennt Lara seine tiefen Augenringe. Man sieht ihm an, wie sehr er leidet und Lara würde alles tun, um für ihn da sein zu können, doch er lässt es nicht zu.

Als hätte er ihren Blick gespürt, sieht er genau in diesem Moment hoch und in ihre Augen. Issa scheint nicht sehr verwundert zu sein. Er wendet sich um und sagt etwas zu einem Mann neben ihm, der sieht auch zu ihnen und wendet sich zu einem anderen Mann, und nach wenigen Minuten stellen sich zwei Männer zu ihnen. Lara hat sie zwar schon mal gesehen, kennt sie aber nicht weiter.

»Keine Angst, wir sollen nur aufpassen.« Sara ignoriert das Ganze, sie nickt nur leicht und sieht weiter zu, wie sich alle verabschieden. Basim ist in ein weißes Tuch gewickelt, er wird von seinem Vater und Issa in die Erde gelegt.

Es bewegt Lara sehr, die Trauer zu sehen, und es verstört sie zu sehen, wie danach hunderte Männer Issa und Basims engsten Verwanden und Bekannten ihr Beileid aussprechen, die Schlange ist ewig lang. Sie alle sprechen mit den Männern. Als alle Männer vom Grab weg sind, kommen die Frauen, die vorher abseits standen, und verabschieden sich. Lara erkennt Basims Mutter und Issas Mutter unter ihnen, und unter ihren trauernden Rufen muss auch Lara wieder weinen. Wenn man eine Mutter um ihr Kind weinen hört, bricht es einem das Herz.

Sie warten ewig da oben, die Männer begleiten sie nach unten, als es leerer und ruhiger wird. Als sie sich an Basims Grab stellen und sich leise von Basim verabschieden, stellt sich auch Issa dort hin.

Lara legt den Teddy auf das Grab und Issa verzieht keine Miene. Er wird wissen, woher der Teddy kommt, er war damals dabei.

Eine Weile stehen sie schweigend da, jeder nimmt für sich Abschied, Lara ist ganz in Gedanken versunken und bemerkt gerade so, dass Issa sich abwendet und gehen will. Lara geht ihm hinterher und lässt Sara so auch einen Moment, um allein Abschied nehmen zu können.

»Issa, warte.« Er wendet sich zu ihr um und Lara atmet schwer aus, als sie ihm in die Augen sieht.

»Wie geht es dir? Ich versuche seit Tagen, dich zu erreichen und ...« Issa sieht sich um und deutet zu Basims Grab. »Ich ziehe mich gerade von allem zurück, das hat nichts mit dir zu tun, Lara.«

Sie nickt und will sich abwenden, sie muss ihn lassen, sie kann ihn nicht zwingen, sie an sich heranzulassen. »Er hat früher immer gesagt, dass er eines Tages hier beerdigt werden möchte, damit er auf seine alte Gegend gucken kann. Deswegen bleibt er hier.« Lara sieht zum Grab und bleibt bei Issa stehen. »Er würde es mögen.«

Issa räuspert sich leise. »Ich fliege morgen nach Libanon, um mich dort um einige Sachen zu kümmern, das kann dauern, doch ...« Lara hebt ihre Hand und streicht über Issas Augenringe. Sie ist nur noch müde von alldem. »Issa, ich möchte dich nicht auch noch verlieren, ich meine, das haben wir schon, aber nicht so.«

Issa lacht leise auf, selbst das hört sich unendlich traurig an. »Ich weiß, du denkst, dass ich dich von mir stoße und mir all das nichts bedeutet, doch glaube mir, Lara, auch wenn du das alles nicht mitbekommst, wärest du nicht, wäre schon einiges mehr passiert. Wegen dir halte ich mich in vielen Sachen zurück.«

Während er spricht, wird er immer leiser und trennt ihren Blickkontakt nicht, dann küsst er sie.

Es kommt so unerwartet, das sie im ersten Moment überrascht ist, auch er hat das nicht geplant, sondern einfach sein Herz sprechen lassen. Bei der ersten Berührung ihrer Lippen halten beide einen Moment ein. Dieses Gefühl zwischen ihnen ist mächtig, viel zu mächtig, um es ignorieren zu können. Doch dann reagiert ihr Körper, sie hat Issa viel zu sehr vermisst, als dass sie diesen Kuss nicht sofort vertiefen würde.

Auch Issa küsst sie sehnsuchtsvoll und als sie den Kuss lösen, legt Lara ihre Stirn an seine und ihre Tränen laufen ihr die Wangen herunter.

»Bleib hier, Issa. Bitte lass uns von vorne beginnen. Hör auf Basim und lass all das hinter dir.« Schmerzvoll verzieht Issa die Stirn, bevor er ihr einen langen Kuss auf die Stirn gibt. »Ich liebe dich, Engel, doch ich bin kein Träumer wie Basim. Es geht nicht, nicht so. Pass auf dich auf.«

Sie schließt die Augen, sie setzt an, noch etwas zu sagen, ihn noch einmal zu bitten, doch Sara rennt an ihr vorbei vom Friedhof und auch Issa wendet sich schon zum Gehen um.

Und dann gibt Lara auf.

Sie ist müde von alldem und sie wird ihn nicht dazu bringen können, mit ihr ein neues Leben anzufangen, so sehr sie es sich auch wünscht.

Drei Wochen später

»Herzlichen Glückwunsch, Lara. Sie haben bei der Prüfung als eine der Besten abgeschnitten. Sie sind aber auch die einzige Ärztin, die ich kenne, die das nicht groß gefeiert hat.«

Ihr Chefarzt überreicht ihr ihre Unterlagen. Nun ist sie eine richtige Ärztin und kann sogar ihre eigene Praxis eröffnen. Die Prüfung lief besser als gedacht und alles hat gut geklappt, auch wenn noch immer ein dunkler Schatten über den letzten Wochen liegt und es ihr oft sehr schwergefallen ist, sich zu konzentrieren.

»Dankeschön, ich … es war so viel los bei mir, dass mir einfach nicht nach feiern zumute war.« Er lehnt sich zurück.

»Dann ist Ihre Idee, in Südafrika zu arbeiten, erst einmal das Richtige. So sammeln Sie am besten Erfahrungen, auch wenn wir Sie hier sehr vermissen werden, doch Sie wissen auch, dass hier immer eine Stelle für Sie frei sein wird.«

Lara lächelt und bedankt sich.

Heute Nacht geht ihr Flug, ihre Koffer sind schon eingecheckt. Ihre Mutter hat ihre Arbeit in Südafrika fortgesetzt und gefragt, ob Lara für einige Monate bei ihr mithelfen und dort als Ärztin arbeiten möchte, besonders, nachdem sie mitbekommen hat, wie schlecht es Lara geht und was hier alles passiert ist.

Sie hat sofort zugesagt, sie muss hier weg, muss all das verarbeiten und versuchen, wieder nach vorne zu blicken und dafür ist diese Auszeit genau richtig. Lara freut sich.

Sara geht es langsam besser. Die Beerdigung liegt knapp einen Monat zurück. Von Issa hat sie nichts mehr gehört, gar nichts mehr, wahrscheinlich ist er noch im Libanon, sie weiß es nicht und sie hat auch aufgehört, sich falsche Hoffnungen zu machen. Sie war heute früh an Basims Grab und hat sich verabschiedet. Sara und Tatjana wollen sie besuchen kommen. Die letzten Wochen hat sie getrauert, gelernt und gearbeitet und es war gut, vor allem um die Sache mit Issa zu verdrängen. Sie kann nichts mehr tun. Sie hat ihn gebeten zu bleiben und neu anzufangen und das nicht nur einmal, doch er will nicht und sie kann ihn nicht zwingen, also muss sie lernen, damit zu leben, damit und mit dem Verlust ihres Vaters und dem von Basim. Hier in Berlin fällt ihr das zu schwer und sie legt alle Hoffnungen auf Südafrika und darauf, dass ihr dieser Abstand dabei helfen wird.

»Kommen Sie. Ich muss Ihnen noch etwas zeigen.« Er führt sie aus seinem Büro zum Dach und als er dieses aufmacht, sieht sie auf viele ihrer Kollegen und Freunde, die sich hier versammelt haben und Konfetti auf sie werfen. Paul Jonas kommt zu ihr und hebt sie hoch. »Herzlichen Glückwunsch, Lara, und viel Glück in Südafrika.« Es wird Musik gespielt und Lara sieht lachend auf eine Torte, die Sara zu ihnen bringt.

Der Chefarzt, der noch neben ihr steht, legt den Arm um sie, sobald Paul Jonas sie wieder hinunterlässt. »Wir werden Sie hier alle vermissen.« Lara lächelt und auch ihr Herz lächelt seit langer Zeit für einen Moment wieder.

Auch sie wird das hier vermissen, doch gleichzeitig kann sie es nicht erwarten, Berlin und diesen Schmerz in ihrem Herzen hinter sich zu lassen.

Kapitel 19

So ganz genau weiß Lara nicht, was sie sich von Südafrika erhofft hat. Sie wollte einfach weg und ihre Wunden heilen lassen, doch sie hat sich die ganze Zeit nicht wirklich Gedanken darum gemacht, wo sie dort hinkommt.

Das wirkliche Abenteuer begann, als sie nach einem langen Flug über Amsterdam in Kapstadt angekommen ist. Sie hat ein dreimonatiges Visum bekommen, mit dem sie auch dort arbeiten kann, das alles hat sie schon in Berlin beantragt und bei der Ankunft keine Probleme gehabt.

Ihre Mutter und ein Mitarbeiter haben sie abgeholt und mit einem Jeep sind sie zu dem medizinischen Versorgungscamp gefahren, wo sie mithelfen wird. Es liegt ganz im Süden von Südafrika, gleich neben einem geschützten Naturpark. Nachdem sie dann losgefahren sind, hat Lara erst wirklich verstanden, wo sie hier ist und wie schön es ist.

Nicht eine Minute hat sie sich vom Anblick dieses schönen Landes losreißen können. Sie hat jede Minute in sich aufgesogen und sich alles erklären lassen, was sie darf, was sie besser nicht machen sollte und worauf sie aufpassen muss.

Über eine Stunde dauerte die Fahrt, bis sie im Medizindorf angekommen sind. In diesem Dorf stehen mehrere Gebäude und viele kleine Holzhütten. In diesen Gebäuden versorgen europäische und amerikanische Ärzte ehrenamtlich die Menschen, die hier jeden Tag herkommen.

Die Leute sind abhängig davon, was für Ärzte zurzeit mitmachen, ihre Mutter und ihre Firma kümmern sich vor Ort um die Medikamente. Zur Zeit gibt es im Dorf mit ihr zwei Allgemeinmediziner, einen Chirurgen, eine Frauenärztin, einen Zahnarzt und einen Arzt für innere Medizin.

Im Dorf angekommen, bekommt Lara direkt einen Rundgang angeboten und ist schon erstaunt, was hier auf die Beine gestellt wurde. Die Untersuchungs- und Behandlungsgebäude sind relativ gut ausgestattet. Natürlich ist es nicht mit deutschen Standards zu vergleichen, doch Lara hat schon Schlimmeres gehört.

Sie lernt die anderen Ärzte kennen und bekommt eine Holzhütte neben der ihrer Mutter zugeteilt. Darin gibt es eine kleine Kochnische, ein Bett, einen Tisch mit Stuhl und einen Schrank. Vor der Hütte ist eine Hängematte gespannt. Es ist einfach, aber schön. Entweder essen sie alle zusammen in einer kleinen Cafeteria oder jeder macht sich selbst etwas.

Am ersten Abend hat ihre Mutter sie mitgenommen zum Reservat nebenan. Die Ranger dort kennen sie gut und haben sie hereingelassen. Zusammen mit einem von ihnen sind sie mit einem Jeep auf einen Hügel gefahren und haben von dort aus zugesehen, wie die Sonne untergeht und dabei auf Giraffen, Zebras und Elefanten hinabgesehen. Das war der Moment, in dem Lara begriffen hat, dass sie jeden Tag hier genießen muss.

Und das hat sie.

In den ersten Tagen war es eine große Umstellung. Morgens haben die Leute angefangen, sich in Schlangen vor das Dorf zu stellen. Lara hat den ganzen Tag zu tun und muss komplett umdenken. Es gibt Medikamente, aber nicht viele und nicht alle. Während gewisse Sachen bei ihnen ganz einfach mit einigen bestimmten Arzneimitteln in den Griff zu bekommen sind, gibt es diese Medizin hier einfach nicht. Also sitzt Lara am Abend immer an ihrem Handy bei sehr schlechtem Handyempfang und lernt einiges über Naturheilkunde, auch die anderen Ärzte helfen ihr dabei viel.

Die ersten zwei Wochen meldet sich Lara nicht in Berlin, sie hat zu viel mit den neuen Eindrücken zu tun und sie ist einfach nur dankbar, das alles weit weg zu haben. Doch auch wenn es noch so schön ist und sie beginnt, diese Zeit wirklich zu genießen, ändert das nichts an ihren Gefühlen zu Issa, und sie beginnt ihn immer mehr zu vermissen.

Das ist auch der Zeitpunkt, als er sich wieder meldet.

Er schreibt ihr, dass er zurück aus dem Libanon ist und ob sie sich sehen können. Er muss mir ihr sprechen. Lara antwortet erst nach zwei Tagen, dass sie in Südafrika ist, weil sie erst da seine Nachricht entdeckt. Zu diesem Zeitpunkt hat sie auch begonnen, mehr Zeit ihrer Freizeit im Reservat zu verbringen und die Ranger haben sie an diesem Tag das erste Mal auf einem zahmen Elefanten reiten lassen.

Noch nie hat sie etwas derart Beeindruckendes erlebt, der Elefant war sehr friedlich und Lara hat sich wohlgefühlt. Dabei ist ein wunderschönes Bild entstanden. Mittlerweile ist sie schon sehr braun geworden und sitzt barfuß auf dem Elefanten. Sie lächelt in die Kamera und ihre blauen Augen strahlen so sehr wie noch nie. Das Bild drückt aus, was für eine positive Wendung ihres Lebens sie gerade verspürt.

Es ist das erste Bild seit längerer Zeit, was Lara postet und dann legt sie ihr Handy wieder für eine Weile weg. Sie redet sehr viel mit ihrer Mutter über ihren Vater und auch über Issa. Lange Zeit war es sehr belastend für sie, dass ihre Mutter immer mehr wie eine Freundin für sie war als wie eine Mutter, doch jetzt ist es genau das, was sie gerade braucht.

Endlich hat sie das Gefühl, wieder frei atmen zu können.

Es tut ihr gut, Menschen helfen zu können, die ganz andere Probleme haben. Sie hat hier mit ganz anderen Krankheiten zu tun und sie liebt es. Sie spürt sofort, wie sie an diesen Behandlungen und vor allem an diesen Menschen wächst. Die Kinder spielen oft auf ihrem Gelände, wenn sie auf ihre Behandlung warten müssen oder auf die Eltern und Lara, und die anderen Ärzte nehmen sich immer Zeit, um mit ihnen zu spielen.

Auf dem Gelände wurde vor einiger Zeit ein kleines Zelt aufgebaut, in dem es Bücher, Malsachen und andere Kleinigkeiten gibt und Lara sieht dort immer wieder vorbei. Dort entsteht ein weiteres schönes Bild. Lara hat einen kleinen Jungen auf dem Arm, zwei Mädchen stehen neben ihr, und zusammen sehen sie sich ein Bilderbuch an. Ihre Mutter hat das Bild gemacht und als sie das Bild einstellt, sieht sie, dass auch Issa ihr Bild mit dem Elefanten geliket und wie oft er ihr geschrieben hat.

Er hat sie gefragt, wie es ihr geht, was sie macht. Als er gemerkt hat, dass Lara nicht reagiert, hat er ihr geschrieben, dass es ihm leidtut, sie nach Basims Tod von sich gestoßen zu haben, doch das hat er mit allen getan, er hat Zeit für sich gebraucht. Dann hat er ihr geschrieben, dass er sie vermisst, sehr vermisst.

Lara antwortet ihm, dass sie weiß, dass die Zeit wegen Basim sehr schwer für ihn war, und sie ist ihm deswegen auch nicht sauer. Sie schreibt ihm, dass sie ihn auch sehr vermisst, ihr gemeinsames Leben sehr vermisst, denn das tut sie, doch sie erklärt auch, dass sie ihn immer wieder gebeten hat, mit ihr ein neues Leben anzu-fangen, doch sie hat eingesehen, dass sie ihn nicht zwingen kann und gerade lernt, damit zu leben.

Ihr ist klar, dass ihn das trifft, doch so ist es einfach.

Dieses Mal schreibt er nicht sofort zurück. Nach etwas über einem Monat kommen dann Sara und Tatjana für zwei Wochen zu ihr. Beide sind genauso begeistert wie Lara. Auch sie helfen mit, zusammen erkunden sie die Gegenden und machen einige tolle Begegnungen im Reservat. Lara genießt diese Zeit sehr und auch Sara beginnt wieder zu lächeln. Beim Lagerfeuer erklärt Lara ihrer Freundin, was sie hier gelernt hat.

Es ist gut und wichtig, um die Menschen zu trauern, die sie verlo-ren haben, doch dann ist es noch wichtiger, weiter das Leben zu genießen, denn nun weiß man ja, wie schnell es vorbei sein kann. Sie müssen das Leben genießen, die Augenblicke, die Zeit, die sie haben so gestalten, wie sie es möchten und keine Sekunde mehr bereuen.

Genau das schreibt sie auch unter das neue Foto, was sie mit Sara und Tatjana in einem Jeep, zwischen Giraffen und Zebras zeigt.

Ihre Freundinnen fliegen wieder ab, doch Sara beantragt gleich ein Visum, sie wird Laras Platz einnehmen, wenn sie zurück nach Berlin geht und wer weiß, vielleicht wird Lara danach auch wieder zurückkehren. Ihr tut Südafrika wirklich gut.

Doch trotz all der neuen Erlebnisse, trotz ihrer Stärke, die nach und nach zurückkehrt, vermisst sie Issa immer mehr. Sie möchte diese Eindrücke mit ihm teilen, sie träumt davon, wieder in seinen Armen aufzuwachen und wie schön ihre gemeinsame Zeit war, hätte nicht immer diese Sache mit seiner Familie dazwischen gelegen.

Als sie dann sieht, dass er ihr wieder und wieder geschrieben hat, ruft sie ihn an. Es ist das erste Mal, dass sie miteinander sprechen, seit sie auf dem Friedhof auseinandergegangen sind. Issa war bei einem Termin und ist extra ihretwegen nach draußen gegangen. Egal was war oder was er vorhatte, sie sprechen fast eine halbe Stunde miteinander.

Als wüssten beide genau, wie riskant es ist, erwähnt keiner von ihnen das Problem, was zwischen ihnen liegt oder was mit ihnen ist. Sie reden einfach miteinander. Lara erzählt ihm, was sie erlebt hat und Issa erzählt ihr ein wenig, was er im Libanon getan hat. Er war bei seiner Großmutter und hat dort wieder zu seinen Wurzeln gefunden. Er musste nach dem Verlust von Basim wieder geerdet werden und wieder richtig klar denken können, doch so ganz gelingt ihm das erst jetzt langsam nach und nach.

Von da an telefonieren sie jeden zweiten oder dritten Tag miteinander und neben alldem, was ihr dieser Abstand bringt und dass sie wieder Kraft tanken kann, beginnt sich ihr Herz wieder mit Liebe zu füllen, denn sie kann irgendwann nur noch daran denken, endlich wieder mit ihm zu sprechen. Da sie die Probleme nicht ansprechen, fühlt es sich manchmal fast so an, als würden sie sich neu verlieben, wenn Lara in ihrer Hängematte liegt und mit ihm redet und keiner von beiden das Gespräch beenden möchte.

Lara beginnt zu begreifen, dass sie ihr Leben leben muss und sich nicht hinter ihren ständigen Bedenken verstecken sollte. Als sie dann endlich wieder klarer denken kann, ruft sie auch die Makler wegen des Hauses noch einmal an.

Es ist, als würde ihr Herz ein weiteres Mal brechen, als sie hört, dass ihr Haus schon verkauft wurde. Sie hat es geahnt, sie hat zu lange gebraucht, um sich diesen Traum zu verwirklichen und sie weiß, dass sie das ihr Leben lang bereuen wird.

Sara schickt ihr Bilder; als sie in Brandenburg arbeitet, fährt sie am Grundstück vorbei und es stehen mehrere Leitern draußen, die Außenfassade wird erneuert. Auch das versucht Lara von sich zu schieben und weiterzumachen, doch sie weiß, dass sie daran immer wieder zurückdenken wird.

Trotzdem genießt sie die letzten Tage am allermeisten. Sie besucht mit ihrer Mutter verschiedene Orte, die sie beide unbedingt sehen wollten und nehmen still und für sich am Strand bei Sonnenuntergang noch einmal richtig Abschied von ihrem Vater und Basim, indem sie Lichter auf selbstgebauten Laternen auf kleinen Booten befestigt, für sie auf das Meer lassen und zusehen, wie sie in den Horizont gleiten. Da hat Lara das Gefühl, loslassen zu können, auch wenn sie immer wieder an die beiden zurückdenken wird, doch hoffentlich nicht mehr mit solch einem Knoten in der Brust.

Als sich die drei Monate dann dem Ende zuneigen und sie ein tolles Fest im Dorf zusammen feiern, sitzt Lara am Abend vor ihrem Rückflug nach Berlin am Lagerfeuer und weiß nicht genau, wie sie nun weitermachen soll.

Die Zeit in Südafrika hat ihr geholfen, einen anderen Blickwinkel auf das Leben zu bekommen und den Augenblick mehr zu genießen. Sie hat Menschen getroffen, die sie beeindruckt haben, von

Schicksalen erfahren, die sie berührt haben und sie begreifen lassen, dass man nicht alles ändern kann.

Aber sie hat auch gespürt, wie sehr die Liebe zu Issa noch ihr Denken und Handeln bestimmt, doch jetzt, nachdem sie wieder frei atmen gelernt hat, weiß sie auch, dass sie nicht wieder in diesen Strudel von Gewalt und allem was dazugehört hineingezogen werden möchte.

Als sie den Flug nach Südafrika angetreten hat, wollte sie einfach nur weg aus Berlin und allem was dazugehört. Jetzt weiß sie nicht, ob sie schon wieder genug Kraft hat, zurückzukehren.

Kapitel 20

Schon kurz vor der Landung zieht sich Lara im Flieger einen dicken Hoodie über.

Sie trägt eine Leggings, um es möglichst bequem auf dem langen Flug zu haben und hat in ihrem Handgepäck dicke Boots und eine Daunenjacke dabei. Ihre Freunde haben sie gewarnt, in Berlin ist der tiefste Winter ausgebrochen. Vor einigen Tagen war es sogar noch relativ mild, doch jetzt liegt meterhoher Schnee, sodass sogar befürchtet wurde, sie können nicht fliegen, aber weil es keinen Neuschnee gab, haben sie schließlich doch die Erlaubnis bekommen.

Es ist das erste Jahr, dass Weihnachten so ganz an ihr vorbeigezogen ist. In Südafrika haben sie zusammengesessen und ein leckeres Essen zubereitet, doch Weihnachtsstimmung kam nicht auf. Silvester haben sie schön gefeiert, wenn auch anders als in Deutschland und besonders in dieser Zeit hat Lara Issa sehr an ihrer Seite vermisst. Auch wenn sie lange telefoniert haben, hat er ihr da am meisten gefehlt. Sie wäre gerne mit ihm ins neue Jahr gekommen, auch wenn sie gar nicht weiß, ob und wie das mit ihnen beiden weitergeht. Sie haben wieder viel Kontakt, doch nur, weil sie die heiklen Themen nicht ansprechen.

Lara hat einen Koffer mehr mit als auf dem Hinflug und bei all dem Durcheinander wegen des Schneetreibens hat sie gar nicht darüber nachgedacht, ob sie jemand abholen kommt, doch das fällt ihr auch erst auf, als sie das Flugzeug verlässt, sich dick einmummelt und ihre Koffer holen geht.

Sie sieht noch einmal in den Spiegel, bevor sie die Ankunftshalle verlässt. Ihre Haare sind in den letzten Monaten gewachsen und sie hat eine schöne Bräune erhalten. Ihre Augen strahlen blau aus ihrem Gesicht heraus und man sieht ihr an, dass es ihr wieder besser geht.

Es ist sicher nicht alles was sie tut richtig, doch diese Auszeit war genau das Richtige.

Auch wenn sie nicht genau weiß, ob sie jemand erwartet, sieht sie sich um, doch sie erkennt niemanden, bis sie auf ein Schild mit ihrem Namen darauf sieht. »Warten Sie auf mich?« Der Mann nickt. »Ja, ich habe den Auftrag, Sie zu einem bestimmten Ort zu bringen. Ich nehme die Koffer.«

Der Mann nimmt ihr die Koffer ab und schiebt sie in Richtung Ausgang. »Den Auftrag von wem?« Der Mann zuckt die Schultern. »Das darf ich nicht sagen, ich hoffe, Sie verstehen das.« Er bringt sie zu einem Taxi und lädt die Koffer ein. Auf dem hinteren Sitz liegt ein riesiger Strauß Rosen. Issa? Doch er wäre selbst gekommen, wieso sollte er sie irgendwo hinfahren lassen, vielleicht ihre Freundinnen, die irgendeinen Blödsinn geplant haben? Sie sieht auf die Zulassung der Taxifahrers und steigt ein, sie hätte sich eh ein Taxi rufen müssen.

Aus dem Taxifahrer bekommt sie nichts mehr heraus, er fragt sie aber über Südafrika aus. Lara sieht zu den Schildern, der Flughafen liegt etwas außerhalb und sie fahren nicht in Berlin hinein. Nach zwanzig Minuten erkennt Lara die Gegend langsam und stockt. »Wo bringen Sie mich hin?«

Nun versteht Lara nichts mehr und wird nervös, doch der Mann fährt schon dort vor, wo Lara es am allerwenigsten vermutet hätte: Vor dem Haus, das sie kaufen wollte, wovon sie so lange geträumt hatte und was ihr Herz hat schwer werden lassen, weil sie zu spät war und es schon verkauft war.

Es brennt Licht im Haus und vor dem Haus.

»Sie müssen die falsche Adresse haben, das Haus ist ...« Der Fahrer steigt aus und holt die Koffer, die er zum Eingang des Hauses trägt. Das Tor steht offen. Lara steigt auch aus, die Rosen noch in der Hand und geht auf das Grundstück. Mit denselben Rosenblättern ist ein Weg ums Haus im Schnee gebildet.

Der Taxifahrer lächelt beim Anblick ihres überraschten Gesichtsausdruckes. »Ich denke, Sie sind hier genau richtig. Möge Gott Sie schützen.«

Sie ist nicht in der Lage zu reagieren und das wird der Mann auch merken. Während das Taxi davonfährt, sieht sie auf das Haus. Es ist von außen fast wie neu, es wurde gestrichen, es hat noch immer dieses typische skandinavische Blau, doch frischer, ganz neu, auch die Holzbalken sind alle neu gestrichen. Es ist noch schöner als in ihren Erinnerungen.

Lara folgt den Rosenblättern und drückt dabei die Rosen fest an sich. Was passiert hier gerade? Sie geht um das Haus herum und blickt auf die neu gestaltete Veranda, die weiß gestrichen ist. Es stehen gemütliche Möbel auf dem überdachten Teil, drei Laternen mit Kerzen beleuchten das alles dezent, und eine dicke Strickdecke hängt über einer Hollywoodschaukel.

Durch das Licht im Haus kann Lara die vielen schneebedeckten Felder vor dem Haus betrachten.

»Willkommen zu Hause, Engel.«

Issa tritt von der Veranda zu ihr hinunter. Er trägt nur eine Jogginghose und ein weißes Shirt, er war im Haus, wie … Lara versteht gar nichts mehr, doch sie sieht ihm in die Augen und die ganze Sehnsucht, die sich in den letzten Wochen immer mehr aufgebaut hat, wird freigesetzt.

»Issa.« Lara hört selbst, wie gerührt sie sich anhört und sie kann ihre Tränen auch nicht zurückhalten, als er sie in seine Arme zieht. Lara weint, es kommen sicher einige Punkte zusammen, die sie jetzt herauslassen kann, doch vor allem hat er ihr wirklich gefehlt.

Eine ganze Weile stehen sie einfach nur auf den Stufen der Terrasse, Issa hält sie und küsst immer wieder ihre Haare und ihre Wange. Er flüstert ihr zu, wie sehr sie ihm gefehlt hat und wie sehr er sie liebt, doch sie kann gar nichts sagen, sie ist selbst überrascht, wie stark ihre Gefühle sie überrumpeln und ihr völlig entgleiten.

»Sieh mich an, Engel.« Irgendwann schafft es Issa, sie zu beruhigen und Lara sieht ihn durch ihren Tränenschleier an. »Was machen wir hier, Issa?«

Issa lächelt und Laras Herz macht einen freudigen Hüpfer, wie sehr sie diesen Mann liebt und wie sehr er ihr gefehlt hat.

»Ich habe das Haus gekauft. Es ist unser Zuhause. Es ist der Neuanfang, den du dir gewünscht hast.« Nun kann Lara plötzlich wieder klar denken. »Du hast … ich, das kann ich …«

Issa nimmt ihre Hand in seine und führt sie ins Haus. Es ist alles noch eine kleine Baustelle, doch die Zimmer sind gestrichen, der tolle Holzboden sieht aus wie neu, es steht eine große helle Couch im Wohnbereich und an die Wand gelehnt ein riesiger Fernseher, der noch angebracht werden muss. Es brennt ein Feuer im Kamin und es riecht nach Essen. Lara sieht auf Bilder, die eingerahmt in einer Ecke stehen, darauf sind sie beide bei ihrer Einschulung nebeneinander zu sehen und strahlen in die Kamera, und das Bild, das sie auf dem Dach geschossen haben, kurz nachdem sie sich wiedergefunden haben. Auch das Bild von ihr auf dem Elefanten, eines von ihr und ihrem Vater, eines von Issa mit seiner Familie und ein großes Bild von ihm und Basim sind dabei.

»Was …« Issa tritt hinter sie. »Ich versuche, es zu unserem Zuhause werden zu lassen, doch diese Dinge musst du dann übernehmen, ich habe mich um das Haus gekümmert.« Sie dreht sich zu ihm um. »Aber was ist daraus geworden, dass du diesen Neuanfang gar nicht machen willst, nicht so? Ich meine, wie konntest du das Haus kaufen? Ich wollte einen Kredit aufnehmen und …«

Issa nimmt ihr den Strauß Rosen ab und legt ihn zur Seite.

»Ich wollte und will dich nicht verlieren, Engel, das ist der wichtigste Punkt. Im Grunde wusste ich immer, dass du recht hast und dass ich dich nicht in all das hineinziehen darf, was bei uns vor sich geht, das war für mich sehr schlimm. Basims Tod hat einiges geändert. Ich brauchte Abstand, Abstand von allem, um wieder klar denken zu können. Ich liebe meine Familie und ich werde auch immer für sie da sein, doch das bedeutet nicht, dass ich nicht endlich anfangen kann, ein Leben zu führen, wo ich mir alles selbst aufbaue und meine Kinder und meine Frau später mit ehrlich erarbeitendem Geld versorge, ohne Angst haben zu müssen, dass uns die Polizei nachts aus dem Bett holt. Das alles war mir bewusst, doch nicht so wirklich, wie ich all das anpacken soll. Was mir aber klar ist und wahr ist, dass das zwischen uns nicht kaputtgehen darf.

Ich bin zurückgekommen und habe erfahren, dass du weg bist. Dann bin ich zum Haus gekommen und habe meinen Entschluss gefasst. Ich habe lange mit meinen Brüdern und Cousins gesprochen und ihnen gesagt, dass ich aus den Geschäften aussteige, aber immer für die Familie da sein werde. Alle haben es verstanden, bis auf Ibo, der denkt, dass das nur eine Phase ist und ich mich irgendwann wieder einkriegen werde.

Ich habe alles verkauft, die restlichen Wohnungen, meine Anteile an der Firma und meine Wohnung. Das Geld ist alles von mir erarbeitet, das war mir auch wichtig, weil ich weiß, dass wir dieses neue Leben nicht auf falschen Tatsachen aufbauen können. Eigentlich sah mein Plan vor, mir hier ein Büro einzurichten und mit meinen alten Kontakten hier weiter als Immobilienmakler zu arbeiten, ganz neu und ganz legal alles anzufangen.

Doch dann habe ich jeden Tag an diesem Haus gearbeitet und ich habe gemerkt, wie sehr ich diese Arbeit noch liebe. Ein alter Freund, mit dem ich damals die Ausbildung gemacht habe, wohnt in der Nähe und hat mir geholfen. Zusammen haben wir die Außenfassade gemacht, das Dach, die Böden, die Fenster, und ich hatte noch einen Maler, der mir etwas geschuldet hat, der die Wände neu gestrichen hat und die Holzbalken, die Veranda und alles andere.

Es ist noch viel zu tun, der Garten, die Bäder, die Küche … während wir hier gearbeitet haben, haben uns immer wieder Leute aus der Gegend angesprochen, die unsere Arbeiten gut fanden. Ich habe einige Anfragen und zwei Aufträge, alte Häuser aufzuarbeiten und mein alter Freund liegt mir in den Ohren, zusammen mit ihm eine Firma zu gründen und zu zweit diese Aufträge zu bearbeiten. Dabei kann man auch viel Geld verdienen, es ist härtere Arbeit, aber sie macht mir Spaß. Ich habe gesagt, dass wir erst einmal die beiden Aufträge annehmen und dann entscheiden, ob das etwas für die Zukunft ist, doch ja … es nimmt alles Formen an.

Ich bin jetzt jeden Tag hier, vor zwei Tagen habe ich meine Mama mit hergenommen und sie liebt es hier. Sie hat sogar schon einen Baum für den Garten gekauft, als Entschuldigung, dass sie unsere Liebe und die Bindung zwischen uns unterschätzt hat und sie hofft, dass der Baum hoch wächst und viele Früchte trägt und irgendwann unsere Kinder darauf klettern.

Ich weiß jetzt, dass das hier unser Zuhause ist, ich liebe dich, Engel, und ich will nichts mehr, als dich glücklich zu sehen und dich immer um mich herum zu haben. Ich hoffe einfach nur, dass du diesen Neuanfang auch noch immer willst, ich bin bereit dazu. Ich habe alles, was ich tun konnte, dafür getan, nun musst du nur noch …«

Lara unterbricht ihn mit einem Kuss. »Wie kannst du das nur fragen? Du machst mich gerade zur glücklichsten Frau der Welt, ich … kann das alles gar nicht in Worte fassen, du bist …« Sie hat ihn nur einen kurzen Augenblick geküsst, doch als sie ihm jetzt zusagt, küsst er sie liebevoll und sehnsüchtig zugleich. Lara erwidert seinen Kuss und legt ihre Hand an seine Wange, sie spürt, dass er sich unsicher war.

»Du hast doch nicht wirklich daran gezweifelt, dass ich bei dir bleibe, Issa?« Lara küsst seine Lippen, seine Wange und schmiegt sich an ihn. »Um ehrlich zu sein, wusste ich nicht, ob es schon zu spät ist, doch ich bin dankbar, dass es nicht so ist.« Lara lächelt und sieht sich um.

»Willkommen zu Hause, Engel.« Sie legt ihre Arme um seine Schultern und seine Hände gehen an ihre Taille. »Du bist verrückt. Ich liebe dich, Issa.« Lara küsst ihn noch einmal und er dirigiert sie zu den Treppen. »Dann lass uns mal den oberen Stock einweihen, bevor wir das erste Mal zusammen in unserem Haus essen und morgen unseren ersten Baum pflanzen, auf dem irgendwann unsere Kinder klettern werden.«

Lara lacht auf, als er sie hochnimmt und sie wie bei einer Hochzeit die Treppen hochträgt.

»Der Boden ist viel zu hart, es wird sehr schwer sein, bei dem Wetter einen Baum zu pflanzen.«

Er küsst sie und sieht ihr in die Augen. »Sieh doch unseren Weg an, Lara. Was wir alles durchmachen mussten, wie oft sich unsere Wege getrennt haben und wie schwer es war, diese Liebe zum Blühen zu bringen, doch zusammen haben wir es geschafft und das werden wir auch bei diesem Baum schaffen.«

Sie lächelt. »Du hast recht!« Während er sie auf einer weichen Matratze ablegt, lacht sie auf, als er sich über sie legt und sehnsüchtig ihren Duft in sich aufsaugt. »Und jetzt lass uns unser neues Haus und den Anfang unseres neuen Lebens feiern. Das hier Lara ...« , er deutet zwischen ihnen beiden hin und her und sieht ihr in die Augen, »... hat sich niemals geändert!«

Entdecken Sie die atemberaubende Welt von Jaliah J. ...

Eleonora lebt im Hafenviertel von San Juan und muss hart daran arbeiten, ihre Ziele zu erreichen. Sie ist sehr vorsichtig und geht ungern Risiken ein, doch trotzdem möchte sie hin und wieder auch einfach nur Spaß haben und ihr Leben genießen. Sie ahnt nicht, dass eine dieser Nächte ihr ganzes Leben verändern wird.

Erscheint im Juni 2019

Willkommen in der fantastischen Welt von Jaliah J.

Entdecke viele weitere Bücher, tolle Merchandise Produkte und vieles mehr...